富岡多恵子論集

「はぐれもの」の思想と語り

水田宗子 編

水田宗子　北田幸恵　長谷川啓　与那覇恵子
デイヴィッド・ホロウェイ
リー・エヴァンス・フリードリック

めるくまーる

富岡多恵子論集「はぐれもの」の思想と語り

装幀　重実生哉

【目次】

序文――富岡多恵子と場所の記憶

水田　宗子

一九六四年、富岡多恵子さんとイエール大学のガートルード・スタイン・アーカイブを見せてもらった。パリ時代からスタインに師事していた人が、その頃イエールのスターリング・ライブラリーに勤務していて、スタインの資料を集め、スタインコレクションを作成中だと聞いたので、指導教授に紹介をしてもらったのだった。その頃私はイエール大学大学院に留学中で、二十五歳だったが、富岡多恵子は二十七歳くらいだったのだと思う。その当時はまだ、光の透ける大理石で作られた貴重本図書館は建っていなかったのだ。

富岡さんは既にスタインの『三人の女』を翻訳されていたので、私たちはスターリング・ライブラリーの地下に山のように積まれたままのボール箱を一箱ずつ開けてみていく、稀有な機会に感謝しながら、期待でドキドキしていた。そして、それは期待以上に衝撃的な経験となったのである。

未整理のままの膨大な数の写真を見ていくうちに、私たちはスタインとアリス・トクラスの生活の様子を見ることができ、私にとっては初めての、この尊敬するアメリカ詩人のエクザイル生活が、アメリカからの逃亡に加えてもう一つのエクザイルでもあったことに、目を開かれたのだった。ピカソの有名なスタインの肖像画はメトロポリタン美術館にあるが、イエールのアーカイブには、フランシス・ピカビアのギリシャ風の布をまとったスタインの肖像画があって、富岡さんはピカソのよりもこの方がいいと気に入っていた。

イエールにはその当時ロバート・ペン・ウォーレン、W・H・オーデンが教えていたし、ジョン・ホーランダーなどの若い詩人たちが集まってグループを作ってもいたので、富岡多恵子がニューヨークに来られると伺い、詩の朗読会を企画したのだ。朗読会には翻訳者としてケイト・ミレットが富岡多恵子たちに同行してきた。バーナード大学で英文学を教えていたミレットは、ひっつめの髪に縁の厚いメガネをかけた、どこから見ても学者風な感じで、彼女が後にあの大きな身体の女性像を作るフェミニスト・アーティストになっていくとは想像もつかなかった。その頃、『性の政治学』を書いているとは言っていたのだが、本の出版はずっと後のことだった。ミレットは当時日本人の前衛彫刻家と結婚していたが、やがて、カリフォルニアへ移ってウィメンズ・プラザという女性のアーティストに解放された場所で創作をする、新たな人生を歩むようになった。私も一九七〇年にカリフォルニアへ移り住み、写真家の松本路子さんとハリボテ巨体女性像の製作現場へ、ケイト・ミレットを訪ねた思い出がある。考えて見れば富岡多恵子の作品も「性の政治学」を鋭く解体する視点に貫かれているが、七〇年代以降のこの両者の歩み、また到達したところは、ずい分異なっていた。

イエールでの朗読会の後、私たちはボストンへ行ったが、その時に、富岡さんはお父様が亡くなられたという知らせを受けたのだった。イエールの街、ニューへイブンに帰ってから、以前からお腹にピンポン玉ほどのしこりがあることを知っていたので、覚悟をしていたということなど、淡々と語りながらも大変な衝撃を受けていることがわかった。それは一つの区切りを、富岡多恵子の人生にも、創作にも、つける出来事となったのだと後になって思ったのだった。富岡さんの感情表現に関してのストイックな面を見た思いだった。

富岡多恵子がガートルード・スタインに心酔していたのは一九五〇年代の終わりから六〇年代の半ばごろまでの詩人時代で、言葉のラディカルな解体や自動筆記など、自らもモダニスト詩人としてのスタインに対する興味であったと思っていたが、のちに『丘に向ってひとは並ぶ』を読んだとき、スタインの家族の生成に関しての思想とそれを語る自伝的なナラティヴに、最も深い影響を受けていたのだということに気がついた。

スタインの『アメリカ人の成り立ち（Making of Americans）』は感情や叙情を一切排除した、淡々として繰り返しの多い叙述ばかりでなく、男と女がどこからともなくやってきて、偶然のように混じり合って、子供を作り、家族を作り、また離反して、移動していく名前のない人たち、それらが集合してルーズな街を形成し、連綿と続いていく。その中で、全てを管理しようとする法治国家にも、規範の厳しい共同体にもはめ込まれず、馴染めない「アメリカ人」が形成されていく。理論や理屈では説明できない、また総括もできない、性と生の流れの中で生きていく多様なアメリカ人と、その人たちが作っていく枠組みの曖昧な文化、それを語るには、既成の意味やメタフォリカルな暗示や示唆を取り除いた裸の言葉に頼るしかない。またそこには、過去を位置づけ、未来を指し示す言説や人の生を評価し判断するモラルを内包する物語が不在なのである。

『アメリカ人の成り立ち』は直接的に『丘に向ってひとは並ぶ』に結びついていると思う。富岡多恵子の五〇年代について私は個人的には何も知らないが、大学生時代に出版された最初の詩集から、東京を中心とした明治以降の近代化の歴史の過程でローカル文化になっていった大阪で生き残っていった庶民階層への、アンビヴァレントな内面風景が見える。富岡自身の出自階層である「庶民」階層への「怨念」と逃亡志向と、教育を受けた新世代の女性として、そこに属していくことが自然な知的エリートの中産階級への嫌悪を内包する、不安定な自己意識が詩的表現への衝動となっていることがわかる。戦後の教育を受けて個人として生きようとする若い女性を縛る家族の「バナキュラー」な掟から逃れようと志向する、と同時に、世俗的な上昇志向を持つ知的エリート階層が形成する中産階級に引き込まれていくことへの恐怖が、そのどちらでもない場にいる女性詩人の内面風景によって、詩表現の空間を形成している。

富岡多恵子の思想の中核には、庶民、芸術家、中産階級＝エリートの三つ巴の対立が設定されている。これはある意味では、富岡が語るための戦略的言説の枠組みであるということができる。しかし、富岡の両親への愛着と理解、その反面の嫌悪と恨みが、富岡の内面世界を形成してきたことは疑いの余地がない。また彼女の師事した小野十三郎の現代詩が見せてくれた日本のモダニズムの風景は、西欧のそれと同様に、パリや東京という近代文化の中心地から離れた周辺地域で、中心文化から外れた詩人や芸術家の反体制的前衛表現によって形成された風景だった。富岡の詩表現は関西地域という近代日本の発展の中で周縁化されてきた地域と、庶民という同じく下層化されてきた階層の文化を表現視座の拠点とした、固有な日本モダニズムの表現であると言えるのだ。その「庶民」は、敗戦後のエリートや芸術家が形成する中産階級が主流階層として発展していく社会で、新たに周縁化されてきた階層である。

中産階級的俗物、知的・社会的エリート、起業家、会社員、大学教師、弁護士、医者などなど、そして自己中心的芸術家を庶民文化の対立地点に配置するという富岡の表現・言説空間のトポロジーの中で、対立し合うこれらの領域の間、それぞれが混じり合う中間領域に主人公の自己意識と語りの拠点を置いて、富岡の物語のない物語、反物語の世界が詩の言語を通して展開されたのが、一九七〇年代に至るまでの富岡文学であった。ガートルード・スタインの言う、過去も未来もない、ただ現在性だけのある表現を可能にするのは、言葉の分厚く着込んだ衣装や装飾としての意味と暗示、比喩を剥がしていく作業を繰り返し行なって言葉を裸にしていくことであり、その過程で見えてくる不条理な実存、不確かな自己意識に対峙する独自な詩的言語の創造によってである。富岡多恵子の詩的言語は女性表現が戦前のモダニズム表現活動の中では十分に表出できなかった自己存在意識が、文化のジェンダー構造の厚い壁に阻まれていたことを戦後の女性詩人として認識したところを拠点としている。モダニズムを継承する女性表現という戦後の前衛表現を開拓したのである。それは日本モダニズムの頂点でもあり、その終焉でもあった。

この論集は、制度化された生と性の物語に回収されることを拒否する富岡のはぐれものたち――その語られない闇を抱えた心と生き方の精神の在所を探求する富岡文学の前衛性を明らかにし、差別の構造を解体するラディカルな表現を分析するフェミニズム批評であり、今再び台頭する若い世代の差別への抗議にも応え、ジェンダー制度の「外部」を思考する評論集を目指した。

富岡の詩に関して、与那覇恵子がその言語の実験的な多様性を『返禮』から『物語の明くる日』そして『女友達』まで詳しく解読している。リー・フリードリックは「天邪鬼」というイメージをキーワードに富岡の詩のペルソナの多様性と曖昧さ、既成の価値と自己意識を常にずらしていく思考を論じている。家族と性に関してはデイヴィッド・ホロウェイ、長谷川啓、そして水田がそれぞれ異なった視点から論じている。

七〇年代の半ばに、富岡多恵子、上野千鶴子と私が、「ポスト・ファミリー」というテーマで、外国の学者や作家も参加した環太平洋女性学会議でのパネルでディスカッションをした。

富岡さんは、その頃日本でのフェミニズムバッシングの風潮や、「女性としてではなく人間として書く」と主張する女性作家が大半を占めていた中で、ただ一人まっすぐに女性が内面に抱えてきた性の課題、家族の持つ基本的な女性抑圧の構造などについて、真正面から向かい合う姿勢を示していて、発言にてらいが全くなかった。多くのエッセイを発表し、その全てが表現と性、性差の構造に関する深い洞察による鋭い批評である。その中心には小説で展開されるテーマが明確に提示されているが、家族・性幻想と芸術幻想、その欺瞞、現代中産階級の底流をなす自己中心的ヒューマニズム言説に対する厳しい批判、その脱構築の試みが明瞭である。

デイヴィッド・ホロウェイは中産階級家族に封じ込められて規範化された性の欺瞞をあえて規範を逸脱した主人公の性行為を通して露見させ、解体しようとする富岡の性差別体制と文化への批判を鋭く分析する。北田幸恵は富岡多恵子のフェミニストとしての思想が、「女性原理」という本質論と社会・家族の中の性役割分担という文化的な差別への鋭い批判に基づいていることを考察して、富岡多恵子の前衛的な文化批判が女性個人の生き方の自由と、性規範から「ハグレる」自由の主張に依拠していることを指摘している。

人の性はそもそもが非日常の行為、欲求であるが、結婚と核家族という社会制度に繰り込まれることによって、性は経済行為となり、妻の自我と自由を縛ることと引き換えの保護を保障する契約行為となり、女性にとっては子育てという言い訳を使っての保護と社会的地位を勝ち取る手段に変容する。性は社会生活の中での居場所を確保するための道具となり、恋愛幻想が夢見た愛でも精神的交流でもない、むしろそれとは裏腹な価値を得るための手段なのだ。そこからこぼれ落ちる性が、制度化された結婚と家族、中産階級社会の裏面を形成している。

知的エリート階層は、性を日常化することで勝ち得た俗世界の居場所、中産階級家族の居場所を持つが、芸術家はそうではない。中産階級とも庶民とも結びつかない場所、壺のような内面世界に自閉している（『壺中庵異聞』）。庶民階層は中産階級とは異なった理由と理屈で性と結婚を結びつけるが、庶民といっても一枚岩ではない。中産階級への上昇志向を持つもの、社会の低層にとどまり続けるもの、犯罪やアウトロー社会に巻き込まれていくもの、そして社会から外れている自由を求めるもの、それらは階層として一貫した枠組みを持つわけではないのだ。富岡多恵子は自らの立ち位置を、エリートを含む中産階級的な志向と庶民階層の生き方、自己中心的満足の表現に徹して他者から孤立する芸術家の中間に、身体の半分を庶民の中に入れたままで、そのどれにも属さず、そのどれからも逃れようとする自己意識として存在する。

庶民の家族の生成は、『丘に向ってひとは並ぶ』から『冥土の家族』そして短編を含むほとんどの初期の作品を貫くテーマで、詩から小説への転向はこのテーマを深めるためであったといえるのだ。そしてそこにはガートルード・スタインの『アメリカ人の成り立ち』の深い影響を見ることができる。『アメリカ人の成り立ち』はスタインの自伝的記述であるが、句読点も、文章の区切りもない、自動筆記的な繰り返しの多い、詩の言葉とも小説の言葉とも判別ができない文章で書かれている。アメリカ人とはどこからか流れてきて、にわかにアメリカ人となる移民家族、放浪を根底に持つ、本来的に根なし草の庶民の総合体なのであり、そのアメリカ人の姿がスタインの出自として描かれているのである。その物語のない物語が、富岡の物語のない物語詩『物語の明くる日』の根底にあることを、短い詩で成り立つ『女友達』などと差異化しながら与那覇恵子が分析している。

定義も理論的に説明できる枠組みもない「庶民階層」に、富岡の小説の男と女、そして家族は、自意識を持って安住しているのでも、自己意識の根拠を置いているわけでもなく、ほとんどの庶民二世は中産階級的な生活への脱出を目指している。何よりもその階層では、男と女は引き裂かれていて、交わることがない川のように、互いの意地を持って生きている。家族の中の父親と母親がそれを明示している。男の性は放浪し、女は恨みと意地を持って浮遊する家や家族という居場所にしがみついている。富岡の主人公は家族への恨みと中産階級的生活へ引き込まれることへの恐怖を抱えている。

家への定着から逃げ続ける、放浪する性を生き続ける夫を恨み、罵りながらも、家を守る女としての筋を通す母親、元芸者だったのかもしれない三味線の上手な母親は、女は腕に技や芸を持ってはいけない、と娘に言い聞かせ続ける。安定した家庭を持つためには、自立の経済的手段を持たない女は、男を働かせて、家族を養うように仕向けることができるからだ。自活の道を持つことはかえって、男を自由にさせてしまうことにつながるのだと。娘は父親にも母親にも嫌悪と反発を感じるが、その生き方に感情移入もしている。新しい世代の娘である富岡の主人公は、そのどちらにも心の根拠を見いだすことができないで、どの階層からも、はぐれものの意識を持っている。富岡が自分の小説を「ウラミ・ノベル」だというのはあながち作家のはぐらかしではなく、真実を述べているのだ。そのそも近代小説は、国家の繁栄に貢献しないと無用者扱いされる作家たちの「ウラミ・ノベル」だったと云える。

家族からの逃走を描く初期作品の世界は、社会のどの階層からも差別され、無視される「はぐれもの」のために、庶民階層とも、中産階級とも決着をつける主人公を描く「動物の葬禮」で一応の決着を見出している。

富岡の初期の小説空間は、家族と庶民階層からの逃走が、中産階級への参入ではなく、むしろそれを極度に恐れる主人公の「はぐれもの」としての自己意識の認識のための逃走であることをテーマとしている。主人公の目の前の敵は、彼女との結婚を迫る、大学教師などの中産階級エリート志向の男たちだ。彼女はその男たちに捕まり、結婚を通して中産階級的な存在へと引き入れられることに強い恐怖を抱いている。しかし、その追手は歴史の大きな波のように彼女を追いかけ続ける。初期の短編「犬の見る景色」は追手に捕らえられて結婚した自分の姿を首を取られて晒されている犬の首になぞらえている。それは悪夢の中の風景なのだ。

富岡多恵子の、性と結託した家族の欺瞞とその崩壊の行方を追う思想は一九八〇年代から九〇年代に書かれた代表作の三部作(『波うつ土地』『白光』『逆髪』)で新たな展開を見せ、徹底して追求される。『波うつ土地』は、中産階級の世界に憧れる庶民二世たちの住む郊外の土地、丘を切り崩し、木々を切り倒して、同じような一戸建てや、マンションの密集する団地開発の場所で物語が展開する。そして『白光』は、人里離れた場所に、社会的血縁家族を解体した後の、それに代わる性的な関係と生活の拠点としての共同生活が成り立つのかという実験家族の試みの話である。それはユートピア小説の形を取るアンチ・ユートピア小説なのだ。この論集では長谷川啓が富岡多恵子の小説世界の中核をなす中産階級家族の欺瞞と解体というテーマを冷徹な考察で追求した『波うつ土地』を中心に、中産階級家族解体ののちの性的他者との関係を実験的な「家族」のコミュニティに描く『白光』を分析している。『逆髪』は過去と現在、文学や伝説の中の話と、現実の話が錯綜しながら進展するはぐれもの物語で、社会に自分の居場所を見つけられない、はぐれものの自意識を持つものたちが主人公である。

『逆髪』で初めて民話と現代の「はぐれもの」たちの話がつながり、交叉しながら底流をなす表現空間が顕現する。それは単に社会の底辺を生きるものたちではなく、どの階層からもはじき出され、差別と屈辱の中で、自尊心を失わずに生き残る生の、壮絶な実存の物語である。親に見捨てられ、血縁から裏切られ、故郷を失い、人間への不信を抱えながらも、自分なりに生きる覚悟、他者の入り込む余地を持たない内面を固持するはぐれものたちの物語の空間を、初期の作品からの行き着いた表現空間として示している。北田幸恵がここまでの富岡小説の集大成とも言える『逆髪』におけるはぐれものの語りについて詳しく論じている。

このはぐれものの内面世界の表現の試みは、『逆髪』からしばらく時間がたったのちに書かれた『ひべるにあ島紀行』で完成するように思える。この小説で、主人公は曖昧な立ち位置からの視点で身につけた、はぐれものたちの「落し前」をつける、という他者の内面世界への共感と関与の、知的なモラル、中産階級的ヒューマニズムを捨てる旅の果てに、自らのはぐれものとしての立ち位置、その自意識を確認するのである。この小説では、アイルランドという西欧文明の離島と、近代化の歴史の中で離島化から脱しようとする日本が、重ね合わされて、富岡の「はぐれもの」は近代化の歴史とともにあり、その落し子であり、戦後の世界の実態を象徴する存在であることを明確にしている。アイルランドの中心からさらに差別される「ひべるにあ島」と沖縄が重なり合ってもいる。

富岡多恵子は現在も書き続ける作家だが、この三部作と『ひべるにあ島紀行』は富岡文学の後期の女性のナラティヴを明確にする代表作といえるだろう。富岡の表現は曖昧な中間的自意識の領域から抜け出て、はぐれものの表現空間に身を置く主人公のナラティヴへと行き着いて、富岡文学における表現のトポロジーを俯瞰できる言説空間を形成するのである。

この論集で中心を占める考察は、性に始まる家族と家族制度の解体の物語分析として始まる。非日常的で恒久的な関係への志向を持たない性と、家族制度の定着の関係の中に閉じ込めようとする性規範との矛盾は、性を欺瞞の温床としてきた。富岡は『芻狗』、『釋迢空ノート』、中勘助論や、スイフトの幼児愛に焦点を当てる作品でも、日常化された性からの解放志向のはけ口としての、「過剰な性、外に向かう逸脱と、屈折した内向性を、家族という性の社会制度への痛烈な批判として描いている」。その中心には、性のジェンダー化への批判がある。

富岡は政治批判を直接的にしないが、文学表現と作品世界を支える言説空間は、ラディカルな体制攻撃である。その矛先はジェンダー文化制度の維持と再生産を可能にしている知的中産階級の自己欺瞞によって形成された現代文明の構造に対してであり、その構造の解体に向けてである。富岡は多くの評論、エッセイを書き、精力的に対談を行うなどして、自己欺瞞の構造を標的に論説を展開してきた。この論集に収められた論考の多くは富岡の性に関する考察を通して、富岡のフェミニズム言説空間を分析、考察している。

富岡の表現空間は、詩と小説を区別して、詩と歌に別れを告げ、引導を渡す作家自身の表明にもかかわらず、言葉による表現であるという基本的姿勢で一体化している。その言葉は、言葉を持たない人たちの内面へ迫ることのできる道としての言葉であり、語りである。沈黙する内面の声を表す言葉でなければならないのである。そしてそれらは庶民に直接訴える伝統芸能の語りに深く依拠している。富岡は自分には言葉しか表現手段がない、と言い、その表現を「芸」と呼ぶのだ。作家はその芸を磨くことが表現の唯一の戦略でなければならないのだ。

それは日本の伝統芸能に親しんできた関西庶民文化の血筋を継承していると同時に、表現の実験を繰り返すスタインの前衛性をはじめ、二〇世紀アヴァンギャルド・モダニズム表現の継承でもある。伝統文芸とアヴァンギャルド芸術表現、この融合が富岡の表現空間を特徴づけている。それだけに富岡のテキストの深層にまでわけ入るのは一筋縄ではいかないのだ。小説の空間を形成する言説としての物語が不在で、過去と現在、主人公と他者の話が、複層的に交差して、結局は一つの物語にはならない語りの織り成す、人の生きる、生きた、実存の物語となっているのである。


過去と現在の交差とともに、場所の交差もまた富岡多恵子の世界を形成する。富岡多恵子は場所にこだわる作家である。人間の感性や生き方を考えるときに、場所の特殊性、その文化的な形成過程がいわば野性的、本能的な視線、嗅覚や触覚を人の感性に植えつけることに敏感に反応する。富岡の文学空間には、大阪、東京、都市郊外、盛岡、滋賀、ニューヨーク、パリ、ベルリン、アイルランドと地理的な場所が交差し合っている。それが整然とした地図ではないのが、富岡文学のトポグラフィーであるが、遠くの場所は異世界でもあり、見知らぬ他者の住む場所でもある。他者の話は、それぞれの場所で展開されるので、他者の内面は場所を通して見えるのである。人の実存の物語、はぐれものたちが顕現化する人間の存在の場なのだ。

この論集に収録した評論は、それぞれの筆者のこれまでに書かれたものと書き下ろしを交えた評論である。作品の読解と分析を通して、富岡文学の総体的な解釈と評価の視点を明確にすることを目ざす評論である。もちろん詩、小説、エッセイ、歌までと幅広く、しかも数多くの作品を持つ富岡文学の世界を、これらの評論だけで見極めることはできないが、日本文学という表現のトポグラフィーを超えて、二〇世紀文学の世界的な歴史的変革、中でも女性表現に関する根源的な変革の中に、富岡文学を置いて考察する視点は、各筆者に共通して、一貫している。ここに収録した二人のアメリカ人研究者による評論は、富岡多恵子の性差別に関する鋭い洞察と、辛辣な現代社会批判、その反体制的主張に直接的に感応している。それを的確な日本語訳のテキストに翻訳してくれたのは和智綏子さんである。与那覇恵子が、主たる作品について独自の「読み」を加えた年譜という形で全容を俯瞰する批評を展開している。

富岡多恵子さんとボストンからの帰りに私たちは、マンハッタンに住む私の義理の両親を訪ねた。そのアパートの狭い行き止まりの道を挟んで真向かいに、グレタ・ガルボが映画界を離れてから亡くなるまで住み続けたアパートがあった。富岡さんと私はガルボが大きなツバの帽子をかぶって玄関口から出てくるのではないかと、飽かずに窓から戸外をのぞき見続けた。富岡さんは自分をミーハーだといい、庶民の心を代弁する演歌や娯楽映画をこよなく愛した。富岡文学の屈曲した、複層構造の持つ「気難しさ」とは一見裏腹な富岡さんのミーハーぶりは、なかなかのものだった。

その一方で、二十歳代の富岡多恵子は、現代詩と前衛芸術の世界にいて、彫刻や絵画の前衛芸術への深い理解と共感とともに、芸術家としての自己意識を強く持ってもいたのである。ニューヨークではオフ・ブロードウェイでジャン・ジュネの『ブラックス』や『マラ／サド』を見て感動したことも懐かしい思い出である。一九六〇年代半ばのアメリカはヒッピーの台頭と、グリニッジ・ヴィレッジのジャズ・カフェやオフ・ブロードウェイ劇場を中心に、冷戦時代を抜けた自由な解放の表現を目指す雰囲気に満ちていた。それでも富岡多恵子は「ニューヨークでは何もすることがない」という詩を書いている。言葉が通じないという異国での日常で、音声を伴う会話の言葉が、相手が同じ意味や価値、そして生活の習慣を共有しない「他者」であることを鮮明にしていく。ニューヨークでは富岡ははぐれものであり、アメリカ人にとっての他者なのである。詩の言葉を離れる時期がすでに迫っていたのだ。

北田幸恵さん、与那覇恵子さん、長谷川啓さんという富岡多恵子文学に深い理解を持つ研究者の方々と富岡多恵子論集を編集することができたことは大きな喜びである。筆者たちは年齢も批評の方法にも違いはあるが、第二次世界大戦後の文学、中でも女性表現を考える上で、その変容と多彩な成果を目撃する同時代を生きてきたという同志意識も共有している。富岡多恵子は論客としては鋭利で、対談では、語りの「芸」を駆使した相手への配慮もあり、はぐらかしと辛辣な批判の交じる「関西人気質」の人柄の魅力は、外国人の学者や批評家を魅了している。海外の読者も多い富岡文学なので、アメリカの研究者の方々に参加していただけたことも大変うれしい。

詳しい著作目録を作成してくださった専修大学助教の山田昭子さんには大変ご苦労をおかけした。これから富岡多恵子論を展開する研究者や読者に役にたつ資料となることを願っている。またボランティアで校正のチェックをしてくださった山田昭子さんと、北海道情報大学非常勤講師の上戸理恵さんにも感謝申し上げたい。英語の論考を翻訳してくださった文化人類学者の和智綏子さんには心から感謝申し上げる。編集に関しては風日舎の中島宏枝さんに大変お世話になった。数々の指摘や提案をしていただき、細かい編集上の作業で助けていただいた。あわせてデザイナーの重実生哉さん、そして出版を引き受けてくださった、「めるくまーる」の梶原正弘さんに心からお礼を申し上げたい。

二〇二〇年十二月

家族のトラウマと語り——『逆髪』まで

富岡多恵子の「語り」と女性のナラティヴ——『動物の葬禮』と参列者

「冬の国」からの旅、ガリヴァーの行かなかった共和国へ——『ひべるにあ島紀行』

水田 宗子

家族のトラウマと語り――『逆髪』まで

『逆髪』（一九九〇年）には、『冥途の家族』（一九七四年）から『波うつ土地』（一九八三年）、『白光』（一九八八年）にいたるまで、長篇一作ごとに、視点や切り口を変えながら、富岡多恵子がこれまで展開してきた小説の世界の全貌が見えるだけではなく、家族のトラウマから解放されたいと願う主人公たちの話を語る富岡多恵子の表現が、一つの到達点へたどり着いているように思える。その意味で、この作品は、これまでの富岡文学の集大成と呼びたいような力作である。

『逆髪』以後八年近く経って書かれた『ひべるにあ島紀行』（一九九七年）は、『逆髪』を通過して初めて到達しえた富岡文学の大きな頂点となり得ている。『逆髪』と『ひべるにあ島紀行』の間には、『水上庭園』（一九九一年）、『雪の仏の物語』（一九九二年）、『中勘助の恋』（一九九三年）などがあり、なかでも『水上庭園』でドイツという異国にいる恋人との手紙のやりとりという、語りと書く言葉の新たな視点を展開しながら、『逆髪』で到達した思考が、『ひべるにあ島紀行』に凝縮していく時間であったことがわかる。

『逆髪』の到達点とは、「家族からの逃走」というテーマが、「はぐれもの」の実存への思考に煮詰まっていく点であり、家族によって制度化された性から逸れるものたちの生き方を、民話の世界につながる古代からのはぐれものの流れの中に位置付け、その表現を能や文楽、そして漫才などの日本の芸能の「芸」としての語りに結びつけて「語った」ことであるだろう。庶民階層の家族と中産階級の家族の両方に自己意識の根拠を見出せないだけではなく、そこに引き込まれることへの恐怖から、常に逃走している主人公を描いてきた作者が、家族と制度化された性の外に生きる「はぐれもの」の実存への思考を深め、それを語ることに視点を移したのが『逆髪』という作品である。

「はぐれもの」の実存は、家族から外れる性の中に顕現化される。富岡多恵子は、生殖に封じ込められる性からの逃走は、女性にとっては産む性からの逃走であり、男女ともに制度化された家族からの逃走であることを、つまり、社会の規範から見れば「逸脱する性」、「過剰な性」とみられる「はぐれる性」に、自己の実在意識を託す「はぐれもの」を描いてきた。しかし、語り手である「わたし」は、はぐれものの意識を持ちながらも、それになりきれない主人公で、はぐれものとは他者としての距離を保つ語りによる表現世界を構築してきた。

自ら「はぐれる性」となって奔走する主人公は『芻狗』（一九八〇年）において描かれるが、祭りのための藁の狗《いぬ》、祭りが終われば燃やされる狗というイメージと意味づけて描かれる主人公は、富岡の動物のように他者化されて、その実存に近づく道筋は見えない。『白光』も家族から逃げた主人公の、制度化されない性と新たな「家族」の実験が描かれるが、はぐれものの共同体は崩壊するのが当然の一過性のものとして描かれている。

はぐれものが究極の他者でありながら、その生き方が、つまりはぐれものの実存が、テーマとなっていくのは『逆髪』からであると思う。『逆髪』は、あんずと厨子王という昔物語と彼らの語りを導入し、下敷きとすることで、他者の物語と主人公の物語、語り手との関係を重ね合わせることで距離をなくし一体化する表現の次元を持つナラティヴ、「語り」を実現している。

はぐれる性の実存への思考は、『ひべるにあ島紀行』において深められ、はぐれものの実存世界が、主人公であり、語り手である「わたし」の自己存在意識の領域、彼女が向かっていく世界として語られる。その意味で、『ひべるにあ島紀行』は、家族のトラウマからの逃走が一つの大きな終着点へたどり着く表現世界として展開されていると考えるが、『逆髪』はその最終的な段階への必然的な道すじを敷いた作品である。家族を拠点とした中産階級社会の中に居場所を持たない、持つことを拒否するものたち、場所から場所へ流れて放浪する主人公たちが、明確に富岡の表現空間の言説を担う中心人物、主人公となっていくのである。

『ひべるにあ島紀行』については別稿で解説したいが、ここでは『逆髪』に至るまでの富岡作品の中の家族のトラウマとそこからの解放のドラマと、その表現について考えたいと思う。

＊

富岡多惠子の小説の世界の中核にあるのは、「家族」という「トラウマ」を負った人間たちである。結婚した者も、しなかった者も、子どものいる者も、いない者も、また、親がどのような存在で、どのように生きたにせよ、誰もが回復不可能と言っていい傷を受けている。愛にせよ、愛の不在にせよ、怨念にせよ、誰もが感情と深層心理を家族にからめとられている。人はみな「家族」の中に生まれるのであり、親の不在もまた、家族の問題なのだ。

「家族」を形成するものは、性と性による関係から生まれる血縁である。しかも、性と血縁からなる家族が、その問題の深淵を見せるのは、前近代的な家族、制度としての家においてであるよりは、むしろ、エッセンスに煮詰まったかのような、近代の核家族においてなのだ。個人の生の欲求に対立するものとしての旧い家族から逃れ、恋愛を通して、性によって結合する近代の家族に託した近代人の希求は大きく、それだけに核家族は、個人としての欲求、恋愛と性愛の合致としての結婚という対関係の理想、そして、子どもの養育を中心として社会公共と国家に結合する共同体構成の原型として、近代人の幻想をすべて内に取り込んだものとなった。核家族の深層は、自立や恋愛や母性や社会参加など、互いに矛盾し合う幻想の塊なのである。

前近代的な性と血縁のしがらみから必死で逃れようとする人間もまた、近代が抱え込んだこの家族幻想につかまり、それを生きようとしてしまう。

『逆髪』の中心人物は、昔、竹の家鈴子・鈴江という漫才コンビを組んでいた、異父姉妹である。母親の「内なる熱気」に駆り立てられるように、学校から帰ると真っ直ぐ舞台に立つ、かつての名子役でスーパースターだった鈴子と、彼女とコンビを組む鈴江の、この十代の姉妹は、「普通でない」家族の悪夢を深層にためこんできた。

姉妹は、男を次々に変えて子どもたちに堅気の家族生活をもたらさなかった母親への怨みを、自分たちの原点のようにして生きねばならない。

　姉の鈴子は、父親捜しの中に父への幻想を紡ぎ、何が何でも普通の家庭をつくるべく凡庸な男と結婚し、女房役、母親役をはじめ、家族というしがらみを一手に引き受ける役をつとめあげようとするが、結局は、植物人間となった夫を、腐臭の中に置き去りにして、家を出てしまう。

　妹の鈴江は、姉のように芸能界からすっきりと足を洗うでもなく、といって芸能界で必死に生きるでもなく、どちらの世界からもはぐれた者として、姉とも友人・知人たちとも、つかず離れずの生活をしている。鈴江の周囲には、やはりはぐれものたちが出没する。鈴江の養女志願のゲイのケイ子、鈴子がもうひとりの異父弟だと信じている、アル中の乞食同然の茂男、ファミリーという名の女性の共同体をつくろうとしている江島木見、その木見の教祖的な力に魅せられて家出してくる鈴子の娘・明美、木見との共同生活が破綻してアメリカへ行ってしまった女性……など。

　目をこらせば、見渡すかぎり、まともは実はまともでなく、誰もが家族のトラウマを心に抱くはぐれものであるらしい。

　血がつながっていないかもしれないのに、血縁と信じる者の世話をしようとしてきた鈴子が、結局は夫や、本当に血のつながっている子どもたちを捨ててしまうのに比して、血のつながりとは縁を切っていたつもりの鈴江は、死臭の中で母親を看取ったあと、鈴子が弟と思い込んでいた乞食男を訪ね、その男が消えて「アノお母ちゃんの子供」がついに一人もいなくなったことを見届けてくる。鈴江には「ファミリー」への幻想はない。性と血縁からなる家族に傷ついた、さまよえる者の避難所としての「不思議の家」。女たちの新しい共同体への幻想も、鈴江は見透かしてしまっているらしい。

性や血縁による家族には絶望しても、「ファミリー」のもつメタファーとしての意味は、依然として現代人をとらえている。『白光』での共同体も、実は、近代の核家族に代わる家族を求めての試行であった。近代の核家族がその生成の過程で排除し、深層の世界へ閉じ込めてきた欲望を解放するような形で、あたりまえの家族間の関係や構造を壊したところに成り立つ、ポスト・ファミリーを求めての実験だった。

しかし、『白光』でも『逆髪』でも、主人公は、そのファミリーからも、そのドラマからも離れてゆく。「性の非日常性」を見透かしてきた作者にとっては、性もファミリーも、窮極的には「往くも帰るも別れては」の人生で、その一回性を生きざるをえない人間が、一時、やむにやまれず家族をつくってしまうものなのかもしれない。

ただ、そこに残るのは、作者がこだわりつづけるもう一つの問題、つまり、このような生を語ることである。

『逆髪』の筋書きの中心には「竹の家鈴子」の人生を鈴江に語らせようという、鈴江の友人でプロデューサーの泉の企てがある。鈴子はもう昔の生活を語ることはない。だが鈴江は、妹としての自分に向けられる異父姉の複雑な心理のねじれを、舞台の上での加虐的なツッコミでかわしながら耐えてきた、語らないではいられない怨念を内面に抱えている。鈴江の語りたい欲求を誘惑し、引き出す泉と鈴江の闘いには、何か性の匂いさえある。しかし、どうやって内面の真実など語れるのだろう。語れば、それはまた、漫才のように、本音でも嘘でもない「口技」であり、せいぜい劇中劇のようなものにしかならない。

独身のまま老いてゆくことを余儀なくされた、その怨念を「自伝」にしたいという女性を、猿回しの猿のように登場させることで、自らの生を語ることのまがいものであることをほのめかしている。

ひとつのドラマの終わり、エンドマークのあとに、養女にも養子にもならなかったゲイのケイ子と、台所に座り込んで乾杯の音頭をとる鈴江は、「逆髪の狂女」のドラマを終える時点に立っている自分に乾杯しているのだろうか。謡曲の終わりにも似た家族のアフターマス……。

性もファミリーも、完結することのない永続的な営み、未完のドラマとして小説は終わる。しかし、この作品では、家族とそのトラウマから逃げていく主人公たちの姿が、その逃げていく先がこれまでの作品とは違った世界を暗示して、富岡多恵子の女性のナラティヴがすでに向かいつつある地点、一つの到達点が見渡せるように思う。その世界は、「はぐれもの」として生きる精神の領域に見えてくる生き方であり、これまでの小説、例えば、『芻狗』、『動物の葬禮』(一九七六年)、『波うつ土地』の家族と性のトラウマから逃走し得た生き方の領域として暗示されている。

富岡多恵子の「犬の見る景色」（一九七六年『動物の葬禮』所収）も、社会的性役割から身を離した女性が、生の実存相に次第にとらわれてゆく過程を描いている。主人公のチズ子は、好きな男と所帯を持って、日常は家にいて買い物をしたり、料理をしたり着る物を作ったりしている。好きな男との生活なのだから、その日常に何の不満もないのだが、一人の男の妻であるということは、チズ子に生の充足感を与えることもなく、また、一人の人間としてのアイデンティティを保証するものでもないことに気がついている。チズ子には性役割を果たすことによってつくられる社会との関係もない。

突然、チズ子の生活に昔の知人が侵入してくる。彼は社会的常識や日常生活の論理を代表しているような人物なのだが、同時に、そしてそれ故に、現実的な生の諸相から、すなわち生きるということから、まったく遊離しているようにチズ子には思われる。その知人が何度か意味もなく訪問してくるうち、次第にチズ子には、彼が不可解な、不気味な「もの」に見えてくる。その「もの」がチズ子の日常と、生の意識の間に次第に深い裂目をつくってゆく。「もの」に支配されないで生きる自己を守ろうとしながら、「もの」との関係ができてゆく過程を経験してゆくチズ子は、結局は、人間の日常なるものが不確かな映画のセットのようなもので、その日常が不可解なものとなると、実存は根拠を失い、足許からバタバタ崩れ去ってゆくものであることを経験する。その恐怖は、黒猫や大鴉のような不気味なものの出現によって日常の論理が崩れ、実存の窮極相である無に直面してしまう、エドガー・アラン・ポオの主人公の恐怖にすら似ている。チズ子は、社会を媒体としない生の根源的な姿、実存の無を見てしまったのであり、性愛も、愛人との結婚生活も、その無をおおい隠すことはできない。

*

産む性にこだわりながら、女性の自我や生の実在感の問題を考え続ける富岡多恵子は、怨念に濃く色彩られた性嫌悪のゴシック文学と、神話化された産む性賛美の生命根源論の間にあって、性の日常的形相を凝視し、そこから深層心理や神話といった現代ロマネスクの領域へ逃避しようとはしない。

富岡多恵子は、『丘に向ってひとは並ぶ』(一九七一年)から「環の世界」(一九八〇年『芻狗』所収)にいたるまで、一貫して「産む」という、生との「売春行為」を通して生きながらえてきた女性の居直りのたくましさを、感嘆と嫌悪と憐れみの念をもって描いてきた。一方、作者の分身である一連の女主人公たちは、そういった産む性から疎外されているし、また産む性への参加が生の実感を供給するとも思っていない。

男たちはまた、産む性に居直った女たちと狎れ合いである。男たちは女性の生殖器官にしがみつき、窮極的にはそこで救ってもらおうという甘えのために、かえって自由に意味不在の日常を生きることができると錯覚しているピンプ(ひも)である。

自我を持つ女には恐れをなし、「子供をつくりたい」という女に寄生し、しまいには「おかあちゃん」の許に帰っていく「汗と埃と体液」だけに還元される男の性、不毛な日常に自滅を覚悟して果敢にいどむのでもなく、女の許に意味を持ち帰るのでもない精神のない男たち、知性の欠如を純粋と錯覚しては母親の乳房にいつまでもしがみついている男たち。富岡多恵子にとって、産む性に男をひきとめ、そこに勝利感をも秘めて自己の在存の根拠をみてきた女たちは、脱ぎすてた靴下やパンツの散らかるふしだらな部屋のような男の性との生存を大切にかかえこむ、近親相姦的な母親として写るのである。

富岡多恵子はまた、そういった生との売春行為の中に蓄積させてきた女の自我が爆発した時のエネルギーの激しさのなかに生の意味が啓示される一つの型を見ているし、同時に、産む性に収めきれぬ自我をストイックに処理してきた女たちの一連の方法に知性を見ようともする。深層心理や宗教や神話への逃避を拒んで、あくまで生の実相にこだわること、存在意識の中にのみ生の根拠をみていこうとするとき、富岡多恵子の産む性は、観念化された自然の象徴にされることなく、男と女をつなぐ生の実相としてその姿を現してくる。

同じように、陰蔽され、内に醗酵させてきた自我への希求と闘争を追求する大庭みな子も、産む性に深くこだわる作家である。大庭みな子は、男と女の性愛とは、互いに夢を相手に投影し、相手の夢を演技することによって自己をも暗示にかける、夢と自己意識の駈け引きであると考えている。性愛の中心にあるのは、産む性に男女がそれぞれ夢を託し、自己意識の根拠を託す度合と仕方である。したがって、性とはつねに幻想であり、自己撞着的に自意識に沈潜する夢のすじみちである。ただ、自己についての幻想が達成されるには相手の夢を所有することが必要なのだ。

異性への幻想なしに性はその夢を達成することはできない。性はつねに相手の幻想をあやつる操作であり、それによって自己暗示にかかってしまうことこそ目的なのである。

このような操作と駈け引きに主人公の自我は疲れてしまう。その時、女は駈け引きをやめ、男を見放して、自己完結的な女の性、つまり産む性の営みに身をまかすのである。女にとって産むことは、それ自体自己充足的な生の営みなのであり、そこには男への見限りもある。しかしその産む性への逃避が近代の核家族、そしてその家族に依拠する中産階級を形成してきたのである。家族のトラウマは、富岡の出自である庶民階級だけではなく中産階級の作り出すトラウマでもあるのだ。

産む性に身売りし、家族に寄生する以外に、生の根拠をみることができない男たちへの白けた感情とあわれみがそこには見られるが、富岡の主人公は中産階級家族に吸収される恐怖におののいているのだ。自然や社会や他者との闘争に疲れ果てた自らの「近代的自我」が、産む性に一時の避難所、サンクチュアリを見出そうとすることを恐れているのである。

＊

家族のトラウマからの逃避は、自己表現に徹する芸術家の、自分の内面への、「壺の中」への閉じこもりとしても現れている。

日本文学においても、拡大された芸術家の自我、なかでも自己表現や告白をそのまま芸術表現と結びつけた、ひとりよがりな表現者の自我希求は、近代文学の問題として批判されてきた。小説が小説を志向し、芸術家が芸術家を志向する自閉症から抜け出すために、芸術と自己語りの関係を問い直さねばならないところに、「自己語り」から始まる近代女性文学も行きついたといえるだろう。

富岡多恵子の初期の作品は、家族からの逃避が、芸術家への逃避となる可能性を恐怖し、否定するのだ。

富岡多恵子は、自伝的要素の多い小説をこれまで書いてきた。『冥途の家族』『壷中庵異聞』(一九七四年)、そして『植物祭』(一九七三年)にいたっても、作者の実生活、あるいは個人的経験に依拠している部分は大きい。といって、これらの作品が、自己の内的探求の主題となる私小説でないことは明らかである。日本芸能の「語り」の小説への導入も、主人公が——そして作者が——あいまいな形でしか自己と関係づけられない他者や日常生活を、たくみに小説内に持ち込む役割を果たし、自意識にのみ支えられる内的告白と自己探求の私小説とは、異質の小説を作りあげることに成功している。

しかし、作者自らの生活が執拗に小説の下敷きとなり、あらゆる作品の基調音を奏でるのは、富岡多恵子の小説にとって何を意味するのであろう。作者は大っぴらに自分の生活を語った自伝らしきものを書いている。しかし『冥途の家族』は、私小説と読めないところに、富岡多恵子の小説の世界の成り立ちの特徴がある。自分の話を下敷きにしながら、小説がどこか現実を描くのではない、抽象的な風景が展開されるのである。

『冥途の家族』は、それぞれ独立した四つの物語からなるが、主人公のふく子、あるいはナホ子の子供時代から、恋人との同棲生活、離別、そして結婚と、いちおう主人公の生い立ちの時間が、作品の統一的プロットとなっている。主人公の生活の「時」の進みとともに、彼女を取り巻く人間たちの生活も変わり、その人間たちのきわめて庶民的な日常生活の変化を通して、大きな文化的変化、歴史的な「時」が導入される。しかしこの作品は、教養小説でもない。主人公の成長なるものは書かれていないし、自己と世界との関係を確立してゆこうという、教養小説特有のモチーフに欠けているからである。

主人公は父親、母親、恋人、その両親、姉弟たちを自分との関係において語るのだが、その一人称単数の語り手は、それらを描き語ることによって自己探求をするというよりも、むしろ他人事のように、のんきに、しかも最大の興味をもって語り、記述する。といって、そこに、ヘンリー・ジェイムズ的な「意識の中心」たる主人公がはっきりと控えているわけでもなく、最も深入りした犠牲者であるはずの「わたし」は、むしろ傍観者のように、そして反対に、突き放してみているはずの「わたし」が描く人物たちに代わった弁護者のように見えたりする。しかも、物語の終わった時点で主人公がどのように成長したか、あるいは変容したかは、さっぱりわからない仕組みになっているのである。

一九七〇年代のはじめ、近代小説に慣れ親しんできた読者には、富岡のこのような書き方には戸惑いを感じたに違いない。『丘に向ってひとは並ぶ』『冥途の家族』には、富岡多恵子が詩人として深い興味を持ったガートルード・スタインの散文小説『アメリカ人の成り立ち』の影響も見られると思う。

『冥途の家族』では、二つの文化、あるいはサブ・カルチャーの対立、そしてどちらも土着的ともいえるその二つの副次的文化が、新しい戦後の文化によって吸収され変容してゆく様が中心テーマとして描かれる。一方には、父親と、そしてそれとは異なった倫理観を持つとはいえ、同じサブ・カルチャーに属する母親の世界――作者の言葉を用いれば「ケジメ」をつけて生活する仁義の世界――があり、片方には、恋人のショーちゃんとその両親の代表する浮動的で移民的世界――「なんとかなる」の世界――がある。

この二つのサブ・カルチャーの間にあって、主人公は呆れ、感心し、心惹かれ、厭気がさし、あたかも自らが被害者であることを忘れたかのように、それらとの話を語ってゆく。その主人公の語りの魅力は、脇役であることに徹している人物の個性が躍如に現れるときの面白さではなくて、自分のドラマを語りながら、つい脇役の人間の面白さにつりこまれ、その方に重心が移り、話がそれにそれてしまうという類のものであり、この種の手法は『植物祭』にも、『壷中庵異聞』にも用いられている。それが重要部を占めて成り立つ小説でもある。

『植物祭』では、主人公のツシマさんが後半では脇役になってしまい、行動する人物たちを傍観した語り手のようになってしまうが、それでも、ツシマさんの「わたし」は決してかき消されてなどいない。富岡多恵子の作品のなかに「わたし」は氾濫し、小説の本当のテーマは「わたし」にあり、まわりの人間を描いている時でも、その話はいつかは「わたし」の話に戻ってゆかねばならない脇道だという感じを抱かせる。脇役の話はいかに面白く意味深くても脇役の話であり、またいかに「わたし」の内面が表面立って語られていなくても、さらにまた作品がいかにきちんとしたテーマの上に構成されていても、なぜか「わたし」が見えてくるのは、富岡多恵子の小説の特徴である。

異なった文化をにないながらも、自分の思うように気儘に生きた点で、ナホ子の父親と恋人ショーちゃんは似ている。その似通い方は、自分の生き方以外のものに知的に関わらないということにあり、その点、父親の被害者たる意識を持つ母親も、自分の世界の内的論理にあくまでも忠実に生き抜いた点で、同じような人間なのである。そういえば、主人公がわけがわからないと感心する現代っ子の弟アキラにいたっても、内部に秘めた「暗室」を持つ人間らしくもあり、その暗室の論理にも従いながら、庶民と中産階級の二つのライフ・スタイルを持つ人間であるらしい。

このような、一つの城主である他人、その謎に対する興味は、『壺中庵異聞』で描かれているが、『冥途の家族』の人物たちは、芸術家、あるいは明確な「表現者」ではなくて庶民なのであり、その対象が作品をつくることではなくて、日常生活に生きること、なのである。だが、『壺中庵異聞』においても、富岡多恵子は表現者と生活者の間について自問し、執拗な表現者である壺中庵＝横川蒼太を「変った人間」と定義することを拒んでいるのである。

『壺中庵異聞』は、『冥途の家族』における「わたし」の描き方を最少の方程式に還元したような作品である。ここには、横川蒼太という中心人物をめぐって、その「暗所開帳」が、語り手「わたし」の内的衝動であると思わせる、明瞭な主人公と語り手の関係が存在するかに見える。

語り手と主人公の関係に関しては、ポオの作品に典型的に見られる、行為する主人公と、それを見、記述する語り手があり、語り手が次第に主人公の内面に没入し主人公と内的同一化する時点が、語り手にとっての発見のクライマックスとなると同時に、主人公は明らかに日常生活の外にある人間であり（あるいは狂気の世界に住む人間であり）、語り手はこちら側の読者の世界に住む人間であるという、ナレーションの一つの常套手段を、構成上は巧みに用いているかに見える。したがってこの作品は、語り手が主人公を離れ超越する時点、すなわち、語り手が主人公との関わりを通して一つの認識を得る時点が物語の頂点となる、語り手の内的探求の旅ともなりうるのである。しかし実際のところ、『壷中庵異聞』は、そういう単一的な行為者と目撃者、主人公と語り手の関係を破ってみせて、なぜ横川蒼太について「わたし」が書くのかに対するさらに深い問いを投げかける。それは作者と作品の関係、日常生活と小説の世界との関係、生きることと表現することへの作者自身の問いかけである。

『壷中庵異聞』は、一つの恥部をひた隠しにするとともに、それをさらに明確に「所有」するために奇妙なもの——作品——を作る〈表現者〉の話であるが、この小説は、美事なデカダンス文学（あるいは芸術）の分析となっており、横川蒼太の性的妄想のロマネスクに到っては、横川をそのまま川端康成とおきかえてもいいような思いさえするし、谷崎潤一郎の初期の主人公たちは横川蒼太そのものであるといってもよい。「暗所」を露出することを極度に恐れながら、同時にそれを常に把握し、所有すること以外に情熱を抱かない倒錯は、西欧後期ロマン派文学の重要なテーマでもある。

『壷中庵異聞』の「わたし」は、横川蒼太の「暗所開帳」の鍵をにぎり、その直前まで来ながら、あえて彼の暗所を明かるみに出すことに興味はないという。横川蒼太は、小さな壷の中に入って、そこに入所許可した特殊なものだけを真珠のように培養したのだが、その壷の床と真珠と、どちらが本当で嘘なのかわからないのだという。自己露出、あるいは自己開放のためではなく、自己陰蔽するために豆本というおもちゃを作る表現者にとって、その作品はまさに「怨みがましい自慰」の行為であるが、作者はその小児病的な偏執を、芸術家のなかに、そして世のコレクターや好色家や、本質的に現実生活に適応能力のない知的生活者に見出しているのである。

そこには「現実と、ものを創る仕事のどちらを特に重いとも思わない」といい、作品のほうが嘘の世界で、「その背後にある部屋の方がホントの彼の世界だ」と思わない「わたし」、そして作者の芸術観がある。「わたし」が横川蒼太にみるのは、彼の「著書のむこうにあった現実が奇人の奇行でなかった」ということであり、「カリエスなる病気」を持った表現者を芸術家の出発点として同時に、自らのうちにも、また日常生活者のうちにも確認することである。芸術家と日常生活者の距離は判然としなくなってしまう。

「わたし」は、その自慰的作品を立派な芸術作品だとも思わず、他人の生活まで巻添えにしたエゴイストの表現者を、エライ芸術家とも思わない。壷の中で醸成された「えれがんと」で「えろちっく」な五色の貝殻の世界など、「知ったこっちゃない」ものであり、陳列棚に並べられた作品、豆本は、わたしが見ても仕方ないものでしかないと手にふれても見ない。ましてや壷の中の陰惨でやさしく醜く弱い世界など、覗いてみたり、明るみに引き出す気はさらにないというのである。そこには、穴ぐらにのめりこんで居直った、現実から閉ざされた倒錯の文学に対する作者の辛らつな批判があり、そのグロテスクの美に対する、自らの恥部を晒されたような作者自身の恥ずかしさがある。

しかし「わたし」が、それらをまったく否定しうる位置にいるわけでないことは、「わたし」が自ら横川蒼太について探り、語っていることで明瞭である。「わたし」は生活の口を糊するために（という口実のもとに）、表現者の陰蔽のエゴイズムの「巻添えを喰った」うらみを晴らすために、「納得しておきたい」ことがあって、横川蒼太の内部「捜査」に乗り出すのだが、それは実は、その巻添えを喰った時期が「沼田ミツオ」との生活の時期であり、横川蒼太の「暗所」をたしかめることは、沼田ミツオとの共同生活における彼女の不幸をたしかめることでもあり、彼女の「穴ぐら」生活の深暗部をたしかめることでもあった。しかし、肝心のここのところを富岡多恵子は少しも書かず「陰蔽」する。

このことは、『冥途の家族』についても同じである。ナホちゃんなる「わたし」は、自分の世界の義理人情とケジメの論理に縛られて、しかしそれなりに力強く生きる母親を、イヤだともカワイソーだとも思い、その論理がまったく届かぬ、いつもニッコリ笑ってやさしく無責任な、何とかなる式ショーちゃんにコテンパンの目にあわされ、父親の無知で魅力的なやくざ的世界の、母親以上の心理的被害者でありながら、病気になり、男に愛され捨てられ、母親にどなられ、そして若い男と他人事のように結婚してゆく。その後も「わたし」は、老年に到った母親が、新しく建てかえられた家のなかで、自分の論理の通じない世界に住む若者の子たちに囲まれて「部屋をきれいに片づけて、じいっと坐っている」念願を果たしている悲喜劇的姿を、きちんと描いているのである。いまだに夫への怨みにしっかりとしがみついて、自分の論理を今は夢の中で通して生きようとする母親も、年の瀬に、そして新しい歴史の流れのなかに老衰していくのである。

それを眺めるナホ子は、辛らつであると同時にやさしく、母親と宿命的に結びついていながら、別個の生をはっきりと生きている人間である。ナホ子は、やはり「納得しておくために」、土着的な文化の担い手を探求するが、そしてそれらが新しい都市文化に吸収され、あるいはそれにのって変容していく様を見届けるが、一方で居直って変わることを拒む土着文化への感情移入などはまったくない。土着の文化、前近代的な庶民文化は、特に父親と母親のそれは確かな人間の生の軌道ではあっても、それは「わたし」にとっての生き方の指針とはなりえない。

富岡多恵子が好んで土着的庶民文化に没入し、少々アナクロニスティックな芸人たろうとしている反面には、それを決して前衛とは混同しない、すなわち、そのような前近代的文化の要素を明確に歴史のなかに位置づけている自信が存在する。『冥途の家族』は、自伝的な小説でありながら、ついに主人公の「暗所開帳」なくして終わる小説である。「わたし」はいつも逃げてしまって表現されない。それは作者自身の、表現者としての「わたし」と生活者としての「わたし」との曖昧な関係という一貫したモチーフの故でもある。

「わたし」には、「カリエスなる病気」を持ち、恥部に偏執する表現者の作品を、「知ったこっちゃない」あるいは「かなしくなる」思いで突き放し、その表現者の暗所などつきとめようともしない、辛らつな「疎外者の芸術」への批判という強い自己主張があるが、同時にその「わたし」は、アンチ・ヒーローとしても描かれているのである。教会の花嫁控室で、結婚式参列に上京した親族に寿司をとって食べさせながら、一人で化粧し、西洋式花嫁用ベールをつけ、セーターのまま走って、自分の宗教とは関係ないキリスト教の結婚をしようと用意する「わたし」は、自虐的なセルフパロディの精神で美事に描かれる。

古い都市商人文化における庶民のモラルは、資本主義都市文化における中産階級のモラルにすりかえられ、ショーちゃんのような移民的浮動人は定着文化の枠外に常にあるために、文化の底辺から前衛へとやすやすとかけ昇ってしまう。それを見届けながらも、そのなかでナホ子は、新しい男とアンチ・クライマックス的に結婚してゆく。そのナホ子は、一見アンチ・ヒーローとして描かれている如く見えるが、しかしナホ子に、そうする以外にどのような自然の、歴史との関係がありえようか。したがってナホ子は、やはり、庶民階級を出て中産階級へ取り込まれていく時代の「ヒーロー」なのである。

この自己主張と自己戯画化の同居こそ、富岡多恵子が「わたし」を扱う場合に、特に表現者としての「わたし」を扱う場合に用いてきた方法である。そこには何としても、日常生活との関係における自分の曖昧さ、生活不適応者と自らをみる表現者としての「わたし」と、同時に、自らの暗所に偏執して、生活を巻添えにしても自己表現に没頭する芸術家たることに本質的に「恥ずかしさ」を感じてしまう居心地の悪さがあり、そして、生と作品、人生とつくり物と、どちらも本当でも嘘でもないとみる思想が下敷きにある。横川蒼太が、日常生活者からはまぎれもなく「奇人」と見られたということ、日常生活の論理から見られた場合の、芸術家たる自分の滑稽さと無意味さを作者は知っている。同時にまた、日常生活者も結局は何かに偏執し、内に病気をかかえて生に対処してゆく「奇人」なのだという認識も一方にはあるのである。

自己露出欲が作品の端々に見えながら、いつも「わたし」が陰蔽されてしまう理由には、間違いなく芸術家である「わたし」と、現実に生きている「わたし」の両方を同時に捉えたいという作者の野心があるのであろう。まわりの人物を描く場合にも、常に「わたし」との関係は語られながらも、「わたし」と人物たちが、主役、脇役を常に交代しているのもそのためであろう。富岡多恵子の小説は、自己をしつこく露出すればするほど何か肝心のところが隠されている感じのする、スタインやヘンリー・ミラーの作品と共通するところがある。有り体な会話体で、具体的に書けば書くほど、彼女の作品は抽象的思考性の強い作品ともなってゆくのである。

これらの作品が自伝的であるのは、それを描くことによって、表現者としての自己の原型を創り出しているからである。これらの作品は、芸術家の誕生をテーマとする芸術家小説の流れを汲んでいるのだが、新しく生まれてくる芸術家は、巨大な個性と自己の特異性を確信する近代芸術家の自我を主張しないのである。「わたし」である表現者は、世界の苦悩を一人肩代わりするどころか、疎外者としての苦悩を誇示するひまもなく、食べたり、結婚したりしてゆかなければならない。芸術家の自我を相対化する視点として提出される生活者の視点が、「わたし語り」から「わたし」を稀薄にしてゆく。

語ることによってしか見えてこない自己意識の軌跡を、自己の原型像に収斂させるために語りはじめた近代女性文学は、絶対化された表現者の自己希求を相対化し、もう一度生活者に還元する視点が導入されることによって、近代的自己語りに終止符を打ってしまったのである。富岡多恵子の小説において、「わたし」を語らないことに「わたし語り」が成立するのは、作者が自我を、告白するために隠蔽し、社会からの孤立を苦悩する近代芸術家の自我に見ているのではなく、生きることを宿命づけられた人間の、生への意欲の中に当然見出されるものとして考えようとしているからであろう。

告白する「女性の内面」を捜している限り、富岡多恵子の小説に「わたし」は見えてこない。

＊

女性の本来的な特性と考えられてきた産む性と母性は二面性を持っている。すなわち、他者を包みこみ受容する抱擁性と、他者の自我を呑みこむことにより支配し、かつ溶解する破壊性――は、魔女性や巫女性が母性の陰画として存在することを示している。性によって他者を宥め鎮めもするが、同時に男性や子供を依存させて破壊もする女性の性の力が、女性の自我のあり方とその表現を、公的に流通する言語表現のシステムからはみ出た、屈曲した深層を持たせている。

社会的に抹殺され、深層意識世界に埋もれた女性の表現の問題を扱ったもう一つの秀作に、『三千世界に梅の花』（一九八〇年）がある。この作品もまた、一つのドキュメント、つまり一人の埋もれた女性の伝記として提出されているのは興味深い。この小説は、無学文盲で、社会の底辺を這うように生きてきた女性が、五十七歳で神がかりになる話である。大飢饉の年に生まれあやうく減児されそうになった主人公の奈於は、人生に失敗してゆく父親の、絶望に荒廃した内的世界の唯一の表現である暴力の犠牲者として幼女時代を送ったあと、奉公に出た。機転がきき、手仕事が早く、正直な奈於は、十七歳の時、福知山藩から孝行娘として表彰され、「自分の生き方が世間から認められ、肯定された」という誇りと満足を人生の早くにして持ち、さらに忍耐強く働く女になっていった。

養母が、男関係から自殺すると、奈於は自分を責め、死霊に取り憑かれたようにうなされる。嫁に行った先の男は、女関係を清算するために財産を使い果たしてしまい、十一人も子どもを生んだ奈於は、心の夫を結婚できなかった男に見出して耐えている。奈於の生活は、父親の暴力に耐え、貧困と苛酷な仕事に耐え、夫の女関係と自堕落に耐え、不出来な子どもたちの不幸に耐える生活である。男の子は皆家を出、失敗し、女を持ち、女の子はどれも男にだまされた。そのなかで奈於は、生活力の権化のように、ボロ屋をしてまで働きつづける。

二人の娘が「発狂」したあと、奈於も五十七歳で「発狂」し、「ついに言葉を発した」のだった。自分の腹の中に「生きもの」が入りこんだように感じる奈於は、三千世界を立替え立直する艮（うしとら）の金神の世界、三千世界に咲き誇る梅の花の世界を見るようになる。奈於の神は、病気を直したり、失くしものを見つけたりする神ではなく、世の立直しをする神である。しかもこの神は奈於に、自信に満ちた自らの声を分娩させせて、外の世界に挑戦させせただけではない。

それは文字の書けない奈於に、書け、書けと命じるのだった。それはまさに内から出る文字であり、奈於は生まれて初めて自らの表現を獲得するのである。

「老狂女」は、自らが直感でみた「三千世界という抽象世界」を表現するために書き始めるが、それは誰にも理解されることがない。それはあくまで理想世界であり、それと対比して現実を見ることによって現実の真相を明らかにする観念の世界であるが、それを具体化しようとする時、奈於の孤独な文字は、ますますその世界を現象界から隔離してしまう。世の立直しの時に文字を習っているひまがないと感じる奈於は、あくまで自らの表現に固執するしかない。そして結局は、無学な者の神がかりでしかないのである。表現によって具体化されない奈於の抽象世界は、あくまでも「三千世界の梅の花」でしかない。

奈於を霊能者の神主として新興宗教を組織しようとする宗教事業家によって、それが成功しそうになるが、紙に文字ばかり書きつづけていた奈於は、孤島や僻地に自らの神を探しに行くと旅に出、ついに姿を消してしまう。奈於の発声は、まさに抹殺され、内に鬱積されていた女性の政治的発言である。無学だが、正直で勤勉で、誇りに満ちて「正」の世界を生きようとした女の政治的批判と弾劾が、理想社会を夢想することによって、現社会を「負」の社会、改められるべき不正の世界と定義しようとする思想的行為の表現である。

しかし文字を持たぬ奈於は、直感的認識を思想にすべき方便を持たない。内なる神を「出す」ことによって自らの声を得たにもかかわらず、理想界の認識はあくまで抽象の世界で、ますます自らを人間の社会から隔てるばかりであった。それは「神がかり」でしかありえなかったのである。

奈於の神がかりの技は魔女や巫女の、社会的表現や行為に還元されない情念や本能的認識の表現で、直感的真実の世界であり、幻視者の世界でもある。意識下の世界と超自然の世界が一直線につながっているのは、西欧ロマン主義からシュルレアリスムに至る文芸思想の根底をなしているが、ロマン主義やシュルレアリスムの作家によっては悪夢としてのみ喚起された魔女や女性の意識下の世界を、たとえ逆説的であろうとも、女性経験の現実とその真実の唯一の表現として捉え直すためには、女性作家の新しい視点が必要だったのである。それらは皆、正の世界、公の世界の行為や言葉として社会化され表現されなかった、経験と情念と思想の世界の表現なのである。

その世界は、体制神話を脅かすが故に、怨念、醜、悪、狂気の世界として、長く「陰」「負」の領域に閉じこめられていたから、その世界の真実を取り戻すことは、正を負に変え、現実を虚構に変える思想と方法を必要とする。魔女、巫女の術を文学の術とし、巫女の語りを文学の語りとする虚構の方法が、女性作家の女性経験への深い洞察力の表現として蘇生されたとき、これらの作品の神話的意図とその世界の壮大さが全貌をあらわしたといえる。これらの作家は、女性の自己表現を基底にすえた女性の宇宙を「世に出した」のである。

＊

富岡多恵子が、詩を書くことによって追求してきたモダニズム以後の言語の問題を小説のなかで思考しなければならなかったのも、ひとつの皮肉である。富岡多恵子はその詩において、知的想像力と、言葉に内在する、すなわち、イメージによってつくられる自律的な（「コトバ以上の風景」と富岡がいう）内的抽象空間に対する不信をたたきつけてしまった。詩において富岡多恵子は、言葉の錬金術や想像力との心中自殺を否定はしたが、「存在のかなしさ」を、ともかく言葉によって「造型し」、「構築し、たしかにそこに存在させる」ことを、ともかくも言語によってできると確信していた。それは言葉をあてにすることであり、言葉の方法、富岡のいう「芸」を信頼することである。

富岡多恵子が、そういった言葉の「内部」を信用する自己完結的な言語芸術――知的想像力の世界――に疑問を持ったとき、小説の世界が開けてきたといえる。おそらくそこには「存在のかなしさ」に対する新しい認識があったにちがいない。

その認識は、イメージや想像力と心中しようとしていたモダニズムの認識ではなく、想像によってすり替えることのできない生の実感であったのであろう。詩人という特権者に与えられた生命感ではなく、生活者によって生きられ、しかも言葉によって表現されなかった生の存在感を自己表現の問題として認識したところに、小説の出発点があったのだと思う。

このことはまず、『丘に向ってひとは並ぶ』から、『三千世界の梅の花』、『斑猫』（一九八〇年）にいたる作品に見られる、自己、内面、自我を、近代的個性としてとらえるのではなく、その欲求を、生きとし生ける人間の生の要求と見ようとする態度に表われている。これはすでに超近代の思想であるが、富岡多恵子は、表現を芸術家の特権としてではなく、生活者の欲求とみる視点を、女性の自我に焦点をあてることによって明確に提出している。

富岡多恵子は、こういった自我の問題を正面きって作品中に書くことはないが、初期の作品『壺中庵異聞』の中で、この視点を理論的に方法化している。まず、隠すべく、そしてそれ故に表現すべく内面を持つ「表現者」なる人物と、その内面を知ることによって、自らのかたちとなっていない内面を認識できるかも知れないと漠然と感じている観察者の語り手がいる。語り手の内的動機が、主人公の秘密の内部への探索を強いるのである。

だが、富岡多恵子は語り手に、内部の秘密に到る一歩手前で、そんなものは知りたくもないと言わせてしまう。隠すことによって培養された内部から咲き出す異様に美しいものを、見ようとも、手に触れようともしない。それならば何故、語り手は主人公の内部に接近しようとするのか。それは内部、しかも病気の内部を固持することによって得た表現と、内面を陰蔽し、暴露することによって芸術家となった近代の畸人たちと、否定的にかかわる目的のためである。語り手の存在がそこにかかっているのは、語り手の表現者としての出発点がそこにあったからであり、その否定的超越なしに、語り手が表現者となる契機がありえないからである。

まず隠さなければ存在しない内面こそ、近代芸術家の個性であり、その告白は、まず仮面をつけることで可能になる。仮面の下はのっぺらぼうなのだ。語り手が確認するのは、市民生活からの疎外によって確立した近代的自我の表現ではなく、ただの生活者が、本能的生の欲求として持ちながら、言語によって疎外されてきた自我の表現を取り戻すことだったのである。イメージとしての言語の内部にも、また特権的自我の内部にも下降しない表現こそ、富岡多恵子が女性の自我の表現にして探求したものだった。

富岡多恵子は「語る」という概念を小説にもういちど取り入れることによって、現実と表現、外部と内部の間の空間を取り戻そうとした。それは、社会によって対外化されることにより成立する内面と生きる意欲に内在する表現への欲求としての内面の両方を捉えることを意図し、それを自我と呼ぼうとする企みである。それは常に生きる、語るという過程に関わりつづけることでもあった。

円地文子や大庭みな子は、社会化されない女性の自我、表現されない故に存在しない女性の内面を、物語の空間に展開することによって、自己と現在を超えた時間の物語という形式上の枠組みが、近代的自我を告白から遠ざけるが、同時にそれは、表現を得るために自我のかぶる「女面」なのである。面をつけて、自我は時間的に拡張し対外化され、現代性を無化することにより、その姿を顕現する。

富岡多恵子、円地文子、河野多恵子、大庭みな子、高橋たか子における自我と表現の問題は、個性が「生き方」として表現されえない現代の個人の問題を背負っている。愛することと書くことのエネルギーが、生きることのエネルギーになりえた近代——戦前の女性文学——は、すでに遠のいているのだ。自我の自覚が表現者としての自覚に直接結びついていた近代の女性作家から、自我も表現も、枠組みと方法の問題として現代女性作家にとらえられるようになった。

富岡多恵子は、円地文子や大庭みな子のように、物語の持つポリフォニックな声を利用して、昔からある物語を「語り直し」する中に、自己の物語を描こうとするのではない。河野多恵子や高橋たか子のように産まない性として性規範から外れる自己の性の実存をゴシック物語の想像力と表現に託すのでもない。それは、富岡が物語という枠組み自体を、信頼しないからである。人が生きればその後にも物語が見えないことはないが、それは物語という世界観や存在論を可視化する言説の枠組みでも、その方法でもないのである。人の生きた話は、そしてそれを語ることは、物語からはみ出した、いわば、「反物語」、言葉では表現できないものを、「語る」ことなのである。

《初出》
水田宗子『ヒロインからヒーローへ』(田畑書店、一九八二年十二月)より

富岡多恵子の「語り」と女性のナラティヴ——『動物の葬禮』と参列者

『動物の葬禮』(一九七六年)は、富岡多恵子の最初の短篇集である。この作品集は、のちに『波うつ土地』(一九八三年)、『白光』(一九八八年)、『逆髪』(一九九〇年)などの長篇へと展開される富岡文学の世界を貫くテーマが、短篇小説という形の中で明確に提示されたという意味で、ひとつの始まりを示すものと位置づけることができる。

『動物の葬禮』の前に、すでに『植物祭』(一九七三年)、『冥途の家族』(一九七四年)など、初期の長篇や連作が書かれているが、これらの作品は、それまで詩を書いてきた作者の最初の散文作品である『丘に向ってひとは並ぶ』(一九七一年)の直線上にあって、その意図的な私小説的「わたし語り」の世界と手法からの脱却ではあっても、主人公の内的な語りへの衝動が作品構成の根拠となっている。そこに読者が読み取るのは、語られる物語に登場する人びと、そして語り手の語り口を通して、作者の表現への衝迫そのものによって作りあげる内的風景である。それに比べて『動物の葬禮』は、「書くこと」へと作者を駆り立てる内面が、テーマを中心に構成され展開される自立した風景＝世界として、短篇小説という限られた形の中に構築されている。そこにあるのは、一般的な「自己語り」的要素を通して見えてくる作者の内面ではなく、現実からも、作者の自伝的内面からも異化された、「他者のいる物語」の風景である。その風景は語り手である女性のナラティヴによって見えてくる風景なのである。

短篇集『動物の葬禮』のテーマは「家族」であり、家族からの逃走である。ここに収録された七つの短篇のどの作品でも「家族」はその根源的な姿をちらつかせて主人公を捉まえ、その逃走を阻み、引き戻し、さらなる逃走の欲求へと衝き動かす。富岡多惠子の作品での家族は、主人公たちの出自である庶民階級の家族であり、都市化された中産階級的な核家族でもある。家族は、一方ではその生成の始まりまで、つまり、食べ、交わり、産み、病み、老い、死ぬという、生き物としての営みのために寄り合ってきた男と女にまで、そして他方では、実際に存在するさまざまな家族の形態やあり方ではなく、家族というメタファーを通して示される、あらゆる「もの」や要素にまで解体されている。

主人公たちは誰もが、すでに「壊れた」家庭と家族の中にいる。父親は、外に女をつくってか、一攫千金の夢を見てか、あるいはひたすらに家族から逃れてか、すでに家にはいない。母親は、父親への怨みを子供たちにぶちまけ、失われた家族にしがみついている無知な女のようでありながら、勝ち気に働き、子供を養う、自立した、したたかな生活者である。子供は、中学を卒業すると早々に家を出て、いろいろな仕事を転々としながら、二十歳そこそこですでに水商売の世界で生きている。父親を怨んだり、母親を当てにすることもなく、精神的にはとっくに親離れをした一人前の女だが、母親の不幸と怨み節、そしてそのたくましい生活力は、家族からの逃走へと彼女を駆ると同時に、母親へ、あるいは家族をつくりあげてきた「何か」へと、彼女を引き戻す力となっている。彼女もまた、母親という女の胎内から生まれた者なのだ。

主人公たちは誰も皆、「家族」に違和感を持ち、「家庭」の中に憩い、心が休まり、そこに納得できる自らの位置づけができないままでいる人たちである。といって、彼らが家庭や家族の外に、納得のいく自分の場所を見つけているわけではない。庶民階層の若者たちは教育を受け企業に就職先を見つけて都市中産階級へ上昇していく。そのコースから外れた女性たちは、家族の外へ出て行っても、何かの力によって引っ張られるように家族へと帰ってくる。出て行くときにはもう二度と帰ってはこないと思いながら、いつかまた帰ってきてしまうのである。この小説には、動物化された男の遺体の他は、男の内面を語る者も言葉もない。

『動物の葬禮』は、主人公のサヨ子が母親のいる家に帰ってくる話である。サヨ子は、恋人だったらしいキリンと呼ばれている男の死体を運び込んで、通夜と葬式を母親の家で行ない、それに母親に出席してもらうために帰ってくる。キリンは素姓の知れない男で、名前がなく、ただキリンとだけ呼ばれている。前に働いていた料理屋のボスの代わりに罪をかぶって監獄に入っていたこともあったらしい。キリンの母親は、男と暮らすために、彼が子供のときに彼を捨ててしまったらしい。キリンはサヨ子の前に誰かと結婚していたらしく、そのほかにも女がいたらしい。この男は痩せて背が高く、無口で、ボスにも、母親にも、そして自分をよく扱わなかった人生にも、苦情を言うのでもなく、仕返しをするのでもなく、心のうちを誰に語るのでもなく、どこにも定住せず、二十五歳であっけなく死んでいく。

サヨ子はキリンと暮らしていたようだが、キリンのことをよく知っているわけではないらしい。

ましてや母親のヨネにとっては、キリンはただの他人である。サヨ子は母親にキリンのことを何ひとつ話さなかったし、母親も自分には関係がないと、キリンについて何かを聞こうとすることもなかった。ヨネにとって、キリンは娘の連れ合いというより、娘がアパートへ拾ってきた動物のようなものだったのである。

サヨ子はキリンのために葬式を出してやろうとするが、それは、彼をないがしろにし、捨てたものたちから、キリンに代わって「落とし前」を取ってやることでもあると思っている。おそらくは啖呵を切り、脅して、料理屋のボスだった男やキリンの母親から強請り取ってきたカネで、彼女は通夜となおらいの食べ物を用意し、自分の母親に一緒に食べてくれと言う。その葬禮は、母と娘だけが参列する葬禮であり、キリンが初めてサヨ子とその母親と共にする、家族の晩餐である。

*

娘は、キリンのための弔い合戦をする気で強請り取ってきたカネで用意した通夜と葬式の食べ物を、ハチマキをして食べ、飲み、母親は、なんで自分の家から他人の葬式を出さなければならないのかと不満に思い、早く死体が出て行ってくれることを願いながらも娘の儀式に参加し、上等の料理をむさぼり食っている。翌日、坊さんが来る前に葬儀屋が来て、バタバタと死体が片づけられ、火葬場でキリンは骨壷の中に納まる。

サヨ子は、キリンの遺した持ち物のただ一枚のセーターを、母親の家までキリンの死体を運んでくれた男にやり、家財道具を一切捨てて、キリンと住んだアパートを引き払って母親の家に帰ってくる。こうしてまたしばらくの間、母親と娘は、まるで二匹の欲張った猫のように、食べ物や持ち物を争って、じゃれ合いながら一緒に暮らすのである。

サヨ子の弔い合戦も、勝ち取ってきたカネで大盤振舞いのなおらいの料理や、中ほどの経費をかけた葬式も、キリンが望んだものではなく、だからキリンのためではなく、サヨ子自身のためだったことを彼女は知っている。サヨ子はキリンの人生の落とし前を取り、片をつけることによって、「人間のクズ」である「あいつら」から、自分の過去にひとつの決着をつけたのである。キリンは何も言わず、語らず、誰にも何も託さず、動物のように死んで、片づけられたのである。死ぬのは動物であり、葬式を出すのは人間なのだ。サヨ子の執り行なう男の葬禮に列席するのは母親ただ一人である。葬禮は、出て行く男を見送り、女が家へ帰るための儀式でもある。葬禮を出し、家の外での闘いに切りをつける儀式を終えて、しばらくの間、休息するために、サヨ子は家へ、母親のところへ戻ってくる。娘が執りしきり、母親が参列する葬禮は、キリンの死、その家族と社会からの逃走を、サヨ子の逃走の代行と見て、サヨ子が家に帰るための儀式なのである。それは母と娘の共謀ともいえる女性のナラティヴの筋書き＝物語なのだ。

サヨ子も、母親のヨネも、都市の中産階級的な家族の外にすでにはみ出してしまっている女たちであり、家族を核として通じていく社会構造の中心からは、すでに帰還不可能な遠くまで来ている女たちである。しかし彼女たちは、たとえ社会の底辺の無知な庶民としてであろうと、生き残りのために奮起し、生活にしがみつき、家族や血族への言うに言われぬ気持ちを呼び起こされ、その繋がりのうちに生きてしまうために、結局は「あいつら」を相手に仇を討つことができず、いつもしまいには「あいつら」に片づけられてしまうのである。

キリンはその点、そもそも自分の意志に反して母から捨てられた子である。彼は家族から脱落し、社会での人間関係から脱落して動物になることによって、「あいつら」の仕掛ける罠にかかることもない。キリンはサヨ子のしたかったことを——つまり、血縁と家族のしがらみからの解放と、その家族を通してつながる世俗社会からの脱走を——サヨ子に代わってやり遂げたのである。キリンのための葬禮とは、今度はサヨ子がキリンに代わって、子捨てをしておきながらぬくぬくと堅気生活の恩恵を享受しているキリンの母や、「あいつら」に追い討ちをかけることだ。動物は弱者排除と同じ差別の構造の下での「はぐれもの」である。サヨ子は、自分の欲望の代行者、自分に代わって動物に変身しおおせた男のために葬禮の儀式を執り行なうことによって、家出娘の目的を達成し、家に帰ってくるのである。

サヨ子がキリンの死のためにソーレン（葬禮）を出し、キリンの仇討ちと弔い合戦をしようとしたのは、サヨ子の内面が深く「あいつら」にとらわれていたからだ。サヨ子は、動物に近い生き方をしながら、動物になりきることができないのだ。一方、キリンはとっくに動物に変身することによって、「あいつら」から訣別してしまったのである。結局、「わたし」は、中産階級家族からもはぐれ、動物にもなりきれず、また元の庶民の家族に戻ってくる。そのいわれなきしがらみにからめとられて家族に残り、男は家族から、そして家族が照らした道しるべを示す世俗から逃走し、「片づけられる」道を見つける。家族から、女から逃げて行くとき、男は動物に変身してそれをなし遂げる。どこまでも逃げ回る父親たちは何ひとつ持たず、ステテコまで脱いでしまって裸で家の外へ出て行き、そのまま行方知れずの野良猫のように死んでしまった。キリンもまた、逃げ足の早い男だった。

サヨ子が執り行なったのは、単なる埋葬ではなくて、葬禮という儀式だった。女は出て行く男を「シャミセンの胴を／ふとい撥でたたいて／見送ってやる」のである。それが葬禮の儀式なのだ。後始末も、後片づけもしてやる。女自身は図太く生き残って、生という日常を、その「死ぬ迄の一日」を、あたかも動物のように、母娘して格闘し、じゃれ合いながら、食べて、寝て、ヒマをつぶしていくかもしれない。しかし、女は男との、そしてその結果としての家族のしがらみから身を「清算」することはできず、家族はトラウマとして、女の内面の原景を描きつづけるのである。

『動物の葬禮』の動物は、家族や血縁から逃走し、単身で放浪し、定着と関係を拒みつづけることによって、権力構造を持つ社会組織の外側への出口を見つけようとして、世俗的な人間の外側へ自らの内面を押し出してしまった存在である。動物は富岡世界のはぐれものの原型である。その内面に人間の言葉はすでに届かないが、その不可解さ、不気味さ、哀れさが、人間生活の日常に深い口を開いている深淵を覗かせ、社会の外側にある世界の深い闇や沈黙や、自由や安らぎを垣間見せて、ひとを実存の不安と逃走への衝動へと駆り立てるのである。

＊

一方、『動物の葬禮』に収められているもうひとつの作品「犬の見る景色」（一九七四年）と、この短篇集からは独立した作品である『芻狗』（一九七九年）は、女の、そのような動物への変身の試みを描いた作品である。

「犬の見る景色」では、神経症的に閉じていく狭い空間に、すすんで身を沈めていこうとする女を描く。主人公のチズ子が夫と二人で住む、「アナグラ」のような狭く貧しいアパートの、世間から遮断された空間へ、ある日突然、血縁とも他人ともわからぬチズ子の昔の知り合いの男が侵入してくる。「平凡を絵に描いたような」、その従兄と便宜上呼ばれる昔なじみは、かつてチズ子を結婚相手と考えて、それとは言わずに、喫茶店でのデートやスキー旅行などに誘い出したこともあり、誰にも居場所を知らせていないチズ子を捜し当ててきたのも、どうやらもういちど結婚の可能性を探ろうとしてであるらしい。

この男は恋愛をしたこともないが、相手が見つからないうちから結婚に備えて家を買ったり、家財を整えたりするほど世俗の世界を信じて疑わないでいて、そのくせドジである。医者になるために六年間も高い学費を払って勉強しながら、あと一年というところで、無免許の手術をしてすべてを棒に振ってしまった。泊まっていた旅館の亭主から娘の婿養子にと望まれて承知したが、娘がほかの男の子を妊娠してしまって、それも駄目になった。男はチズ子が結婚してはたして幸せに暮らしているのかどうか、興信所で調べさせたりしている。隙があればつけこもうとしているらしい。

チズ子は、大真面目で一見礼儀正しいが、じつは図々しく無神経で、攻撃的で執拗だが情熱を持たぬ、このうだつのあがらぬ男に、嫌悪感と不気味さを感じていたが、それがしだいに言いようのない恐怖へと変わっていく。その恐怖は、チズ子が「恋愛」という逃走、つまり男への逃走によって脱出しようとした、家族を通して温存される世俗の日常性への恐怖である。

その恐怖は、胴体から首を切り取られた仔犬の幻想となって現前してくる。駅前の商店の店先で飼われている雌犬は孕んでいて、もうすぐ五、六匹の仔犬を産みそうで、チズ子はそのうち一匹をもらってもいいと思っていた。男はチズ子のその願望に、仔犬だと思ったら体から切り取られた首が店先に並んでいることになるかもしれないと厭なことを言い、水をかける。

「犬の見る景色」とは、その首だけとなった犬の見る景色なのである。結婚した男との関係というプライベートな空間に閉じこもり、その空間を日常性を超える場にしようとしていたチズ子の所へ、無遠慮に日常を持ち込んできたこの侵入者は、チズ子を日常へ連れ戻しはしないが、彼女が育んできた「アナグラ」を破壊してしまうのである。恋愛を通しての個人的な空間への自己閉鎖と内面への沈潜という、世俗を超越する方法そのものの有効性を壊してしまったのである。首だけを切り取られた仔犬はチズ子自身であり、彼女の狂気である。花壇があり、動物が飼われている庭付きの家に住む中産階級の家族と、それへの志向を疑うことのない世俗を代表する男と、そこに納まった自分を見ているチズ子自身の、胴から切り離された首なのである。

チズ子の部屋は、侵入者によって中産階級の俗世界の日常を持ち込まれたために崩壊したのではなく、そこは初めから日常だったのである。犬になってその景色を見たチズ子は、それを認識したのだ。恋愛による男との生活も、日常へ深入りすることはあっても、そこからの逃走にはならない。コーヒーをいれてくれなくてもいいから助けてと、SOSを発しても、夫はチズ子を助けることができない。夫もまた俗社会の日常の住人だからだ。チズ子の脱走は、恐れている犬の首になる以外にない。それは神経症の発作の始まりであろうし、いずれにせよ不気味な異物、犬の首という「モノ」となっての逃走であるだろう。しかし、日常を遮断すると幻想した愛の空間が、あたかも映画のセットのように倒れ、崩れる景色を見、囲いがはずれて広い外へ引きずり出される恐怖におののくチズ子は、「恋愛」という男との関係への逃走による日常超越の幻想も、世間から部屋への自己隔離や内面への沈潜による超越の幻想も、そのいずれをも壊された時点に立っているのである。

*

「犬の見る景色」における犬の首への変身は、十九世紀半ばから文学の主要な基底をなしていく実存の不安と、世俗や日常、そして社会そのものをバイパスして生の根源に立ち還ろうとする近代文学の試みとして、それをポオやホーソンやメルヴィル、カフカやベケットやサルトルの作品に見ることができる。日本では、例えば大江健三郎の作品の、動物や異物への変身譚の系列の中に、この「犬の見る景色」を置いて考えれば、主人公が女性であるという、富岡多恵子の視点の新しさが明確になってくる。この視点は、のちに触れる『芻狗』で、さらに新しい方向へと発展し、深められていくことになる。

ホーソンの『牧師の黒いヴェール』(一八三七年)の牧師は、ある日突然、顔に黒いヴェールをかぶり、生涯二度とそれをはずして、人びとに顔を見せることがなかった。ヴェールをかぶった理由や目的について、さまざまな憶測がなされ、噂が流れたが、牧師はどのような説明も弁明もしなかった。人びとは牧師が秘密の罪を犯したのではないかと疑い、あるいは自分たちの秘密の罪を糾弾するための行為ではないかと青ざめ、神との約束だ、悪魔との契約だと憶測を飛躍させるが、そのいずれなのかわからぬまま、しだいに恐怖に捕らえられていき、牧師の教会から足を遠ざけるようになる。牧師の行為は謎に包まれたまま解明されることなく、また、ヴェールをかぶることによって何がなし遂げられたのかも明らかにならないまま、ただ人びとに恐怖だけを植えつけて終わるのである。共同体の人びとが神の代理人として心を打ち明け、告解し、救いを求めてきた牧師は、共同体からのはぐれものとなり、彼らにとって他者となった。人びとを拒絶し、決してその内面に入れない、絶対的他者として立ち現れたのである。

同じような他者へのラディカルな変身は、メルヴィルの『バートルビー・ザ・スクリブナー』(一八五三年)にも描かれる。裁判所長の書記として毎日規則正しくルーティンワークを繰り返していた青年バートルビーが、ある日、仕事を拒否して何もしなくなってしまう。彼は退職するのでもなく、オフィスに起居しつづける。上司にどのような説明もしようとせず、上司の説得も受け付けないバートルビーは、単なる邪魔物である以上の、悪意や邪悪な力さえ持った不気味な異物となっていく。結局、バートルビーは浮浪罪で逮捕され、刑務所でボロ布のように死に、「モノ」のように始末されるのだが、上司である「私」の心に深い謎といわれのない恐怖を残した彼の行為の意味も、心のうちも、ヴェールをかぶったまま、何ひとつ解明されることがない。その死は、ホーソンの牧師の死と同じように「無意味」である。彼らの行為や死には、救済や解放や、超越の暗示さえもない。

彼らは、人間の姿はとどめていても、すでに人間の感覚や理知の届かない「モノ」となったのであり、彼らが不気味な異物である点で、ポオの大鴉や黒猫、カフカの毒虫の同類である。何かを暗示しながらも決して意味を明らかにせず、悪意があるようで無害でもあり、人を自らの内面の暗闇へと誘い込む、不気味で恐ろしい「地獄の使者」である。その不可解さこそ、現実を不確かなものにし、実存の不安を喚起して、ひとを狂気や自滅へと導きかねないものなのだ。

キリンの死体も、胴体から切り離された犬の首も、黒いヴェールに覆われた牧師の顔も、塵芥となったバートルビーの体も、異物への変身による世俗からの離脱であり、世俗社会への復讐であり、世俗のあちら側への脱走の企てであるが、彼らの異物への変身は、動きを極度に停止し、狭い空間に閉じこもり、自己に沈潜することによって達成される。空間の囲いの中への自閉と外からの働きかけに対する応答の拒否、内面への沈潜の果てに達成される変身は、狂気の世界への転出である。だが、それが被害者としてのただの自滅行為でないことは、彼らが逃れようとしている、あるいは復讐しようとしている世界がはっきりと提起されていることから明らかである。

＊

「犬の見る風景」は、チズ子の犬の首への変身の前夜を描いているのだが、チズ子が恐れるのは、従兄だという男の出現によって、彼女がそこから逃げ出してきたはずの世界が再度姿を現し、そこに引きずり戻されるのではないかということだ。女という「孕む性」と、それに内面まで寄生して生きる男たちとの馴れ合いのうちにつづいていく、性と生殖が連鎖する「環の世界」から、チズ子は都会の片隅の誰も知らない「アナグラ」へと脱走してきたはずだったからである。

チズ子が自閉という狂気によって「環の世界」からの逃走を企てるのにたいして、『芻狗』の主人公の「わたし」は、空間内を動き回り、荒れ回る、発情し、狂乱した動物への変身を企てる。チズ子の逃走の手段が恋愛なら、「わたし」のそれは性欲である。発情した牝犬となった「わたし」の、ただ欲情を満たすためだけに若い男を追って走り回り、人間的な思いやりや愛着や繋がりを求めたり残したりしない性的動物への変身は、男たちが社会の人間関係の束縛や、血縁のしがらみや、家庭という世俗から、しばしば一時的に逃走するのと同じ方法なのであった。

『芻狗』の新しさは、女が逃走の方法としてそれを選んだことにあるが、それは単に女が、男もする色漁りをし歩いて、男と女の立場を逆転して見せたところにあるのではない。女の側からのつぎつぎの男漁りは、欲望を満たすだけの性交という行為が、偽悪的な気晴らしになるどころか、荒涼とした、悪意さえ感じられる、おぞましく不気味なものであることを明らかにしていくところにある。男と女の性の行為に、愛の口説や別れの涙や次の逢う瀬の約束といった、おさだまりのしぐさや色事の仕掛け、つまりは恋愛幻想という文化の操作を欠いたとき、男は性欲を失ってしまうのである。

性欲とは文化の産物であることが明らかになり、文化という制度からはみ出した性欲は、目的も方向も定まらぬ単なるエネルギー、つまり、生殖を可能にし、家族の再生や維持に貢献することのない、過剰なエネルギーであることがわかる。性欲そのものが不確かな欲望、単なる使い捨ての、頼りにならない生への衝動やエネルギーにすぎないことを、思い知らされるのである。

欲望の主体である「わたし」の男漁りに秘められた悪意は、それ自体として語られることはないが、男を拾い、交わり、別れ、すぐ次の男に移るという、一時もとどまらない、止むことのないその極端な働きの中に、いやおうなしに表わされる。ゆきずりの関係とはいえ、そこになにがしかの感情を醸成させるひとときの停止も休息も見出す余地はない。その絶えざる走りにも似た女の動きは、用があれば用い、用がなければ捨てる、祭礼用の藁の犬を意味する「芻狗」の語に示される欲情のあり方とともに、何事にも動かぬ豊穣な大地という、男の夢想する「女」とはあまりに異質なものに見える。それは男の性への欲望を冷やすのだが、引き起こされるその違和感の強さこそが、「わたし」が逃走しようとしているものの環の世界への嫌悪感の強さとして表現されるのである。欲望は、その結果として生殖と生の連鎖する「環の世界」を再生産する。環の世界はまた、欲望からその過剰性を剥ぎ取り、欲望を日常に閉じ込める装置でもあり、制度でもある。「わたし」は、環の世界に収まらず、そこからはみ出し、脱走を企てる、過剰な欲望の主体＝自我を持つ女の芻狗である。芻狗は、性欲という文化の装置を顕在化して見せるが、女の芻狗の行く場所は、その装置の外側には見えてこないのである。そこは暗闇のままだ。祭りが終われば、猘狗は捨てられ、ひとは日常化された欲望へと帰って行く。

『猘狗』の主人公は、ここではキリンに近いが、キリンや犬の首と同様、死や狂気という出口が見つかったのか、あるいは犬死であったのかは、明らかにされることはない。もし語られることがあるならば、それは、閉園間近の公園で男を待ち伏せしつづけるこの「狂犬」を埋葬し、その葬禮に参列する人間の女たちによってであるだろう。しかし、参列者とて自分の何かを語ることしかできないのであり、それは動物の物語とは別の物語となるはずである。「見る」「動く」逃走の行為とは、結局は「語る」ことを拒む行為なのである。

キリン、犬の首、さかりのついた犬への変身は、身体の異化を意味する。生殖をはじめとする身体的機能の身体からの離脱、欲情が遊離してしまった身体、首が切り取られてしまった身体、見る行為や走る行為、意識や思考や欲望や感覚が身体の全体から乖離して、身体の行為としての意味を形成しなくなってしまった身体。それは、産み、育て、包容し、介護することによって、単に生成され、やがて滅びる有機体である身体を「人間化」し、生命とその意識をも含む自然の「円環」の中に位置づける役割を負わされてきた、女性の身体とは対極にあるものだ。

＊

「女の物語」は、従来、その円環の中心に位置し、円環そのものを成立させる「子宮」に、自然と人間の意味の源泉を託そうとするところから生まれてきた。また、女たちも、自らの生殖する身体に、語ることとの拠点を見出してきたのである。富岡多恵子の動物物語の主人公たちが、「語る」ことよりも身体のメタモルフォーシスに脱走を企てようとするのはそのためなのだ。女性の物語は、一方で幽霊や魔女の、異形と沈黙の世界を舞台とする裏物語＝ゴシック物語として確かな位置を占めてきた。それは、語ることへの不信にもとづいた、身体の変身による復讐と脱出の企てである。

どこまでも追跡し、かつ逃げる幽霊物語（フランケンシュタイン、日本の山姥伝説、そして近代文学に例をとるなら、岡本かの子『家霊』のおかみ、円地文子『女坂』の倫、『女面』の栂尾、河野多恵子『妖術記』の「わたし」など）のバリエーションのひとつとして、その系譜の中に富岡多恵子の動物変身譚を置いてみるとき、社会変革や疎外からの解放や超越は見えなくても、生殖する性の拒否による社会への能動的な参加の拒否と、家族と人間関係からの逃走という、ラディカルな沈黙による抵抗と拒絶の表現を、主人公の身体の異化、動物への変身に見ることができる。富岡多恵子の、欲望と生殖の分離した女の身体の異化、動物変身物語は、「見る」という認識行為、「動き」という変革行為、そして、「語る」という表現行為の解体を企むのである。

しかし、この女性による自らの身体の異化は、ラディカルな抵抗と拒絶の表現という役割を果たしながらも、踵を接してテクノロジーによる身体の異化が急速に進む中で、女性自身にとっての難題となっていく。女性にとっても異物となった、欲情を剥ぎ取られた身体、首をもぎ取られた胴体は、投げられたブーメランのように女性に立ち帰ってくるからである。

それを尻目に富岡多恵子は、『波うつ土地』『白光』『逆髪』とつづく一九八〇年代の作品で、社会制度と文化の装置の外側へ、芻狗や犬の首を追って入って行く。そこは新しい「語り」、「語る」主体の可能性が探られる「小説」を志向する世界で、すでにマスターナラティヴは解体された「物語」の世界である。

「犬の見る景色」は、視点の逆転した景色である。見るものが見られ、見られるものが見る、風景が逆さになった世界である。富岡多恵子の「語り」は、この風景の逆転を拠点にして始まる。キリンを語るのは、キリンのために葬式を出してやるサヨ子だが、サヨ子はキリンの内面を語る資格もなく、また語ることもできないのだ。サヨ子は自分がアレンジした葬禮に参列することによって、自らとキリンの内面を語る契機と資格を得るのだが、そこでもサヨ子は語る主体ではなく、むしろ語られているのである。葬禮のもうひとりの参列者であるヨネもまた、キリンの内面とは無縁であり、それを語る視点を何も持ち合わせていない。ヨネはサヨ子と同様、葬禮に参列して「語られる」のである。キリンの内面は語られないが、葬禮はそこへの唯一の道である。アフターマスとしてしか近寄ることのできない他者の内面、そこに接近して語ろうとしても、語り手の内面もまた、「見られる」風景であり、語られる異物でしかない。

語り手と語られる対象との内的関係は、近代小説のナラティヴにとっては大きな課題であり、異物である他者の内面を小説の課題としてきたポオやメルヴィルは、対象と内的に一体となる瞬間を経験する語り手、対象の内面の繰り広げるドラマからの生存者としての語り手、夢や内的な旅から目覚め、生還してきた主人公＝語り手、告白する「私」などを設定して、物語から近代小説への道を開いたのである。近代小説は、語り手と語られる対象の内面とがふれ合う部分を拠点としてナラティヴを成立させてきた。私小説における主人公としての「私」と、語り手としての「私」の一致という設定も、小説におけるナラティヴを可能にさせる方法の試みである。

富岡多恵子は、生殖する性を武器としない女性のナラティヴという視点を導入することによって、このような、他者の内面への没入の可能性、そこを拠点とするナラティヴの可能性を否定してしまう。語られる対象の内面は、ジェンダーという差異によって、二重に没入不可能にされるのである。サヨ子もヨネも、カネを強請る才覚や、キリンの後始末をするけじめ、キリンのために弔い合戦をする義侠心を持ち合わせた、れっきとした市民である。しかし、直接話法の「女の話しコトバ」しか持ち合わせない彼女たちに、キリンの内面を「あいつら」に説明することはおろか、自分の怒りや悲しみや、まして自分の生への怨みを語って聞かせることなどできない。彼女たちは、その言葉も方法も持ってはいない。通夜のご馳走を食べ、上等の酒を飲むことが彼女たちの「語り」であり、だからこそ、それは単なる葬式ではなく、葬禮なのである。そのうえ、そもそもキリンは早足で女たちの手の届かないところへ逃げて行ってしまったのである。その内面が透過不可能な異物となっていなかったとしても、女たちが、生殖する性を用いて、キリンと環の世界をつくること以外に、はたしてキリンの内面を理解し得たか、ましてや本当にキリンの内面を知りたかったかどうかは疑問なのである。

＊

『壷中庵異聞』（一九七四年）では、語り手の内面と語られる対象の内面との関係をテーマとした。富岡多恵子は、この近代文学の重要なテーマを、さらにジェンダーの視点をつけ加えて、追求する。物語は、自己表現に全てを託す芸術家の内面にこだわり、惹かれる、語り手の内面をナラティヴの視点として構成されていくが、対象の内面に手の届きそうな時点まで来たとき、語り手はそれには興味がないと、身を引いてしまう。物語も、内的探究としての近代小説のナラティヴも、拒否してしまうのである。語られようとした対象も、語ろうとした語り手も、そのどちらの内面も語られることがない。壷の中の他者と語り手の「わたし」を隔てるのは、女のナラティヴなのだ。

女性である語り手は、モノとなった芸術家、壷中庵の内面に入ることもそれを語ることも拒否する。他者を犠牲にして自閉する身勝手な芸術家も、それを理解し、追体験し、物語る「語り」も、ジェンダーという差異によって、生活者である語り手から二重に隔てられているのである。『壷中庵異聞』は、その意味で、富岡多恵子の物語から小説への移行を、女のナラティヴという視点の導入によって位置づけた作品である。『女坂』の倫が、その内面の表現を怪談（「四谷怪談」のお岩）に託さなければならなかったように、屋根裏部屋の狂女の内面を語り明かしてくれる語り手が現れることはない。それが女性の内面の表現を託した狂気の、そして動物への変身の意味するものだった。

『壷中庵異聞』の語り手は女性で、語られる対象は男性である。語り手の女性は「生活者」であり、「表現者」である男性の壷中庵の内面に近づいていく。生活者＝女性、表現者＝男性という性差の構造の図式の設定は、結局は、何も解明されず、語られないという結末を決定するもので、この小説のテーマでもある。語り手は「生活者」という視点から「表現者」という視点へ移行していき、また戻ってきて、その中間に立ち止まったままでいるのだが、その移行が語り手にとって不可能なのは、それが単に生活者から表現者への移行であるばかりでなく、生活者が女性の言説であり、表現者が男性の言説であるという、ジェンダーの越境をも意味しているからである。性差文化の中で、男と女をつなぐ道筋は、生殖する性のディスコースしか存在しない。男性表現者の内面を女性生活者の物語の中に位置づけ、そこに回収する言説による道筋も、男性表現者の内面の解体を通して、語り手＝女性表現者の内面の表出を可能にする言説も、文化の中に不在だからである。

壷の中へ逃走した男性表現者の内面へ、女性が至る道を明らかにするディスコースも、それを女性が語るナラティヴも不在なばかりか、富岡多恵子は、それらは女性の生活者にとっても、表現者にとっても、「興味のない」こととして投げ捨ててしまう。男性表現者の内面は、生活者としての女性を幸福にすることも、女性の表現者への自己出産の道標にもならない。富岡多恵子は、生活者と表現者をクロスする女性の語り手という、語り手をジェンダー化された存在にすることによって、内面に恥部としての暗闇を隠し、それを所有するために作品を作る、近代男性の表現者の「暗所開帳」という、近代小説におけるひとつのマスターストーリーの内包する性差の構造を露呈させるのである。

『壺中庵異聞』の語り手の「わたし」は、壺中庵のような男性表現者に巻き添えを喰ったことへの恨みから、壺中庵の暗所解明を企てるのだが、その解明も、それによる自らの救済も、表現者への転出も、結局は不可能であり無意味であるという認識に達するのである。生活者と表現者という二項分離が、性差による分離の構造であったことが明らかになり、分離そのものがジェンダーの視点の導入によって不確かになってしまうのである。語り手は、壺中庵の葬禮の参列者になることができるだけであった。

『壺中庵異聞』の語り手と壺中庵の関係は、『動物の葬禮』のサヨ子やヨネとキリンとの関係に相応する。男性芸術家の内面を回収する基調物語の否認、その物語への参加を通しての、女性の自己表現の試みの否認こそ、富岡多恵子が一貫して行なってきたものだった。生殖を通してのみ男の世界に参加する女は、いつも切り捨てられる生活者として、男性芸術家のモダニズム内面探究物語に参加させられてきたからである。『壺中庵異聞』によって物語から小説へと移行してい く富岡多恵子は、『動物の葬禮』において提出した、葬禮の執行者とその参列者という、生活者と表現者のはざまを生きる女性の裏声の語りを拠点として、女性のナラティヴの可能性そのものを長篇小説へ向けて探っていく。そこには、過剰な自我＝欲望を所有して社会の外へ吐き出されてしまう女性の内面を語るナラティヴも、葬禮執行者としての、あるいは語り手としての女性の内面を語るナラティヴも不在な、近代文学において女性が表現者として自己出産することの困難さが横たわっている。その意味で、のちの長編小説で展開されるこの作家のポリフォニックな女性のナラティヴは、近代文学を超える試みでもあった。

＊

初期の作品から『波うつ土地』、『白光』を経てたどり着いた『逆髪』は、富岡多恵子が『動物の葬禮』以来、一貫して意図的に追求してきた、女性のナラティヴの可能性と不可能性という課題を正面から取り上げた作品である。子宮に依拠し、孕む性に寄生する男たちと馴れ合う従来の「女の語り」を解体し、家族の深層にからめとられ、家族を通して呼び戻される性と生殖の環の世界から、自らの身体、女性の身体の異化を通して脱出し、それらに縁切りをしようとすることの可能性、そのための語り＝ナラティヴの可能性を主題としたのが、この作品である。

漫才という、大衆演芸のひとつの「語り」を少女の頃から職業として人気を博してきた姉妹。姉はその過去を一切語ろうとせず、妹は自分自身が今でもこだわりを持つ姉の過去を語ってくれという企画を芸能メディアから持ち込まれる。姉も妹も共に、まともな中産階級的家族の中で育たなかったことで親に恨みを抱き、その怨念をトラウマとして引きずっていて、家族からの逃走と家族探しを内面に抱え込んでいる。

父を知らない姉は、父親の代行者としての夫を求め、「まともな家庭」をつくることだけを目的に凡庸な男と結婚する。彼女は男の女房役と母親役を果たし、家族のしがらみをすべて引き受けようとしながら、結局は寝たきりの廃疾者になった夫を置き去りにして蒸発してしまう。その母親の娘は、家族にも男にも幻滅して、叔母の友人がつくろうとしている女だけの共同体に加わろうとしている。

妹は、姉のように結婚して芸能界から身を引くのではなく、どこかに定住するのでもない、いわばはぐれものの生活をしながら、老いた母親を看取り、異母弟と思われる浮浪者の許も訪ねて、血縁のひとりひとりの最期を見届ける。彼女は、母親にも姉にも語らなければ晴れない怨みがあると思うのだが、語ろうとすれば、それは本音でも嘘でもない漫才の「口技」のように、いつも真実はすり抜けてしまうように感じられる。それでも語り始めれば、それは姉の話であり、自分の話でもありながら、同時に、自分から男をつぎつぎと変え、また男に捨てられて、幼い子供たちに家庭を与えなかった母親の話ともなっていく。姉妹と母親の話は、さらに家族の関係と感情にからめとられて、狂気へ、沈黙へと沈潜していった女たちの話となり、家族から抜け出よう、新しい生き方をしようとして走り回り、行方不明になった女たちの話ともなっていくのだ。

それらは皆、謡曲『逆髪』の狂女の葬禮に参列する人びとの、それぞれの語りである。そのどれもが逆髪の内面は語らず、自らの内面も語り得ないが、葬禮という儀式に参列することが彼女たちの語りなのだ。謡曲の終わりに音もなく退場していく幽霊たちのように、すべてが終わって、それぞれの語りのポリフォニーが響き合って消えていくなかでの、妹と、その妹の養女になりたいと言うゲイの男との台所での乾杯、それはまた、ひとつの「家族」の始まりであるかもしれず、家族からの出口は依然として明らかではないが、生殖による円環の世界はすでに背後にある。

『動物の葬禮』という「物語」は、個別性を超えた、参列者の女たちのナラティヴとして、『逆髪』の世界へと広められていったのである。それは、両義性を残し、矛盾し、互いに対応しあう複層的な声をディスコースによって構成された、ひとつの意味や出口の示されない世界であり、語り手や、語られる対象の自己表現を超えたところに立脚するポリフォニックなナラティヴの世界である。家族の廃屋から走り出てくる動物は、近代文学における内面に依拠する自己表現と、生殖する身体に依拠する女の語りを解体して逃げ去っていく。『逆髪』のナラティヴは、動物の葬禮参列者のナラティヴであり、動物たちの逃げていった場所、彼らが眠る世界の景色を夢見ながら、到達の手前で醒めつづける女たちのナラティヴである。

しかし、富岡多恵子は、その女のナラティヴをさらに解体しようとする。『逆髪』における、個別の主体を超えた女たちのポリフォニーとしてのナラティヴは、謡曲の「狂女」という原型を持つマスターストーリーによって可能となっていた。『逆髪』の葬禮に参列する女たちの、この深層に依拠した語りをさらに解体して、マスターストーリーを持たない、あるいはマスターナラティヴに収斂されることを拒む女性の内面を、富岡多恵子は、『水上庭園』（一九九一年）で、「女」をも超えるナラティヴの方向へ向かって展開していくのである。恋愛の解体を語る「恋愛物語」である『水上庭園』は、下敷きとなる個人経験の原型も持たず、依拠する家族の深層もすでにないところに始まる、マスターストーリー不在の物語である。具体的な個人の恋の話としての経験に依拠して始まった話でありながら、書かれた小説＝テキストには、その痕跡が見えない。テキストの外在性、あるいは根拠が消された、まるで水の上に構築された恋のテキストのようなのだ。それは、もはや「女のナラティヴ」と呼ばれ得る基盤の解体されたあとの、外国人同士の、性の異邦人の「恋愛物語」である。

〈凡人〉の生態——生き物としての生と脱出願望

富岡多惠子は現在も書きつづけている作家だから、その世界はもちろんなお未完結なのだが、長篇小説では一作ごとに、これまでとは異なる、新しい境域へと進み出ていく主人公と、この作家の思考の軌跡が見られる。その意味で、『水上庭園』や短篇集『雪の仏の物語』(一九九一年)からは、富岡多惠子のここまでの歩み、中でも家族のトラウマとその語りというテーマの新たな展開が見られると思う。家族から逃走し続ける主人公、そのトラウマから解放されることを目指して放浪し続ける主人公が、それを表現する富岡の言う「語り」との関係で一つの展開を見せているのがこの小説である。

『水上庭園』は、一九六〇年代の終わりに知り合ったドイツ人青年と日本人の女性が、東西を分かつ壁の取り壊された九〇年代のベルリンで結ばれ、別れるまでの、二十年余の時間と場所を隔てた「恋愛」を、その間の手紙のやりとりや再会などを通して描いている。作者はこの小説に、「外国人」という文化や言葉の違いと時間と空間に隔てられた男女という、古典的な恋愛小説の構造を設定しているが、この困難と障害に支えられた「古典的」な現代の恋愛小説は、再会も、最後の逢う瀬も、アンチ・クライマックスつづきで少しも恋愛感情の高揚につながらず、反恋愛小説の後味を残す。この反恋愛小説には、性的に惹かれ合い、相手の自我を溶解して自分に同一化させなければ自己崩壊してしまうといった、熾烈な欲求や緊張感が欠けている。性の欲望も、また、近代の男女が自己成就の願望と情熱を賭けた、やみくもな恋愛幻想が不在なのである。

この作品は、男からの手紙と、誰に向かって語っているのかわからない女の「わたし」の語りで成り立っている。主たる登場人物は相手と「わたし」の二人だけで、家族も血縁もない。男の手紙の内容は、徴兵拒否を契機に世界を放浪するなかで彼が経験する出来事を語るのに終始するし、女の語りもまた、ほとんどが日常の情景や行為を描写するナレーションのように非私的なものので、恋愛によって生じる自他の願望との葛藤や、それを通して意識される内面の闇も姿を現さない。それは血縁と家族から、そして近代的個人の内面と深層からふっきれた、恋愛や性愛のない、感情の泥沼も関係のしがらみもない世界であり、これまで富岡多恵子が描きつづけてきたのとは、いわば対極にある世界である。『水上庭園』で「外国人」という異邦人が加わることで、女性のナラティヴを差別・抑圧してきた構造がさらに明確になっていく。

「外国人」の恋人と「手紙」という「語り」の方法は、このころから富岡が大きな意味を付加していく表現の手段であり、それは、『ひべるにあ島紀行』（一九九七年）に至るまで一作ごとに深められていく富岡の思考の歩みを表している。

＊

富岡多恵子が詩から散文へ移った最初の作品は、『丘に向ってひとは並ぶ』（一九七一年）であるが、そこには人間の生きる風景が、「ヒト族」の生の抽象画として描かれている。それは旧約聖書の「創世記」のような、ヒトの生きる営みとしての家族の生成記なのである。この抽象画の中の家族とは、現代の日本人がよく知っている、都市の中産階級的な核家族のことではない。男や女がどこからかやって来て寄り合い、食べ、交わり、子を産み、家族を作り、親族を広げ、男たちは酒を飲み、博打をし、外で女を買ったり、外に女を作ったりし、女たちはそのような男たちに愛想を尽かしながら、子を産み、育て、やがて親が死に、子が結婚し、古い家族が離散し、子が新しい家族を作って血縁に繋がりながら輪廻のようにつづいていくヒトの生。富岡多恵子はのちに『環の世界』（一九八〇年）という短篇を書いているが、『丘に向ってひとは並ぶ』は、そのような血による連環を形づくるヒトの生の風景を、父親と母親の生き方の違い、富岡が言う性に対する「けじめ」のつけ方の違いを、庶民階層文化を分断する性差のディスコースを明確にしながら、描いているのである。

微視的に見れば、一人ひとりの人間は、それぞれの生い立ちや環境のもとで、人との固有の関係を持ち、それなりの覚悟や志を抱き、内面の暗所を抱えつつ、なんらかの形で現実を超越することのできる夢や幻想を育み、屈折した感情や欲望に動かされながら生きている。一人ひとりの人間の中には、自らの内面を言葉で表わそうとする者もいるし、それを言葉では少しも表わせない者、言葉で表わすことなど考えもしない者もいる。連作短篇の形で書かれた『当世凡人伝』（一九七六年）は、食べ、交わり、産み、血に繋がりながらなにがしかの願望に衝き動かされて生きている、そうした「環の世界」のヒトの諸相を、『丘に向ってひとは並ぶ』の抽象画から転じて、具象で描いたものである。彼ら自身の言葉では表現することのできない、「生きること」のさまざまな位相を、作者は彼らに代わって描くのだが、それはあくまでも「凡人伝」、すなわち伝記なのであって、彼らの内面が語られることはない。

富岡多惠子における「凡人」とは、生殖によって連鎖し、循環する「環の世界」に生きる生き物であり、女の産む性に依拠する世界である。そこでの生の営みは、弁明することも、正当化することもいらない。凡人はそこに開き直って居座りつづけるのであるが、と同時に、彼らはまた、その「環の世界」から抜け出たいという欲求を持ってもいるのである。その願望が熾烈な人間もいるし、自分の内心の願望をそれと意識しない人間もいる。「凡人」には、知識人も芸術家も、その予備軍もいる。自己表現の手段を言葉や芸術に求めようとする彼らの「環」からの脱出志向は、普通の人間のそれと比べれば、意識的で明確な形をとるといえるかもしれないが、人間の自己表現への衝動や欲求は、表現者と自覚する者も、そうでない生活者も、ひとが生きるという上での同じ必然的で内的な希求なのだ。ひとはただ生きているように見えても、生きることへの意味づけを求めなければ生きられないという意味では、自己の内面の暗闇にこだわりつづける表現者と、その巻き添えにされる生活者との間に差異はないのだ。

短編集『動物の葬禮』に収録された「はつむかし」の男は、茶道や焼物に凝って、しかし、その道を究めるのでも趣味にするのでもなく、ただ家族を貧乏な生活に陥れていく。いずれものの言わぬ生活者が、不意に駆り立てられる自己主張への衝動である。「凡人」たちもまた、誰しもが自分を主張し、何かを表現したいという強い欲求に衝き動かされるのだが、そのための知識も方法も手段も能力も持たないために、彼らはただの「凡人」として終わらざるをえない。

富岡多惠子は、『壷中庵異聞』や『動物の葬禮』で、日常性と直接性の中で動物のように生きる庶民も、過大な自己幻想を抱きつづける知識人や芸術家も、「凡人」という同じ生の構図のうちにとらえ、描いた。その輪の世界が、産む性に依拠しながら、女性の自我を封印するところに成り立っていたことが、女性が「言葉を得る」ことで話を破っていく物語に描かれている。「環の世界」からの脱走、「環の世界」の向こう側への脱出の希求をとらえる視点は、やがて『三千世界に梅の花』（一九八〇年）で、見事な一枚の抽象画となって示される。「凡人」の生き物としての生と、その生を生きる意味が明らかに見えるどこか「環」の外への超越志向を、無意識のうちにであれ持たなければ充足しえない人間としての生は、「環の世界」と「三千世界」という二つの抽象的視点においてとらえられ、その狭間で生きるヒトの営為として描かれるのである。

『三千世界に梅の花』は、『丘に向ってひとは並ぶ』の中に登場したどの女であってもよいような、社会の底辺で貧しく無学に、夫に虐げられ、子供に盾つかれて生きてきた奈於が、ある日突然、憑かれたように世直しのための言葉を吐く、という話である。「三千世界一度に開く梅の花、三千世界を立て直し、大洗濯を致すぞよ」という言葉は、間違ったこの世の歪みを根本から正し、生のあるべき姿と理想的な社会を述べ伝える神の言葉である。奈於は凡人であることから脱したいと願い、神懸りにおいて非凡人となったのである。しかしその言葉は、神懸りになった女（奈於）にだけわかる言葉であり、梅の花咲く三千世界の理想郷は、凡人には理解することができない超越的世界なのである。神の言葉を告げる文盲の奈於の「お筆先」は、誰にも読めないのだ。

内面の充足への痛切な希求は、究極にはひとを現実の外の世界への孤独な脱走へ、逸脱と狂気へと導く。壷中庵の作る豆本も、三千世界を描く奈於の「お筆先」の記号も、結局は、「環の世界」からの脱走を希求する「凡人」の夢想する、孤独な幻の異郷を表わす不可解なモノなのである。

＊

「環の世界」の風景の中心を占めるのは、性と家族の営みである。性は生きることと同じく、本能的で身体的な営みだが、ひとは性による人間の結びつきに、さまざまな意味や目的を付与して、それを近代社会の中に生きる人間の正当な営みに仕立てようとしてきた。社会化された性、とりわけ、「恋愛」という制度によって、結婚と家族の成立の根拠に仕立てられ、公認された「生殖する性」は、馴化され、日常化され、本来持っていた非日常的で危険な力を失ったものになった。富岡多恵子は、それを典型的に示しているものとして、文化という厚手の制服を着込んで「ヒト族」のもとの姿を覆い隠した、都市の中産階級に見られる男と女の姿を描く。元来が他者である男と女を結ぶものとしてあった原初の性は、近代日本の社会では、家族という共同体の中で父や母の役割を果たし合い、疑似血縁的な関係をつくる無難な営みへと変容し、そこに封じ込めきれない性とその欲望は、制度化された売春によって処理されるか、さかりのついた犬のように家の外へとはみ出して、余剰のエネルギーはあてどなく浪費される。

『波うつ土地』(一九八三年)、『白光』(一九八八年)は、近代社会の中心に置かれて制度化された、性と血縁にもとづく役割分担によって成り立ってきた家族が、その必然性を失おうとしている現在、家族から性と血縁とを取り除いて、男と女、人と人を結びつけるものとそのあり方とは何かを問おうとした作品である。それは、『丘に向ってひとは並ぶ』以来、人と人の結合と離散、血縁と家族の始まり、性愛と恋愛の必然性と可能性を、文化の枠組みから出て、可能なかぎり人間の原初的なところで考えようとしてきた、富岡多惠子の究極の問いであろう。

これらの作品は、近代の核家族へ向かって人間の文化がつくりあげてきた、性の禁忌や倫理をはずしてみせることによって、生殖する性によって形成される、血縁としての家族を中核として形成され、発展してきた近代の構造と、ひとが生きる営為として、寄り合ったり離れたり、作ったり壊したりしてきた、原初的な関係としての家族との間に生じ、ますます広がるであろう深い溝を、はっきりと見せるのである。家族から性と血縁の必然性を剥ぎ取ってもなお残るもの、そこに、メタファーとしての家族に、人びとがいまだに心を残すものが見えてくるはずである。『逆髪』(一九九〇年)は、「環の世界」と「三千世界」の狭間で、「凡人」たちが繰り返す性と家族の営みと、その日常の現実からの彼らの脱出願望を、家族の悪夢と表現への衝動のうちに描こうとした作品であり、富岡多惠子の女のナラティヴ——物語と語り——ひとつの明確な到達点である。『逆髪』に描かれる家族は、すでに都市の中産階級的な近代核家族の外に足を踏み出している女たちだけで構成されている。それは、前近代と超近代が奇妙に合致しながら同居する日本の文化的土壌の中で、社会の底辺を生きたがゆえに中産階級的な家族をつくれなかった者と、意図的に中産階級的な家族から逃げ出してきた者とが、ともにそこに納まりきれない内面の希求を持つものとして、生殖する性と血縁家族の悪夢とそこからの脱走願望を共有している風景なのである。

つぎつぎと男を変えて、堅気の家庭を作ってくれなかった母親に今も恨みを抱いている、かつて漫才コンビの子役タレントとして売った異父姉妹。熱気に駆られてやみくもに子供たちを舞台に追いやり、売れっ子に仕立て上げた母親。父親を知らぬ心理的なねじれを、父親探しと、家庭幻想のうちに昇華しようとする姉。彼女は舞台からはやばやと引退すると、まともで普通な家庭を持ちたい一心で凡庸な男と結婚し、妻と母親業をこなして生きてきたが、結局は寝たきりの病人になった夫を置き去りにしたまま、家出してしまう。そんな母親と過ごしてきて、結婚や家庭に幻滅した娘は、女だけのコミュニティをつくるというグループに加わろうと、これも家から出て行く。

その姉のねじれを、漫才の舞台の上ではツッコミでかわしてきた妹は、姉とのコンビを解消したあとも芸能界からつかず離れずの生活をつづけ、今また、雑誌の編集者にすすめられて、姉の半生を書くことによって自分の過去をも清算したいと思っている。その彼女の周囲によってくる、彼女の養女になりたがるゲイの男や、新興宗教の女教祖、家出娘といった、家族から離れた女性の「はぐれもの」たち。その誰もが、まともではなかった家族によって傷つけられたそこからの脱落者、あるいは逃亡者である。それでいて、彼女たちは家族にあこがれ、絆を求めて寄り合ってくるのだが、その絆を言い表わす言葉は、やはり「家族」なのである。

富岡多恵子は、学問や文化の制度の中に位置づけられた言葉ではもちろん、詩や文学の言葉でさえすくい上げられることのなかった「凡人」たちの表現への衝動を、彼女の文学の原点にしてきた。しかし、どのような言葉を用いようとも、自分を語ること、あるいは誰かに代わって語ることは、しょせん「口抜」に過ぎず、真実は生きることの中での内的な衝動としてしかない、と作者は言っているように思える。富岡多恵子の「フツー」の人が話す「フツー」の言葉による「フツー」の風景が、常に抽象画であったのはそのためである。

＊

『水上庭園』は、富岡多恵子がこれまで書きつづけてきた、「環の世界」と「三千世界」の狭間でヒトがうごめく地上から遊離した世界である。現実も、愛も、交換される手紙によって知らされるが、それは、性も、他者への希求も、生きることのトラウマも隠され、脱色された、恋愛なき恋愛の庭園なのである。再会はつねにアンチ・クライマックスであり、別れのとき、彼らが流す涙は水である。表現への彼らの限りない衝動は、長い手紙の長期にわたるやりとりに、十分な回路をつくりだしえているかのように見えるが、それはまた、衝動というにはあまりにも緊迫感の薄いもののようにも思える。二人はお互いを名前ではなく、ただ「you」と呼び合うだけだが、何を求めて、誰を求めて、二十年の間書きつづけたのか、そして今も「わたし」は語りつづけるのか、手紙や「わたし」の語りからはそれは見えてこず、ただその生の関係の稀薄さばかりが伝わってくる。生殖する性を媒介としない恋愛の庭園の絵図なのである。記憶にない記憶の中の恋愛という衝動、書きつづけ、語りつづけることの中に「水上庭園」はその影をゆらゆらさせるのである。

『雪の仏の物語』でもまた同様に、「環の世界」と「三千世界」の狭間に住む「凡人」の具体的経験への執着は、もはや稀薄である。雪国の寺僧が抱くミイラになることへの執念を、「凡人」の「三千世界」への脱出の試みとして描きながら、それは「わたし」の幻想としてのみ語られ、以前のような「環の世界」への恨みも執着も、また、「凡人」の超越希求への憐愍も、突き放した批判も脱色されて、「雪の中の物語」となっているのである。

富岡多恵子は性と家族と自己表現の「近代」のトラウマを生きた「凡人」たちを描いてきたが、『逆髪』、そして『ひべるにあ島紀行』で、輪の世界脱出後の、そのアフターマスを生きる「はぐれもの」という「凡人」ならぬ「凡人」たちを描いている。

《初出》
水田宗子『物語と反物語の風景』（田畑書店、一九九三年十二月）より「Ⅶ章　動物の葬禮と参列者――富岡多恵子における女性のナラティヴについて」、「Ⅷ章　〈凡人〉の生態――生き物としての生と脱出願望」

「冬の国」からの旅、ガリヴァーの行かなかった共和国へ
――『ひべるにあ島紀行』

『ひべるにあ島紀行』（講談社、一九九七年九月／連載『群像』一九九五年一月号～九七年四月号）は、世界の奇人作家として名高い、『ガリヴァー旅行記』の作者ジョナサン・スイフトが、ステラという幼女の時から愛し続けた女性との手紙のやり取りを、主人公が読んでいくことを下敷きにしながら、アイルランド、そしてその離島の島々を訪れた二週間ほどの滞在記という枠組みの中で進む小説である。主人公はすでに若くない、恐らくは五十歳代後半の女性で、語り手でもある。「紀行」と名付けられてはいても、この小説は見聞記というようなものでは全くなく、語り手が自らのことを一人称で述べる、語り手と主人公が一体化した小説である。

小説の前半の長い部分が、スイフトが残した手紙や遺書などを通して、彼の人生、中でもアイルランドへ帰ってから教会の司祭として閉じこもった晩年の過激な奇行に割かれていることが、小説の興味深い枠組みを形成している。小説の主人公はスイフトに惹かれてアイルランドへ行くのではないが、この島国の共和国が、そしてそこから帰っていく日本が、ガリヴァーの訪れた島国と重なり合うことを、主人公が認識していくことで、「ひべるにあ」とひらがなで書かれた寒い

国（冬の国）への「紀行」が、主人公の物語の必然的な底流を形成し、小説のプロットとなり得ているのを、読者は読み取っていくだろう。

富岡多恵子がジョナサン・スイフトをはじめとして、ジェームス・ジョイス、W・B・イェーツ、サミュエル・ベケットと、現代文学の巨匠たちを生んだ国、彼らの若い時代の感性と精神を育んだ土地としてのアイルランドに興味を持つのは、作家としては不思議ではない。その上、アイルランドがイギリスによって植民地化された島国であり、それらの作家の誰もが、大国によって言語も民族文化も略奪され、周縁化されて、文化僻地となった島国の祖国から逃げ出し、宗主国大英帝国や文明大国のフランスやイタリアのヨーロッパで、亡命者のように暮らしながら作家生活を送った作家たちである。

彼らは近代の僻地文化とされたまま、見向きもされないアイルランド民族文化から生涯精神的に離れることのない、「精神的故郷帰還者」であり続けたのであり、それゆえに『ユリシーズ』、『ビザンティウム』『ゴドーを待ちながら』などの現代文学の傑作は、権力を持つ中央文化から「外れた」文化と作家の持つ自尊心と怒りと憎悪の錯綜する屈折した内面を核とした、表現の前衛領域を形成していることへの、深い関心であったのだと思う。アイルランドはいわば、はぐれものの国であり、はぐれものが帰っていく場所なのである。富岡多恵子の文学世界の主人公である「はぐれもの」たちの日本と、アイルランドの寒い島は同じトポグラフィーに位置しているのだ。

小説の後半では、スイフトの手紙や小説の言葉から、近松門左衛門の語りの世界へ物語の下敷きが移されていく。そこでも社会規範から逸脱した性がはぐれものの内面世界と深く関わっている。スイフトと近松、そして主人公の私をつなぐのは性という太い糸である。『波うつ土地』『白光』以後、富岡多恵子は『逆髪』と『ひべるにあ島紀行』の二作で、『丘に向ってひとは並ぶ』から始まった流れものの系譜を主題とした物語、あるいは反物語を完結させたように思える。どこからか流れてきて、女、男が出会い、子供を作り、一時的に家族を作り、そしてそれぞれが離散していくヒト族の根源的な姿を、性を制度化する中産階級家族の台頭によって見えなくされていく姿を、敗戦後の日本の変貌の中で描いてきた富岡文学の主題は、知的エリート階層からも庶民階層からもはみ出していく「はぐれもの」の生成と行方を中心としている。その結末のない物語の頂点、一つの終着点が『ひべるにあ島紀行』であると思う。

結婚、家族制度という性の制度化からはみ出していく性を通して、はぐれものたちの実在を描き出すのが富岡文学の重要な課題であるが、この小説は「はぐれる」性の行方を最後まで追い続ける小説であるのだ。ここでは初期の作品のスイフトの読む者を不愉快にさせ、自尊心を傷つける、過激な性は語られず、『ひべるにあ島紀行』ははぐれものの性が言葉では届かない、実存の深層へ沈黙していく旅なのだ。性は過去の、夢の時間という風景の中に蘇るだけである。『ひべるにあ島紀行』は、はぐれる性の新たな地平へ至りつく旅の「紀行」となっている。その紀行はスイフトとステラの手紙に封印された「内密」な性から始まるのであるが、この手紙は、また、富岡の生涯の課題である言葉、書かれた言葉と話し言葉の、詩と芸術の言葉と庶民の語りとの間の深い溝を渡る橋を超える海路がかけられている。二つの言葉の領域をまたがる数々の対立領域と事項、西欧近代と日本の前近代、中産階級と庶民階級、知的思考と即時的現在の言葉、虚構と現実、言葉による記録と沈黙による記憶、などの対立が、対立がなくなるのではなく、対立そのものが意味をなさなくなる時点が現れてくるのである。それは死に近づく時間であり、その時間が残していく空になった空間が、文楽や能の舞台のように顕現している。終わることが条件の旅も、紀行という記録も、ガリヴァーの旅行記という下敷きが、溝にかかる橋となっている。

もう一本の橋は、スイフトの言葉によって書かれた世界に対比される、近松門左衛門の語られる言葉による世界が下敷きにされていることだ。スイフトの書き言葉から近松の語りの世界への移動は、小説の枠組みを重層的にしているが、結局ははぐれものの性の実像を、そのどちらも明らかにすることはできない。

富岡多恵子は詩人としても、そして、詩を捨てて小説を書き始めることに対しても、多くの評論やエッセイを書いてきた。真正面から課題に向き合って、論じたり討論したりすることを、野暮でもあり、照れ臭い、恥ずかしいという感性が、自分を西欧文学の素養や知識を持たない、「アホ」だと戦略的自己規定でかわしながら、記号化され、国語化＝普通語化された近代以降の日本語（東京語）に対する辛辣な攻撃と批判を浴びせてきた。エリート中産階級の言語となった書き言葉に対して、富岡はガートルード・スタインの「耳で聞く言葉」である話し言葉、そして近松の庶民の言葉を対比させる。主語はしばしば省略され、文章が論理的な終わりに至らない、あちこちへ飛び火していく話し言葉、庶民の会話の明白な距離を設定する方法のもとで、自らの語りによる散文＝小説の世界を展開してきた。『ひべるにあ島紀行』はそのこれまでの長く徹底した言葉との戦いが、スイフトと近松、アイルランドと日本、という枠組みの中で一つの織物の迷路のような絵柄の中に納められている。

中産階級と芸術家（詩人）の言葉に対して、庶民の話し言葉を対比してきた富岡自身の語りは、描写のない、会話と夢の風景と、書かれた他者の記録だけで構成される小説空間を作り、そこには、解釈や説明も、主人公を客観的に見る視点も不在な、「語り」の究極の空間を提示している。話し言葉は、意味づけや記号化を逃れる「パーソナルな言葉」の極限で、中でも庶民の言葉は、明示するのでも暗示するメタファーでもなく、「言葉の原初的な混沌」を表していると主張してきたのである。

『ひべるにあ島紀行』はその富岡小説の成り立ちを極限に延長した上にある。主人公の自分のことを語る語りで成り立っているこの小説の表現空間は決して自己完結の空間ではなく、表現空間の額縁をはみ出し、枠外に、つまり表現されない領域へと「流れていく」のが本来的なのだと主張しているのだ。富岡の表現世界ははぐれものの世界であるが、富岡の語りによる小説はそれ自体が、小説からのはぐれ形態、はぐれ表現のディスコースとなっている。これはこれまでの小説では到達していなかった、いわば富岡小説のメタ小説で、話し言葉の現実性を極限に追求した果ての抽象表現の世界が広がっている。主人公は語り手であるが、主人公は富岡自身ではない。こだわり続けた虚構と現実の距離の課題が、この小説では一つの答えを明示している。

このように、家族、性、言葉、という富岡の生涯のテーマにおいて、『ひべるにあ島紀行』は、新たな地平へ至りつこうとしている。ここでは「過剰な性」の物語は他者の話の中か幻想の中の話となっている。『ひべるにあ島紀行』は性がますます沈黙していく旅なのだ。

ケイの遺棄：母性からの逃走

アイルランドが、中国と西欧の両方の文化大国の影響下にありながら独自の文化形成への志向を文化表現の底流に持ち続けた島国日本と、重なりあうものを感じることは難しくない。アイルランドと日本という離島が物語の舞台になるという、この小説のトポグラフィーは、植民地からの独立、支配と分断、失われた民族文化と言語を孕む、世界大戦後ばかりか、植民地支配が始まって以来の世界地図、そのトポグラフィーなのである。

しかし、小説は、植民地化の歴史と文化の周縁化を背景にしながら、「ひべるにあ島」という架空の島への旅とそこから帰る旅の話であるが、女性主人公の旅は、そのトポグラフィーの中に位置付けられた、富岡多恵子自身の「実存意識」の旅であることが、明白なのである。

小説はいきなり『ガリヴァー旅行記』の作者、ジョナサン・スイフトから始まる。

ジョナサン・スイフトは、毎年誕生日がくると「滅びよ、わたしが生れた日」ではじまる『ヨブ記』第三章を読んでいたという。

自分の生れた日がくるたびに「滅びよ、わたしが生れた日」「何故わたしは腹から出て死なず胎から出たまま息絶えなかったのか」のような言葉をくり返し読むというのは、尋常な「誕生祝い」ではない。

続いてスイフトが生涯をかけて愛したステラへの手紙、彼女との往復書簡を読むことでこの紀行は始まるのである。スイフトが幼いステラを愛し、のちに法的に結婚をしながら、それを公にせず、一緒に住むこともなく、性的関係もなく、別々に生活をして生きたことは今では皆の知るところだが、二人の関係は「永遠の謎」と言われるくらいに、性的な関係が欠如しているだけではなく、二人だけの略語で満ちている手紙は互いの愛情の表現などのない、日常の出来事の報告のようなドライなもので、それがステラが死ぬまで続くのである。二人の真実の「関係」が「内密」であることを暗示しているのだ。

それほど手紙には彼らの関係の実態や二人の間の感情を表すものは何も書き記されていないのである。そこからは彼らがなぜ一緒に住まず、家族であることを公にもせず、性的な関係さえ持たなかったのかは知ることができない。

スイフトはアイルランドの生まれだがロンドンで教育を受け、その後アイルランドへ逃げ帰ってきてからは、八十歳近くまで、当時の人としては長生きの人生を送ったが、アイルランドでの生活は隠者のような自閉した生活だったのではないだろうか。ステラが亡くなってからの十年は、奇行が目立ち、書く物には極端に過激な話、中でも赤ん坊を売り買いして食する人たちの話などが目立ち、漱石も気が違ったというほどの狂気じみた生き方をして、免疫異常の病にかかり、かなり楽ではない最期を迎えたという。彼が生まれてから持ち続けた不幸の感覚、他者への嫌悪感と怨念、社会への過激な怒りと攻撃は、セント・パトリック教会の首席司祭という名誉もあり、生活にも困らなかった知識人スイフトの謎でもあったのだ。ただ、イングランドから流れて来たという彼の両親や、不確かな彼の出自、母親の若い頃の生活などには秘密が多く、それが彼の生きることへの疑念を増長した原因の一つでもあるのだろう。生まれたことへの恨みや、生きることの意味の否定など、スイフトが常軌を逸した、失意の人間であったことは確かなのである。

しかし、スイフトは、鬱々と嘆いていたのではなく、言葉を駆使し、想像力を全開にして、彼が憎み、恨みを抱く世界を、過激な、辛辣で皮肉な言葉と文章で攻撃し、「彼ら」の権力志向と、過剰で逸脱した性と食の欲望文明を暴いたのである。のちにエドガー・アラン・ポオにも影響を与えた心の深層に潜む闇への目と、そのユニークでグロテスクな表現は、むしろ近代文学の先駆者としてのスイフトの文学を示していると考えることができる。何れにしても、スイフトは大英帝国の「はぐれもの」であり、その意味で近代的はぐれものの大御所だったのだ。それが漱石も、そして何より富岡多恵子がスイフトに興味を持つ原点であったのだと思う。

スイフトは幼児のステラを偏愛して、その幼児愛はキリスト教会から弾劾されそうにもなった。富岡多恵子は『中勘助の恋』で作家の幼児愛について、その「秘密」の隠微さについて、深く掘り下げている。幼児愛は実体を伴わない限り、決して犯罪ではないが、社会規範に大きく外れる性愛の欲望であり、それが身体的性交による快楽を求めるものでないところが、さらに「はずれる」愛の形であることが、露わにされている。社会、宗教規範によって抑圧される「規範から逸脱する性」は、「はぐれもの」のはぐれる手段なのである。

主人公はケイと呼ばれる少年、毎日蝶の絵ばかり何百も描いている十七歳の、しかし子供のような、正体不明な少年とアイルランドの離島である「西ノ島」にきている。アイルランドというヨーロッパの離島のそのまた離島のこの孤島には何もない。人も住んではいるが、雑貨屋が一軒あるだけの貧しい島だ。アイルランドの首都であるダブリンからもほとんど完全に無視された場所なのである。ここにやってきたのはケイのためであるが、この島はガリヴァーが訪れた島国とも重ね合わされて、ガリヴァーの幻想の国、ユートピアかディストピアか、そのどちらでもある、自閉する内密な、夢想の場である。そこで主人公は小説の主要な登場人物のほとんどすべてに出会うのである。彼らはもう一つの寒い島、リリパット（＝小人の国）＝日本に住むはぐれものたちである。ひべるにあ島への訪問は富岡多恵子の『ガリヴァー旅行記』なのだ。「ガリヴァー旅行記」の最後は日本への訪問であるが、そのほかの島は全て実在する島ではなく、幻想の島である。しかしそれらが離島であることが肝心なのである。日本がリリピューシャンの住む幻影の島をはじめとするスイフトの幻島の仲間入りができたのは光栄というほかないが、そのためもあって、日本人、中でも漱石をはじめとする作家たちは早くからこの奇譚に深い興味を覚えてきたのである。日本もまた島国であり、多くの離島を抱えた幻想の国であるのだが、西欧先進国、帝国から見れば、奇異な小人の国であり、いずれは植民地化される運命の下にある孤島と映ったのだろう。

スイフトはロンドンで仕事をするつもりでいたが、成功せずアイルランドに帰ってきた「帰還者」である。しかしそこにも故郷はない、世界のはぐれものなのである。イェーツのようにアイルランドの伝統文化、中でも妖精伝説の持つ現実を超えたいのちの世界への想像力を呼び戻そうとする、アイルランドの「第二の降臨」を予言する文学活動とは異なって、故郷にも居場所を見つけることのできない帰還者なのである。セント・パトリック教会の首席司祭という知的エリート階級に属するはぐれものの心を持つ帰還者だ。ここにもスイフト、漱石、ハーン（もう一人のアイルランド人）、富岡をつなぐ糸が見える。

ケイは自分の内面に自閉して、蝶々やロバなどの動物とだけ心を交わすことのできる少年である。十七歳の彼は大人になる時期に来ていて、これまで、まるで犬のように主人公にくっついてそのあとに従って生きてきた時期から「自立」する時期であり、母親のような主人公から離れる時に来ている。二人がこの島にいるのは、別れるためだったのだということがわかってくる。

スイフトの手紙を追いながら、主人公はケイとのこの孤島への旅の理由を明らかにはしない。ケイが一体何者なのかは小説の終わりに来てもはっきりするわけではないのだが、幼年のままに十七歳になっている、世間とはうまくコミュニケーションが取れない、取ろうとしない、心の障害をもつ少年であることがわかってくる。彼は幼児の頃に絵本で見た蝶を描き続けるのだし、荷物を運ぶためのロバとは顔や身を寄せ合って過ごす。主人公はどこかへ行ってしまうケイを追いかけるのに疲れて芝生に座っていると、ガリヴァーの小人の国へやって来たような幻想に囚われる。突然どこかへ行ってしまうケイは幻想の中の人物、あるいは妖精なのかもしれないと思う。リリパットは小人の国だが、それは妖精の国のことであって、アイルランドには妖精はあちらこちらに普通に存在しているのだ。ケイもその中の一人かもしれないのである。主人公はケイの自分への内密な、身体的にも親密なしがみつきを、かつて十七年も飼っていた愛犬と重ね合わせている。ケイは人間より動物の世界にいるのだが、十七歳の犬は臭くないが、十七歳のケイの匂いは嫌悪を催すのだ。犬を失った喪失感と同じものをケイを離しても持たないだろうと思う。ケイは妖精の国の存在で、主人公の彼との関わりは夢想世界のことだと感じる。このケイといる島は、ガリヴァーが行ったのでもないナパアイ国という架空の島となっていく。

妖精の森は恐ろしい森でもあるらしい。さらわれていった子供の話などが残っているという。妖精は残虐でもあるのだ。それもアイルランド、中でも離島の貧困、飢餓の凄まじさの一環を担っている。妖精は小人の国の住民と同じく「小さな人」なのだ。二十五センチから三十センチ、同じようなサイズなのである。妖精の人さらいは、神隠しや、幽霊の話などとも通じると主人公は考える。ケイは主人公の前から消えたがっているし、しばしば不意にどこかへ消えてしまうが、それは主人公にとって彼との内密な、性の匂いさえする関係の決着ではないのだ。

主人公は彼女を待っていたというケイにまた出会うが、それはすでに幻夢の中でのことらしく、ケイは若い女の子を性的にいたぶり楽しむ残忍ぶりを発揮し、島の男たちに殴られて気を失ってしまう。主人公はいつか男と愛し合った時のことを思い出している。ケイはガリヴァーの世界の人物になっているし、主人公は性の思い出と幻想に浸っている。気を失ったケイを引きずって海辺まで行く途中で、ケイは何処かに消えてしまい、海辺では大きな体の水死人が上がったことを漁師たちが話している。主人公は衣服や、腕時計、靴など、身につけたもの、持ち物全てを剥がして、ケイは水死体のように裸になっていく。そしてついに、一人になった、一人になったと喜び叫びながら走り続ける。ケイを捨てたことは、これまで生きるために身にまとい続けたあらゆるものを捨てることであったのだ。中でも母性と、保護することの責任を、主人公は自分の内面から剥がし取ることができたのだ。

主人公の日本への帰国の日が迫ってくる。彼女はケイを捨てるためにこの島に来たのかもしれない。ケイとの間には性的な関係はないにしても、その動物のような身体への纏わり付き方と、依存の姿勢は、明らかに性的な暗示を感じさせる。十七歳という年齢の時間は、ガリヴァーが嫌悪する自国を出て、おそらくはユートピアを探しに旅に出ていた時間でもある。その旅でガリヴァーはユートピアどころか、ディストピアを見つけるのだが、ケイの遺棄、あるいは、ケイの離反は、どこか隠微な性的関係を暗示していた母と息子の密着関係からの決別で、他者となって互いを見捨てていくもの同士の「自立」の儀式なのだ。

富岡の主人公は母親から逃げ続けたが、ケイもまた同じだったのだろう、主人公は母親はできないと思いながら、自分に依存する弱いものの世話をし、保護する責任のような縛り、母性からやっと解放されることができたのだと思う。主人公の妖精の島への旅は自分の一部になっていた中産階級のモラルである母性を捨てるための旅であったのだ。それは主人公にとっても、ケイにとっても解放であり、自由への第一歩だったのだ。ケイは、主人公の深層に住む幻だったのかもしれない。

はぐれものの系譜

主人公はこの島の友人で日本留学生だったハンナが、日本の山形に恋人を残して島へ帰ってきたことへ思いを馳せる。ハンナもまた、はぐれものの一人であり、島を往復する帰還者なのだ。ハンナからアイルランドの歴史や、漁師のセーターで名の知れたアラン島の話を聞くのだが、ハンナは恋人に会うために主人公と同じように日本へ帰ってくる。また、アイルランド出身のラフカディオ・ハーンが惹かれた幽霊の世界を妖精の森と重ね合わせている。日本の織物文化とアイルランドの文化との類似性も見出しているのだ。アイルランドと日本を一つのトポグラフィーに位置付ける糸が織物であり、それの織りなす布の絵柄を追っていく糸であることが暗示されている。

日本、ガリヴァー、リリパット、ユーレイ、妖精、ハーン、スイフト、そしてケイ、この小説の登場人物の全てが一つの円環の中に入ってくる。そのどれもが誰であってもいいような、皆故郷を離れ、故郷に帰ってもそこに故郷はなく、生を超えた幻想の居場所に心を置くものたちなのだ。その円環はさらに広がり、主人公の過去の友人たちの日本のはぐれものたちが入ってくる。アイルランド、西ノ島、ガリヴァーの訪ねた島、ナパアイ、日本、が同じ位相を持ちながら入り混じり、幻想の場所、そして主人公の夢と現実の交差する場所、となっていることがわかってくる。主人公の寒い国への旅は、ハンナの日本行きと同じように、昔のはぐれものだった恋人との関係に心の決着をつけるためでもあることが明らかになっていく。

「はぐれもの」は、富岡が小説を書き始めた当初からの主題だが、『波うつ土地』までは、知的エリート中産階級（大学教授、法律家、公務員、会社員など）と区別された庶民階層の中で、中産階級への上昇志向を持たず、それゆえに、運命に翻弄されながら、社会の底辺を　自分なりの生を生きていく人たちで、アウトローのヤクザや犯罪者とは違う。そのどちらからも、軽蔑され、無視され、脅迫されて、「やっつけられ」ながら生きている社会の底辺を生きるものたちだ。親に捨てられたもの、故郷を持たぬもの、狂人とみなされるもの、嘘をつき、人を騙すもの、売春や買春、それを斡旋するもの、あてのない不安定な芸能界に一時籍を置くもの、感情や暴力的衝動を抑えきれないもの、社会の掟やルールを無視し、人の生きるありのままの、説明や弁明なしの真実の相に向き合える場所で生きることを選んでいるのが、富岡の「はぐれもの」の本来的姿である。それらはエリート中産階級と交わす言葉も、自分の生き方について述べる言葉も持っていない。

富岡の主人公はこれらのはぐれものたちに感情移入をしているし、そこに自分の生を重ね合わせてもいる。『白光』までの富岡の主人公たちは、自らがはぐれものの意識を持ちながら、大学教育を受けた少数の女性であり、エリート予備軍として、中産階級に上昇していく機会も、資格も持っている。主人公にとっては、中産階級の誘惑から逃れることが、逃げ切ることが、課題であり、ほんものの「はぐれもの」になりきれない女性なのだ。ともすると、中産階級エリート世界との距離が縮まり、曖昧になり、境界線が踏み越えられる恐怖に駆られている。

しかし、『ひべるにあ島紀行』では、それらとは異なる、はぐれものであることに徹しようとする主人公の語りが展開されるのである。はぐれものの生は、中産階級の価値観への反抗としてあるのではなく、小説の世界には、最早、誘惑する中産階級は現れない。主人公の逃走を阻む最後の砦は、主人公自身が心を預けてきたはぐれものたちなのだ。本物のはぐれものになるためには、彼らから、心にしまいこまれたままの、過去の親密な関係から、解放されなければならないし、彼らを他者にしなければならないのだ。

浪之丞との別れ——はぐれものの他者化

ケイの次にこの島で出会うのは、浪之丞という、過去の恋人であったはぐれものである。その男との決別が、この島への旅のもう一つの目的なのだ。その男に会うことは、もう一つの「寒い国」、日本へ「帰還する」準備でもあるのだ。

浪之丞も、富岡の他のはぐれものたちと同じように、はぐれものとして生きる上で、自らが守り抜く一点があり、誰も踏み入ることができない内的な領域を持っている。富岡はかつて『壷中庵異聞』で内にこもり、他者を受け付けず、自分だけの夢を追うはぐれもの表現者の内面に迫ることを放棄する。芸術家の自己表現への飽くなき欲求は、結局のところ「甘え」でしかない。はぐれものは、芸術家と違って、自己表現をしないのだ。

小説の半分を占める長いスイフトとケイの物語から、後半の浪之丞の話の下敷きとなるのは、スイフトに代わって近松門左衛門である。『好色一代男』の性の世界が、ひらがなで書かれた「ひべるにあ島」でのナラティヴを支え、牽引していく。主人公は帰る前に島に一つしかない雑貨屋で、「その男」、花沢浪之丞に再会する。

浪之丞は二十代半ばから三十代を、外国を転々として「消失」していた、名の示すとおり元芸人だったこともある人物で、主人公はその芸名を決めるのに関わったほど、若い時の知り合いなのである。絵を描いたり、詩を作ったり、脚本を書いたり、芝居をしたりした芸術家生活を若い時にして、何をしたらいいのかわからなくなって外国へ逃げたのだという。主人公はこの地の果ての島に彼を訪ねてきたのであるし、彼は彼女がこの雑貨店に必ず現れると待っていたのだという。主人公はこの若い時のはぐれものの愛人を捨てるために、その関係の引きずる心の束縛から解放されるためにこの島へ来たのである。心の束縛とは、主人公が浪之丞に感じる「甘え」である。彼にだけは自分の恨みを聞かせてもいい、彼に心で依存してもいいと思うことなのだ。その他者に対する甘え、依存を捨てることが、彼に会うという島訪問の目的でもあったらしく、その後の帰還を自然な物語の流れとして、寓話的な話の枠組みの中へ、組み込んでいく。外国を放浪した経験のある浪之丞も、再会のあくる日「ひべるにあ島」へ帰るのだという。彼もまた島から島へと渡っていく、ガリヴァーの一人であり、島への帰還者なのだ。

「ここにいる間は、浪之丞と呼んでいい？」とわたしはいった。この人はもう浪之丞ではないのだと思うのだが、浪之丞でなければなんと呼べばいいのか。二十七歳の娘がいるという四十九歳の男子を、学生時代の時のアダ名で呼ぶのはおかしい。しかもこのアダ名、選《よ》りに選《よ》って、好色一代男そのひとならともかく、彼が子供の時に買った陰間の源氏名。いくら、若い時の気まぐれでもぐりこんだドサまわりの、その時ばったりの芸名だとはいえ、そしてまた、こちらが思いついての名付け親だったとはいえ、あまりにも無礼といえば無礼ではないか。それを知りながら、わたしは甘えているのだ。わたしが甘えることができるのは、わたしの前にいるこの男が明らかに浪之丞（それとも浪之丞を演じてくれている？）だからだ。

主人公も、「背景も小道具もアイルランドの離れ島なのに、気分はすっかり明治一代女だ」と感じている。

日本へ帰ると言っても「東京駅からJRに乗って新宿や渋谷へ行く」という単純な帰郷ではなく、帰るところなどないのだ。浪之丞は芝居をしていたころの芸名で、すでに使っていない名前なのだが、主人公にとっては、彼は浪之丞であり続けるのだ。二人は明らかにいっとき心を開けあった恋人だったのだろう。「二人は同性愛だったのだ」と主人公は言う。男は皆、中でもはぐれものは女嫌いだと。

「わたしも、老いたりとはいえ、なかなかやると思わない？　三十年して浪之丞に会いに来るんだから――こんな地の果ての国に」「そんなこと言ったらここのひとに悪いですよ。ここから見たら、日本は地の果てですからねえ」と浪之丞は再会の話題は避けようとしている。

二人の話は、肝心なことを避けるための、そして照れ隠しでもあるような、近松物語の中の語りのようだ、と主人公は言う。聞いてもわからないし、読めもしないゲール語を話す人々とのコミュニケーションは顔の表情や身振りなどであり、言葉ではない、と彼は言う。ガリヴァーが訪ねた国の一つはエスペラントを共通語としたのだが、うまくいかなかったと言う。近代化の過程で多くの先進国が植民地の言語を廃止して、自分たちの言語を押し付けたり、植民地自体がそれぞれの民族の言葉を統一して「国語」を作ったり、日本も学者や知識人たちがエスペラントを共通語にしようと提唱した時期が敗戦後にあった。そして、植民地は民族の言葉を捨てて宗主国の言葉を取得することを強制することで、宗主国に従う知的中産階級を作っていったのだ。このグローバル時代に、わからない言葉の国は妖精の国なのだ。ガリヴァーの訪れた国は皆植民地、少なくとも植民地予備軍だったのかもしれないし、日本もまた植民地並みの国と見えたのだろう。

浪之丞はすでに芝居や芸能の世界から足を洗って、スキー場を経営している。彼は主人公の前で、主人公の浪之丞であり続けるために演じているのだから、それはどこかの物語の世界に二人を置くことなのだ。二人のいるのは近松の世界でスイフトの世界ではないが、そこが、性の世界であることが共通している。

主人公は老いても性を求め、つむぐ近松の好色な老女と自分を重ねて、照れ隠しにもしている。浪之丞は主人公がただ一人「甘えることのできた男」だと言うが、彼らは再会を懐かしむ恋人同士ではない。性的な繋がりも、そこから生まれた関係も、いっときのもので、それが終われば関わりのない他人である。彼らは昔の恋人と再会しているわけではないのだ。主人公は自分の過去と再会し、そこから自由になろうとしているのだ。その再会はすでに物語の世界の出来事なのであり、書かれた言葉の世界ではなく、語られる言葉、つまり、記録されることのない言葉の世界なのである。

しかし、彼らの再会はそれだけでは心の決別をもたらさなかった。主人公は再会後に彼に手紙を書き続けるからだ。まるでスイフトとステラのように「激しい友情」の絆を確認したいのである。

主人公は遺言として自分の棺を担いで欲しいとも浪之丞にいう。しかし、彼は返答をせず、もはや彼は、島の「崖から飛び降りることを必死で踏み止まろうとしている」現在の彼女にとっては「甘える」ことのできない存在になっていることを暗示する。その確認こそが、旅のもう一つの目的だったのである。主人公は一人になると、浪之丞との再会は、ケイとの再会と同じように、夢だったかと思う。

はぐれものの精神の共同体

浪之丞によって、もう一人のはぐれものの友人アメ太郎が記憶の中から蘇ってくる。その物語が小説の後半の中心となっていく。アメ太郎とも絆を切り、別れをしなければならないのだ。

こうして主人公も、浪之丞も、ハンナも、そしてケイももう一つの「ヒベルニア」、つまり主人公が呼ぶ「ひべるにあ」島に帰ってくる。ヒベルニアはアイルランドの古い呼び方で、寒い冬の国という意味だとハンナが説明する。もしかしたらローマに征服された時に、あまりの寒さと貧しさでそう呼んだのではないかと。その今は使われていない呼び名が指し示すのは、帰ってきた寒い国、日本なのだ。

主人公はハンナに寒い国紀行を書くことを約束している。そして浪之丞にも手紙を書くことを約束し、毎日日常の報告の手紙を書き続ける。会う時は近松の語りであっても、それは本当の心を隠すための芸としての語りであって、主人公は書く言葉でしか、語れないのだ。しかし、それもまた、ステラへの手紙と同じように、本当の心は、言葉でも、手紙でも、語られないのである。

主人公を空港に迎えたのは浪之丞ではなく、昔のはぐれもの仲間のアメ太郎だった。主人公はアメ太郎が病気だと浪之丞から聞いていた。

ここからは小説の最後の部分を形成する話となっていく。もう一人のはぐれもの、過去の「友人」との別れ、あるいは、遺棄の話である。

アメ太郎は、自分はアメリカ人との混血児で、母親はパンパンガールだったという。彼は親に捨てられた子どもなのだ。彼は母親を探している。はぐれものの中には、敗戦後のアメリカ兵たちが落としていった混血児たち、母親が、パンパンガールやオンリーだったために、置き去りにされたり、はぐれたりした孤児同然の子供たちの大人になった姿が見える。アメ太郎は見たところアメリカ人の風貌は持っていないが、自分のアイデンティティはアメリカ人との混血というよそ者なのだ。

近松の物語に加えて、安寿と厨子王、子をさらわれた隅田川の狂女の語りが話の底流を流れている。運命的に引き裂かれた姉と弟、母と子、肉親を持たぬものたちの悲劇的な語りの共同体の中に、主人公はアメ太郎と再会する。アメ太郎は、主人公が母親の世代、母親を知っている世代だと勝手に決めて、彼女に甘え、寄りかかってきていた。しかし、主人公は自分は子をさらわれて狂う母親ではなく、生き残るために子を捨てる情け容赦のない母親かもしれないし、人買いかもしれないと思っている。誰もが母胎から生まれ、そこへの回帰を求めている。女は産むことと、子を棄てることの痛みと罪悪感を引きずっている。浪之丞とアメ太郎、そして主人公は、いっとき一緒に生きていた時期があったのだ。主人公は「最高の死に方は赤ん坊の時に死ぬこと」、「最高の幸せは生まれてくる前に死んでいること。最高の最高の最高はどこにも発生していないこと」と言うアメ太郎に同感する。アメ太郎の言葉はスイフトの言葉と同じではないか。生きていていいことなど何もない。ただ何もしないで死を待っている。スイフトと同じ人間嫌いで生に恨みを持っているのだ。

アメ太郎はゲイだが、結婚もしていた。主人公はアメ太郎と性を交わしたことがある。昔偶然にショッピングセンターで彼に再会した時だ。アメ太郎の住んでいるところを見たくて、アパートまでついていった彼女に、アメ太郎は自分と寝たいのだろうと言う。そして結局二人はそうするのだ。それは「母子相姦」の夢の実践でもあるのかも知れない。いずれにせよ、性は一時を、今日という現在を生き残るための手段なのだ。

乾燥していた皮膚という袋が、少しずつ液体をにじませはじめる。皮膚という袋の内部にはりめぐらされている快楽の支線から幹線へ、また幹線から支線へと、アメ太郎の指先の信号が走りまわり、やがてそれらはすべて皮膚の収縮で一挙にこわされる。アメ太郎もわたしもそれぞれが、べつべつに生きものの液体になだめられて、やっと立ち上がり、死なないでその日を生きていくのだった。

その日を生き残るために、はぐれものたちは互いに抱き合うが、そのあとは、一人で生きていくのであって、性は社会的などのような絆も作らないのである。

はぐれものたちの「逸脱した性」は、中産階級の制度化された社会の規範に照らしてのことで、

「良き市民」となるべく努力している人たちにとっての判断である。性の本来的な姿は制度化からも、規範からも外れているのだ。性を生殖と関係の恒久性に押し込む家族という制度化、憲法や民法で保障され、義務化された性を介した関係や絆は、そこから零れ落ちるものの方が多く、そこでこそ、人の生の実在の様相を明らかにしている。

はぐれものたちの間に、目に見えない繋がり、幻の共同体のようなものが見えてくる。アメ太郎、ハンナ、浪之丞、アメ太郎のかつての仲間のユリオ、丹次郎、そして、スイフト、近松は、ともにはぐれもの「精神の共和国」、形のない、社会生活の中では見えない絆による心の共同体、あるいは幻の共同体の成員としての実存を互いに認識し合っている。主人公の旅はガリヴァーの旅の延長であるが、彼女はその旅先でのガリヴァーの経験よりは、むしろ恨み、不幸感、怒り、憤り、侮蔑、辛辣な権力と中流階級への批判、そして、生き残りとしての過剰で逸脱した性への関心を言葉で表す、はぐれもののスイフトという人物の、その「はぐれぶり」への関心の方が強いのだ。アメ太郎もスイフトと同じ生への不信感と嫌悪を表明しているのだ。スイフトのステラとの幼児愛で始まる異常な孤独な生涯と、性と生への究極的不信感に興味を持ち、それがはぐれもののの精神の共同体の枠組みであることに、主人公は自分を重ね合わせているのである。寒い国への旅とそこからもう一つの寒い国への帰還はそのことの確認の旅であったのだ。

主人公は病気だというアメ太郎を町外れの家に訪ねる。持ち物のない、殺風景だが、どこか清々しいその家は、彼の一貫した生き方を、そして死への旅立ちを意識した生活を表している。主人公は定期的に手紙を彼に書く約束をして、それを実行する。ついに彼女に会いに現れなかった浪之丞への手紙に代わってである。それは浪之丞への手紙と同じく、彼女の日常の報告のようなものので、ステラとスイフトの手紙のような互いの関心の持続と確認のやりとりにすぎない。しかし、アメ太郎はそれからも逃れて単独に死にゆく生を全うしたいと望んでいるように、どこかに姿をくらませてしまうのだ。他者の息遣いに敏感な主人公は、自分の息がアメ太郎の家の空気と心を乱して、一人で死んでいくのを妨げているのだと悟る。

主人公はこうしてもう一人のはぐれものの友人と別れる、あるいは捨てられるのだ。主人公はナパアイ国でケイが幼児強姦で逮捕されたという知らせを受ける。彼女は急いで彼を「身内」として警察から引き取りに行く。ケイは日本へ帰った主人公にナパアイ国の新聞や雑誌の切り抜きを送りつづけるのだが、それらはどれも皆、幼児売買、性的虐待の記事ばかりである。その中には実際に日本で起きた事件のこともある。主人公はケイがあぶない、彼をナパアイ国から連れ出さなければと焦りを感じる。彼女は結局「寒い島」でケイを捨てたのではなかった。ケイを捨てきれなかったのはケイが幻の分身だったからなのだ。

しかし、ケイの方から彼女を捨ててくる。身元引受けのお金を出してもらって、ケイは主人公から離れて自由になり、これで他人となったという。再度訪れたケイのいる「寒い国」はもう「ナパアイ国」ではなかった。ケイは大男たちに虐げられた子供たちの家族のために働くのだという。あの子供を買って、性的虐待を与えて来た「子供の館」は、やがて、アメ太郎も作ろうとしていた虐げられた子供たちを守る館になるだろう。孤児院や学童保育の館に。「寒い国」は近代国家になっていくのだ。ナパアイではなくなった国で、ケイはもう他者となったのである。島を離れる時、ケイは空港まで送ってきて、「さよなら、おばさん」という。
この小説ではケイだけがスイフトに劣らぬ幼児虐待の「逸脱する性」の幻想を表わす人物である。そのケイが慈善家として善良な市民となることによって、主人公の内面に住む闇とは無関係な他者となった。
主人公は一人でナパアイ国から追い返される。ナパアイは主人公がケイに寄って導かれた夢想に自閉する幻想の場＝国だった。

とにかくわたしは一人でナパアイ国から逃げ帰ることにしよう。いつも「逃げる」ばかりのわたしだ。親から、家庭から――。といって、昔とは一体いつのことだか――大男たちへの憎悪をねりあげ、そこへ酵母をいれてふくらませたにちがいないのだが。

主人公が次にアメ太郎を訪れた時、彼はもうどこかへ消えてしまっていた。主人公は彼の気持ちを察することができないで、手紙や差し入れ品を買い込んだ見舞いというお節介が重荷になっていたことを認識して、恥じるような気持ちになり、アメ太郎への哀れみの気持ちが深まる。主人公は自分はキリスト教徒ではないから、愛とは何かしらない、というが、単独で生きていくことに徹した生き方を、自分の生きた方と同じように理解し、認め合い、そしてそこには他者で居続けることが、はぐれものの思いやりであり、「愛」なのであると悟るのだ。はぐれものの形のない、見えない心の共同体は、自分自身のはぐれものの人生を生き抜こうとするもの同士の互いへの愛によって形成されているのだ。

主人公はアラン島の漁師のセーターのように、愛するもののために編んだセーターを水死人が出た時の目印にする島の女たちや、後朝の別れの時に渡し合う下着、別れの際に思い出として渡す身につけたもの、などに霊的な気味わるさを感じるという。生きている肉体にまとった、それに触れていたセーターや下着や袖などが、思い人の匂いや肌の湿り気を伝えるという、どこか隠微な性的な感覚を呼び起こすのだ。主人公がアメ太郎に土産としてあげた本物のアラン島の漁師のセーターは、空の家に残されていた。

ハンナはアメ太郎の家の隣の小さな機織工場で絹の機織機が作動するのを見て興奮している。ハンナもまた、東北に置き去りにしてきた日本での恋人に会いにきたのだ。機織りは女たちの心の表現を担っていた伝統工芸だった。それらもまた、機械と組織化された産業に吸収されて滅びようとしている

寒い国の代表的な手芸品であるアラン島の漁師のセーターを探していた主人公は、もう一人の帰還者、J・M・シングにも出会う。彼はパリに見切りをつけて、文明のはぐれ孤島、アラン島に帰ってきた詩人である。アラン島では伝統的な民族工芸が途絶えて、観光客用の機械編みセーターばかりが流通しているが、シングはダブリンが、世界の帝国による植民地の悲惨な運命を代表して象徴している島国であるからこそ、故郷のその島へ帰った帰還者なのであり、本物の手編みセーターを復興させようとしている。シングから見れば、アイルランドは宗主国の文化に飲み

込まれ、民族の伝統的生き方を忘れた知的中流階級の形成と、その底辺に残り続ける、迷信と昔ながらの習慣、暴力、残虐な、「過剰な性」の差別などが混在する自己喪失した文化なのだ。

それは植民地の運命的な文化の混沌であると、ガリヴァーの訪れた国々で予言的に明示されている。スイフトは植民地のエリートとしての地位を守るために隠そうとしていた内面の「ウラミ」に満ちた闇をステラの死以後は隠しきれずに、キリスト教の司祭でありながら性的な逸脱、赤ん坊を食したり、少女たちの性器への残虐な仕打ちなどへの飽くなき関心とその記述が露出し、教会から彼が狂人視される理由となったことも明らかである。

スイフトはガリヴァーという奇人を主人公にして、幻の国への旅行記を自身のウラミ・ノベルの隠し蓑としたが、『ひべるにあ島紀行』は富岡自身の「ウラミ・ノベル」から脱却するための旅の紀行なのだ。作品の中で主人公が書くのは、スイフトとステラのように元恋人との間の手紙だが、その手紙は結局は主人公の元へ返されてくるのである。甘えの手紙、主人公の「怨歌」がどこかへ消失してしまったことが『ひべるにあ島紀行』の誕生の理由である。彼女は晩年のスイフトを乗り越えて、ガリヴァーの行かなかった共和国へ向かっていったのだ。その国は、精神を植民地化されることを拒む「はぐれもの」の精神の共和国なのである。富岡の近代嫌悪と、前近代への憎悪と親愛に満ちた、見えない海上の孤島にはスイフトの言葉も主人公の手紙も届かないだろう。

主人公はスイフトの遺書が大変理性的で、彼の生活に関係した人々への思いやりに満ちたものであることに感心し、スイフトは狂人ではなかったと思っている。ただ、そこにはステラに残す愛情の証は見えないのである。ステラの遺書には、スイフトの書いた手紙の束が残される。こうして二人のやり取りは封印されるのである。それでも二人は同じセント・パトリック教会に眠っているのである。

主人公の書いた手紙も同様に封印される。ケイは浪之丞から預かったと、主人公が書いた浪之丞への手紙を送ってくる。浪之丞はそれらを持っていたくはなかったのだ。主人公はスイフトとステラが「激しい友情」で結ばれている関係、性的な関係でもなく、一緒に生活もしない関係とは、何なのだろうと彼に問いかけている。甘えることのできるただ一人の人だという彼に、自分が流れ者であり、どこにも帰る場所を持たないのだと、心の「闇」を吐露する。そしていつも「母」を押し付けられてきたのだと、子供から、男から、社会から、国からと、訴える。男たちの女嫌いの底には逃げ込む母がいるから、全ての男たちは女が嫌いなのだ、という「重い気体、濃い霧」に抑圧され、母という「最強のカード」を持たずにこの国に住むことの鬱陶しさを訴える「怨歌」となっている。手紙は語りの芸を欠いた「ウラミ・ノベル」なのだ。

そのために、浪之丞は逃げてしまったのだ。他者のウラミ・ノベルから逃れなければ、はぐれものの希求する解放も自由もない。主人公の手紙は、かえって彼の心の闇に触れてしまったのだと、主人公は悟る。彼との「激しい友情」の可能性を絶ってしまった、とはぐれものを裏切った気持ちにとらわれる。ウラミ・ノベル、「怨歌」には隠れ蓑がないのだ。

そもそも近代小説は、自伝的であり、内面に隠した闇の表現回路として読者に投げかける「ウラミ・ノベル」という手紙なのだ。『ひべるにあ島紀行』は、反近代小説なのである。

最後に、アメ太郎との別れがくる。浪之丞の後にアメ太郎に書き続けた手紙もまた、はぐれものの友情、あるいははぐれものの暗黙の「精神の共和国」の掟を裏切るものとなったことを主人公は知るのである。アメ太郎もまた、主人公の闇を見ることによる重さ、自分の闇を見せられることの自虐的な苦痛から解放されたいのだ。アメ太郎に書いた手紙のうち、彼が去った後に家に届いた二通が「受取人不在」で、彼女の元に返されてくる。はぐれものの共同体は、生き延びるためのその都度の交わりで成り立つ、その都度の愛による共同体なのである。一人で死にゆくことを可能にする自由を持たせる思いやりこそがはぐれものの愛なのだ。


今やアラン島は、その漁師のセーターの持つ前近代的な愛の物語で、先進国の間で評判になった。それは近代国家に住む中産階級の上から目線による、滅びゆく地域民族文化と技能への哀惜であるだけなのだ。子供たちは血統書つきのいい子となり、子供を食べる人はなくなり、虐待は罰せられる。しかし、制度化された性からはぐれた幼児愛は、当事者の心の闇にしまいこまれ、封印されて存在し続ける。それは生から「地すべり」するものたちの、その落下の経験なのだ。

主人公は浪之丞やアメ太郎の仲間だった同性愛者のユリオを訪ねる。彼の好意で浪之丞の来るのをそこで待とうとするが、結局は彼は来なかったのだ。ユリオは服を作っている、アラン島のセーター編みの同僚なのである。人は、中でもはぐれものたちは、服という隠れ蓑でその性と肉体を隠し、はぐれものとして生きる実存を隠すのだ。そのようなユリオにとっても、恨み節で、他者の心の闇を明かされるのは迷惑なのだ。

主人公はアメ太郎が去った家の空の空間に立ち尽くした後、持ってきた差し入れ品のビニール袋が野良猫に食いちぎられ、辺りに散乱したゴミの始末をして、バスに乗って帰っていく。この村はアメ太郎の母親の生まれたところではないかとふと思い、彼も自身のウラミに決着をつけるための母探しをしていたのだろうと思うのである。

「死骸は天が片付けてくれる」というアメ太郎の、何もしないで生きている時間を過ごし、一人で死んでいくという大事業を成し遂げようとする覚悟を主人公は偉いというが、結局は恋も、旅も、アイルランドへ行ったことも同じことだと思う。主人公はこのアメ太郎の死を見届けるためにも、まだ生きなければならないと思ったのだが、結局はそれはできなかった。「たんなる落ちこぼれ」と自分のことを言うアメ太郎は、本当に一人で死にたかったのだ。

富岡の尊敬する元祖はぐれもの作家、深沢七郎の言うように、死を特別扱いしたくない、死は生まれるのと同じ自然で、偶然で、軽いのだ。大げさな扱いをされたくないと、死にゆくために日常を送っているアメ太郎は伝えているのだ。

一時間に一本というバスを待ち、田舎の駅前で、スパゲッティミートソースを食べるシーンで、小説は終わるのだが、それは彼女が関わった人たちが皆、まるで芝居が終わり、一人一人暗闇の舞台裏へと退場して行った後の、静けさに満ちた空の芝居小屋に似て、その不気味な静けさの中で、片田舎にまである、スパゲッティミートソースを食べる主人公も、芝居の一場面の中にいるのだ。はぐれものも、一人でいても、お腹はへるのだ。その時主人公のこころを占めるのは、次の一節である。

雪のなかを馬車が走るダブリン。スイフトの怒り。ステラのかなしみ。いずこも同じ、冬の夕ぐれ。

これが小説の最後の一行である。ステラへの手紙から主人公の手紙へ、封印されたはぐれものの内面と激しい友情。言葉で書かれた手紙が返されて、その時初めて、はぐれものの絆が、主人公に見えてくるのだ。主人公ははぐれものの精神の共同体の一員になったのである。

ハンナに約束したアイルランド紀行は結局は書かれることはなかったが、それはハンナも含むこの小説なのだ。その意味でこの小説は、はぐれもの作家誕生の物語なのである。

単独者の共和国

『ひべるにあ島紀行』は『丘に向ってひとは並ぶ』から始まった長い「はぐれものの成り立ち」物語のいわば一つの到着点、あるいは終着点であるだろう。

『丘に向ってひとは並ぶ』、そして『冥途の家族』はどこからか流れてきた。男と女が性をかわし、子供を作る家族の形成、そして、その家族からはみ出していく性のあり方を描き、そこに近代の家族制度、そしてそれを基盤とする中産階級の形成から逸れていく「はぐれものたち」の生成を描く物語である。物語と言っても、ガートルード・スタインの『アメリカ人の成り立ち』に似て、はじめと終わりのはっきりしない、つまり、一つの物語には収められない、反物語なのである。これらの小説が書かれたのは一九六〇年代の終わりで、日本が戦後の荒廃と混沌から復興して、世界の先進国の仲間入りをしていく時期に書かれたのであり、この小説の中の「はぐれもの」たちは、戦後の復興の過程で捨てられてきたものたちとその子供たち、という複層的な「はぐれもの世代」の話を内包している。

初期の小説の主人公の若い女性は、作家の分身であることは明らかだが、流れ者の家族を出自としながら、戦後民主主義教育の恩恵である大学教育を受けた数少ない女性であり、エリート予備軍である。一九六〇年代になっても、女性の大学進学率はわずか2・1％だったのである。親世代と彼女の意識のギャップの大きさは、民主主義教育の産物があたらしい世代を形成するようになった一九六〇年代には、目に見える社会・文化現象ともなっていったのである。

家族の生成は性をその原点とする構造的なプロットを持ち、性は近代家族生成物語の主役である。家族物語は性の物語なのだ。家族が制度化され、法的な規範と社会的規範が男女の性関係を家族の関係に縛るようになると、その基盤となる「生殖する性」からはずれる、「逸脱する性」がもう一つの物語、隠された物語を形成していく。近松の物語、スイフトの物語に加えて、富岡は二十世紀のもう一つの「逸脱」する、生殖しない性を生きるゲイの生き方に自分と同じ「はぐれもの」の精神を見いだしている。

しかし、富岡多恵子は、スイフトという西のはぐれもの巨人に出会う以前に、つまり『ひべるにあ島紀行』に至るまでには、長い思考の放浪の時期を経ている。「はぐれものの系譜」というならば、古代からの文明形成の過程で、追放者、亡命者、放浪者、芸能者、河原乞食、犯罪者、障害者、よそ者の系譜を辿ることができるだろう。社会＝里、共同体の歴史には、その中心をなす権力体制から、周縁へ押しやられたものたちの歴史が裏面を形成している。その片方だけでは歴史も国家も、社会も文明も、文化も成り立っていないのである。富岡の小説世界の流れもの、はぐれものは、近代化の過程で作られる社会の底辺層を生きるものたちで、権力体制の中心へと登る道筋である教育から排除された人たちであるので、制度の言葉を持たないし、言葉による表現からも排除されているのだ。その点ではぐれものの系譜に収まるだろう。

富岡のはぐれものの表象は、人間が生きる本来的な姿の原点を、制度に取り込まれることを拒む生き方の中に見ていくという一貫した視点を持っている。具体的には敗戦後の日本に生きる人たちの物語だが、アイルランドの旅を挿入することで、世界史的な位相を持つ物語となっている。十九世紀から本格化する西欧の帝国による世界の植民地化の流れの中に置かれているのだ。経済的に近代化の外に置かれ、自国の民族文化と言語が、ローカル化され、周縁化されて、自尊心を傷つけられる植民地、そして、帝国文化を中心の頂点とした文化構造の中に地位を占めるために教育を受け、その言語を学ぼうとする知的中産階級の形成という、世界的な植民地文化形成の歴史の中に、近代日本、そして戦後日本のはぐれものたちの生きる舞台が位置付けられているのだ。日本がアジアの後進国の植民地化を欲望する帝国の仲間入りを目指したために、日本の自国文化意識は、西欧文化へのコンプレックスと重なり合って、複雑になっていく過程が、この小説の背景を形成している。アイルランド、そしてスイフトの手紙、ガリヴァー旅行記を下敷きにする構造が、それを明瞭にしているのだ。

日本とアイルランドとガリヴァーの訪ねた島々は、世界史の流れの中で、共通の「大男」にやられ続ける「小人」の国なのだ。

富岡の物語の人物たちは、敗戦後の占領時代、貧困と飢餓に喘いだ時代、民主主義の推進と古い文化意識の復活の中で、西欧に依存した経済復興に取り残されていく底辺層を形成するものたちである。庶民階層も誰もが中産階級への上昇志向を持つ中で、そこからもアウトサイダーになっていくものたち。彼らの矜持は自意識の闇に溜め込んだ、怒りと恨み、嫌悪と憎悪を表現しない、他者の同情を求めないことだ。それを理解し、互いに尊重し合うものたちだけが、目に見えない、はぐれものの精神の共同体を形成する。歴史の闇に埋められていく精神の共同体の物語が、幻の島への旅紀行なのである。

富岡の初期の作品の「逃げてばかりいる」主人公は、芸術家に近い自己意識を持ち、上昇志向に最も誘惑されやすい立ち位置にいる。親からの逃走と、庶民と中産階級から、芸術家からの逃走が、若い主人公の「はぐれ」と怨みの根底をなす基本構造である。

逃げてばかりいる主人公は、動物のように扱われるはぐれものの尊厳のために戦うが、彼女自身がはぐれものの領域にいるのではなく、不確かな曖昧領域に立っている。この立ち位置は『波うつ土地』に至るまでの主人公の自意識を形成している。

しかし、『白光』以後、富岡の主人公ははっきりとはぐれものの仲間と意識の共有領域に生きる自分を決めている。親から、家族から、中産階級から完全に逃げおおせることはできないが、意識の上では、すでに中間領域を脱して、はぐれものの一員として生きることを決めているのだ。『逆髪』『ひべるにあ島紀行』はその仕上げの旅、真のはぐれものの条件である、分身を捨てるための旅の最終段階の語りなのである。

だが、その結末、物語の終わりは語られないままだ。中間領域に立ち続ける、逃げるばかりの実在の、不安がもたらす鬱状態、崖の上から滑り落ちるのを必死で堪えている恐怖からの解放は、守るものやすがるものを捨てることによる単独者の自由の獲得によるしかないのだ。ひべるにあ島への旅は、それらを捨てるための旅であったが、そこで主人公は新たな絆の重みを背負ってこちら側の寒い国へと帰還してくる。自分自身の「寒い国」でその決着はつけなければならないのだ。

この小説を覆うペシミズム、将来へ向かって前進する楽観的思考の欠如による「終わりの感覚」は、物語に結末はなくても、生きることには終わりがあること、それを生きることが、はぐれもののの実存であることを示している。そして、他者がそれぞれの逸れ方の中で到達したその実存（富岡のいうジツゾン）の認識を、他者として尊重することが、はぐれものの精神の共和体の掟なのだ。見えない絆で結ばれた仲間たち、互いに心の闇を見せないで「激しい友情」を認知する、形のない繋がり。それが「愛」であることを、恨み節の手紙が結局は自分のところへ戻ってくるブーメランの投げ矢でしかないことを知って、認識できたのだ。宗教の教える「愛」よりは確かで、激しい友情があることを。それは、富岡の主人公が自ら老いていく過程で、スイフトに勝るとは言えないまでも、ベテランのはぐれものとしての、長い旅を経てしたたかな精神性を形成してきたからであるのだろう。体制から遺棄されることを辞さず、精神を制度に絡め取られることをあくまでも拒むはぐれものの精神、その生き方は、内面を隠し続けていても、いや、それだからこそ、人を惹きつけてやまず、謎の深奥へと人を誘う。はぐれものは誘惑者でもあるのだ。富岡は『ひべるにあ島紀行』以後も、折口信夫の謎の魅惑に迫る『釋迢空ノート』を書いている。はぐれものが誘惑者だからこそ、捨てる旅の帰路がなかなか見えてこないのだ。

この長く錯綜した物語、書物の中の言葉と会話の話し言葉、決して本心があきらかにされない記述と会話の語り、異なる空間を交差し、過去と現実が入り乱れ、現実と幻想が入れ替わる、往復する物語ならぬ物語は、ここまでの富岡文学を包括する、頂点を極めた作品であると言えるだろう。

小説の最後は、富岡多恵子がスイフトと同じはぐれものの精神的共同体の仲間入りをするのであっても、スイフトとは異なるはぐれものになっていくことを示唆している。

主人公は、スイフトのあらゆるものに対する嫌悪感〈ロンドンもアイルランドも嫌い。ガリヴァーが帰国して真っ先に感じるのは待っていた妻や家族に対する嫌悪感〉などの底にある「人間嫌い」を、スイフトが書くことによって、あるいは書くこと以外に、そこから生き残る道を見つけられなかったことに共感し、自分も手紙を書いた。彼女は、自分は踊りもできないし絵も描けない。だから言葉で書くしかないのだという。彼女もスイフトと同じように言葉しか持っていないのだ。

人間と動物を同じ位相に置くスイフトの人間嫌いも富岡は共有している。動物は、植民地の人間や障害者、そしてはぐれものを差別する同じ差別の構造によって、食べられ、虐待されているのだ。赤ん坊を食する欲望は、赤ん坊を動物に置き換えてみれば、奇異なことではない。「馬の国」の話は、人間と動物にはさほど変わりがないことをスイフトは話しているのだ。動物は人間文明の進化の過程で周辺に追いやられたが、それは精神を病むもの、障害者、幽霊や妖精、はぐれものたちを社会の僻地へ追い出していく差別と排除の構造と変わるものではない。『ガリヴァー旅行記』は風刺であることを大きくはみ出して、帝国イギリスも、植民地の非人間的な残酷さも、女性も、家族も、犯罪者、狂人やはぐれものたちも、皆奇怪で、残酷であり、嫌悪感に満ちている。スイフトは生きること自体を嫌っている。

富岡は存在の不条理に対する嫌悪感をスイフトと共有するが、富岡の到達するはぐれものの自意識は、嫌悪感を言葉に託すことの無意味さを知っているのである。主人公は自分の手紙を受け取ってくれるはぐれものはいないこと、自己表現としての小説が結局は「受取人不在」で、自分に返されてくることで、それを認識するのだ。その認識がこの小説のテーマであり、到達点なのである。語ることをしない「はぐれもの」たちの生き方に、言葉で向かい合おうとした主人公は、それが自分の「怨歌」を聞かせるという「甘え」であることを悟るのだ。

小説の終わりは、スイフトの文学とは異なる静かなペシミズムに満ちている。手紙が人づてに送り返されてきたことで、主人公は「ウラミ・ノベル」を書くことを超越した時点にたどり着いたのだ。他者の物語への肩入れも、自分の物語の書付も、心と生き方を植民地化されることを拒み続けるはぐれものたちの「精神の共和国」の憲法でもパスポートでもないのだ。反対に、その不在が共和国を成り立たせている。その認識を持って、富岡の主人公は、はぐれものの共同体の一員となっていくのだ。

「ひべるにあ島」への旅は、他者でありながらも分身的に自己意識の底流を形成してきた昔の恋人、はぐれものたちとの決着をつけるためであった。その決着は『動物の葬禮』の主人公のように、他者であるキリンのために落とし前をつけるというよりは、さらに踏み込んだ自己の内面との対峙であり、自己存在意識との決着でもあることは明らかである。

しかし、作中のはぐれものたちは、語り手のその自己決着に見て見ぬ振りをし、拒絶する。主人公の語り手が彼らに書き綴った手紙、何気ない日常の報告は、結局のところ、スイフトとステラの手紙と変わるところがない。手紙は真実を隠し続け、隠すためのものなのだ。しかもその手紙は返され、捨てられることも同じである。語り手が手紙の送り手たちと並んで埋葬されないことだけが、彼らのステラに勝る他者性を示している。手紙が隠蔽すると同時に、ケイは、心の闇に抱えた怒りと嫌悪を露骨な逸脱行為で露出する。隠蔽と露出が、明らかな分身的二面性として表出される。富岡の語り手は、分身であったはぐれものたちを他者として、外部化するのである。

他者とは内的な独白の相手としての分身ではないことを、そしてはぐれものの生き方とはあくまでも単独者の生き方であり、それぞれが他者の外部的な存在であることを明らかにしようとしている。

語り手は、自己との決着の語りを、最後に留保しているかのように見える。「いずこも同じ、冬の夕ぐれ」と、冬に向かう荒れ果てる孤島に生き残る孤独を、さらりと一般化して、はぐらかしているかのように。しかし輸入品なのか、今や日本食となったのか、スパゲッティ・ミートソースを食べる「日常」を最後のシーンとするこの「紀行」、旅の記録は、はぐれものとしての自己との決着を一応つけた語り手の、さっぱりした、ノンシャランな姿で終わるのである。はぐれものとの関係は、これからも「いずこも同じ」に反復されていくだろう。その精神でつながっていく者たちがいる限りは。

語り手のはぐれものの住む精神の共和国には、スイフトのガリヴァーは訪れなかったのだが、社会的な居場所にも、言葉の語りによっても形にされないはぐれものであることの精神を、最終的にスイフトと共有しているのだ。富岡のガリヴァーはその見えない島に辿りつき、旅行記を書いたのである。単独者として生きたはぐれものたちの精神に共感し、それを共有することを通して繋がっていくはぐれものの精神の共同体は、語りや組織形態として可視化されない反物語であることへの、語り手の改めての認識であり、これからも続くであろう旅の路上での、一旦の自己決着なのだ。

はぐれものをすくい上げてきた旅から、それらを捨てていく旅へ、そして最後にははぐれものの自己が残る冬の旅の終わりは、富岡文学の潔さを、読むものの心に強く印象付けている。
主人公がハンナに書くと約束したアイルランド紀行が、『ひべるにあ島紀行』であり、それは新しい作家誕生の物語だった。『ひべるにあ島紀行』は富岡文学の頂点をなす小説であるばかりでなく、二〇世紀世界文学の傑作であるだろう。

《参考文献》
ジョナサン・スウィフト・著／中野好夫・訳『ガリヴァー旅行記』（一九四六年、新潮文庫）
夏目漱石『文学評論』（『漱石全集10巻』一九六二年、岩波書店）
四方田犬彦『空想旅行の修辞学「ガリヴァー旅行記」論』（七月堂、一九九六年六月）

異形とジェンダー越境——『逆髪』を読む

〈哀れな女〉から〈自由なハグレ者〉へ

——富岡多恵子の評論「女の表現」におけるハウスキーパー像の転換

北田　幸恵

異形とジェンダー越境――『逆髪』を読む

富岡多恵子『逆髪』は『群像』（一九八八年一月号～八九年九月号）に連載され、一九九〇年三月に講談社から刊行されたが、その直後の『群像』五月号には水田宗子が「家族というトラウマ――富岡多恵子の『逆髪』について」を書き、「富岡文学の集大成」という評価を打ち出している。その中で水田は『冥途の家族』『波うつ土地』『白光』と、一作ごとに視点や切り口を変えて展開してきた富岡の「小説世界の全貌がみえる」作であり、「近代女性文学の一つの到達点」として『逆髪』を位置づけている。また二年後の評論「動物の葬礼と参列者――富岡多恵子における女性のナラティブについて」（註1）の中でも『逆髪』に言及し、「両義性を残し、矛盾し、互いに対応しあう複層的な声をディスコースによって構成」した「語り手や、語られる対象の自己表現を超えたところに立脚するポリフォニックなナラティブの世界」（註1）を構築したものとして、『逆髪』での富岡のナラティヴの達成を鮮やかに意味づけている。

本稿では、富岡文学の「集大成」、近代女性文学の「一つの到達点」とする水田による『逆髪』の基本的評価を踏まえながら、一九七〇年代から八〇年代に展開された日本の「フェミニズム」の総決算的な表象という視点から『逆髪』を位置づけ、併せてタイトル〈逆髪〉という女性表象の意味を明らかにしたい。

一

一九七〇年代に始まるフェミニズムは、それまで自明とされてきた家父長的家族・社会制度、家族と性役割、身体とセクシュアリティの物語を、既成の価値観から解き放ち、新たな行為と言葉で再定義する二〇世紀最大の、女性による思想・運動であった。それは「フェミニズム」と一言でくくれないほど、多様な異議申し立てのカオスの場でもあり、反家父長制の「フェミニズム」の新たな物語が生成されていった。富岡多恵子の『逆髪』は、これまでの神話が解体していく現場を、新たな語りの方法で表象した類例のない作品といえる。そういう意味で『逆髪』はフェミニズムの決算的作品と呼ぶにふさわしい作品ということができるだろう。

『逆髪』は、作品世界の案内人として、一応の視点人物、主人公が設定されてはいるが、その言葉は、対話者や主人公が想起し関係する周囲の他者の語りによっていつのまにかとって替わられ、入れ子型迷路構造の中で主客転倒していく。いずれの登場人物も絶対的な語りと位置を与えられることはない。謡曲『逆髪』の逆立つ髪の女という異形性を中心イメージとして、女にとって〈逆髪〉たらざるをえない根拠を過激な俗語を濫用乱発して、順逆を転倒させる自由な語りの空間を生み出している。一見、底知れない迷宮のようだが、実は緊密に結び合わされ、最終的には〈逆髪〉の語りという核に行きつくように仕組まれたきわめて戦略的なテキストである。

　主人公鈴江は、姉の鈴子と竹の家鈴子・鈴江として関西で漫才コンビを組む少女時代の芸人体験があるが、今は東京に暮らすシナリオ作家であり、大阪の芸人・生活者としての言葉と知識人の言葉との二重言語を操る女性である。名子役だった姉の鈴子の方は十代で突然舞台を降り、会社員と結婚し、三人の娘息子の母となった。しかし今でも時々、芸人言葉が出てきて主婦語を喋ろうとするとぎこちなくなる。作品中、唯一、フルネームで登場する、女主人公江島木見は、鈴江と鈴子より一世代若く、鍼灸マッサージを業としながら「女だけの家」を、リッキーn（自由な性関係を持つ複数の男）を含む「不思議の家」にしようと夢見るフェミニストである。彼女の言葉は理論的、抽象的で、現実から限りなく遊離しているかのようだが、本の棒読みのような抑揚のない一本調子が、かえってシャーマンのように周囲の人々を陶酔させ魅了していく。鈴子の娘明美は仕事をやめて関西から上京し、木見の「女の家」に同居する。

　これらの女たちに対して、鈴江の男友達で元恋人でもあるフリーのプロデューサーの泉は知識人の言語を駆使するが、根底に関西の生活の言葉へのノスタルジーを抱いている。泉は、貴重な芸能記録として「鈴子からの聞き書」を書くようにと鈴江に慫慂《しょうよう》していたが、次第に江島木見を主役にした『逆髪』の芝居上演の方に関心を移していき、鈴江と泉合作の「聞き書」は決して完成することはない。このように『逆髪』は〈語る〉〈聞く〉〈書く〉ことをめぐるメタフィクションでもある。泉は鈴江が〈書く〉テーマを方向づけると同時に、作品『逆髪』の筋を生産するプロデューサーでもあり、『逆髪』の語りのメタフィクション的性格を支える役割を果たしている。

語りや文体とは、生身の人間と文化との拮抗・交渉する接触面にできる波長、調べ、運動の痕跡であるとしたなら、登場人物たちはそれぞれのアクセント、地声、訛り、抑揚、リズム、矯正された声で己を表出し、その関係はポリフォニックな声の場を創り出している。中でも、現実の生活の言葉ではなく、どこからか降ってきた託宣のように語られる言葉と根源的な理論的な言葉とが合成された江島木見の言葉は、伝統的なシャーマンの語りと先端のフェミニズム理論の語りをみごとに接合した新たな語りであり、戦後女性文学に新たな局面を切り拓いている。このような点からも『逆髪』は富岡多恵子文学の代表作であると同時に、フェミニズム文学の代表作としてきわめて重要な位置を占めているといえる。

二

登場人物はすべて何らかの家族のトラウマを抱え、家族の呪縛から逃走しようと苦しんでいる。トラウマの発症理由は多様であるが、「アノお母ちゃん」の放恣《ほうし》な性関係のため、名前も知らない父親探しを続け、母親を許すことのできない鈴子と、姉とは違ったやり方で、父母への捻じれた思いを深層に抱く鈴江の姉妹。そのような母や叔母のもとで育った明美は世の中の常識を信じてはいない。江島木見の場合は、終戦後、枯山水のある自慢の家を占領軍に接収され首吊り自殺をした祖父の怨念を深層に溜め、現実に違和感を抱き、もう一つの新しい家を構想している。乳幼児期に丹波に里子に出された経験を持つ泉もまた、子どもは親になぜ捨てられるのかという意識を抱えて中年となり、異性愛に違和感を持ち始めている男である。女以外の人しか愛せないが、鈴江の「養女」になろうとするゲイバーのケイ子。『逆髪』の世界では女も男も、性の制度の犠牲者、被害者であり、傷つき苦しみ、言葉にならぬ何かを抱えて彷徨している異形の者たちである。

主人公の鈴江が家族から逃走するのは、次々と父親の分からぬ子を産んで捨ててきたアノお母ちゃんへの敵意や反発に由来する。旅寝の鳥のように生き、「仕事仲間が即ち家族」「仕事が終われば解散でメンバーは絶えず入れ替わ」ってきた一座の中で育ってきており、家族への幻想は一切持たず、ひとり身を選んで生きている。鈴江にとっては、結婚とは所詮、女が家庭という廓へ身売りすることで、いつも人間は発情しているという前提で成り立つ虚構に過ぎない。泉とも結婚せず、「養女」志願のゲイのケイ子を友人以上には近づけることはない。しかし、人生ビジネスとして結婚を急ぎ主婦となった鈴子と、独身を選んだ鈴江の姉妹は、対極的な生き方の女性のモデルとして設定されているかのようだが、そのような安易な図式で収束するわけではない。働き手としての役目を終え、定年後まもなく植物人間になり、寝たきりで排泄もままならぬ夫省一郎のもとを去り旅に出た鈴子は、夫から「逃げたんじゃなく、捨てた」のだと鈴江に言う。夫を「捨てた」鈴子に、鈴江は自分の方が「逃げているだけ」なのではないか、と顧みざるをえない。ここには『逆髪』を貫通する思想が集約的に示されている。フェミニズム理論で武装することがなくても、フツウの女が実は家族制度を内破する目の覚めるような放胆な行動に及ぶこともあるという現実のパラドックスを描き、結局は鈴子も鈴江も「同じ穴のムジナ」であり、〈逆髪〉ではないかと語っているのだ。富岡は市井の「俗人」のしたたかな生き様をリアルに示し、理論と現実の文化的ヒエラルヒーを転覆している。

三

『逆髪』に初めて〈逆髪〉の話が登場するのは、父親のコンプレックスを持つ鈴江と産みの母と育ての母を持つ泉との、二人の男女関係の危うさを謡曲『逆髪』の逆髪と蝉丸の姉弟関係に喩える場面である。

「姉はサカガミ、弟はセミマル。サカガミの緑の髪は、空に向かって生《お》いのぼり、撫でても撫でても下《くだ》らない。髪が天に向き、気は狂になる。そうでしょ、鈴江さん。こんなに悲しいことはない。その異形。弟は目が見えない」と泉さんがつぶやいているのが聞こえる。泉さん、戻ってきて。そんなにまわりくどいことしなくても、その話なら知ってるよ。「姉と、おととの物語。姉は逆髪、おととは目暗」という「姉と、おととの物語」を思い出しては反芻し、泣いているのだ。

撫でても下らず、髪が天を向く、「狂」となつた〈逆髪〉と盲目の蝉丸の科白を鈴江は泉とともになぞりながら、尋常な恋に落ち着かぬ二人の関係を確かめ合っている。制度外に排除された異形者としての自覚を持つ鈴江は、〈逆髪〉に運命、宿命、因業の象徴を感じている。異形を嘲笑、愚蔑する者に対しては「どうして、あたしを見てみんな笑うのよ。なに？　あたしの髪が逆さまに生えているのがおかしいんですって？　そういえば、たしかに逆さまなのはおかしいよね。でも、ちょっと待って。あたしの髪が逆さまだって笑うよりも、みんながあたしを笑うこと自体が逆さまなのですよ。笑うべきはあたしの方だ。あたしがおまえらを笑うのだよ」と『逆髪』を反復しながら反撃する。「あたしを笑うこと自体が逆さま」という科白には、笑うものより笑われるものの方が笑う資格を持っているという「さかさま」の真実がこめられている。

生理的に不自然な結婚はしない女である鈴江に対して、一世代若い二十代の木見は性的対象を男か女に限定すること自体、一方の性に禁欲的に対することになると考えている。木見の場合は、家族の性に根ざすトラウマというよりも、男も女も家族というフィクションの制度から抜け出し、自由な究極な個であるべきだ、という原理的な結婚制度否定に立っている。木見が「女の家」をさらに「不思議の家」にしたいのは、コミュニティ存続のための男nを必要とすると考えているからだ。しかしこの計画も同居者の明美からは反発を受ける。明美の疑問は次のようなものだ。「弱って死んでいく女を、まだそれほど弱っていない女がこの上なくやさしく世話する」のは可能か。その「流れ」がとぎれないために、「女だけの家」をリッキーnを含んだ「不思議な家」に改造する計画は、男を性欲の鎮静剤にするか子種のためではないのか。男が女に性的な満足を与えるというのは真実か。バイセクシャルは、惧れや不安を均等にならして正当化するものではないか。そもそもなぜそのような手段をとってまで、人間は存続する必要があるのか、というものである。

江島木見の「不思議の家」構想へのこれらの批判は、フェミニズム内外からのフェミニズムが孕む問題の根底的批判として作者によって明美を通して吐露された呟きではないだろうか。それを木見のレズビアンの相手、明美からの批判として出しているところに、木見による構築された知識や論理の徹底への共感と同時に、懐疑や風刺がこめられているとみることができよう。

四

泉によって木見を主役に『逆髪』上演の計画が持ち上がる。芝居のリハーサル中、木見たち異形の男女の群れの振舞いを、窓から覗いて嘲笑している村の若妻会の女たちに対して、木見は即興の反応をする。ここでの語りもまた謡曲『逆髪』の科白を典拠としている。謡曲『逆髪』は、世阿弥の作かと言われるが不明。延喜帝皇女の逆髪(シテ)が、「いつの因果のゆゑやらん、心よりより狂乱して辺土遠境の狂人となって、緑の髪は空《そら》さまに生ひのぼつて撫づれども下らず」という異形の姿で、勅命で逢坂山に捨てられ藁屋に棲む弟で盲目の蝉丸(ツレ)を訪ね、琵琶の音を頼りに再会する。逆髪の異様な姿を笑う子供たちに彼女は、たしかにわが髪は逆さまだが、皇女を庶民の身分で笑うのも逆さまであり、順逆は見方によるのだ、と諭す。

なにわが髪のさかさまなるがをかしいとや。げにさかさまなる事はをかしいよな。さてはわが髪よりも、汝らが身にてわれを笑ふこそさかさまなれ。面白し面白し、これらは皆人間目前の境界《きやうがい》なり。それ花の種は地に埋《うづも》つて千林の梢にのぼり、月の影は天にかかつて万水の底に沈む。これらをば皆いずれをか順と見、逆なりと言はん。われ皇子なれども庶人《そじん》に下り、髪は身上《しんしやう》より生ひ上つて星霜《せいざう》をいただく。これ皆順逆の二つなり面白や

富岡『逆髪』作中には、引用文の三行目からの「花の種」「月の影」の部分は引用されてはいないが、この部分に逆髪を笑うものへの無知を哄笑する「順逆」の摂理が述べられている。富岡『逆髪』も謡曲『逆髪』を根拠として、異形の者の復権、順逆の転倒というテーマが追求されている。

『逆髪』の〈逆髪〉は、鈴子・鈴江姉妹、世の秩序に反する実験的な生き方をする江島木見・明美、謡曲『逆髪』という三重の複雑な構造となって展開されている。現代と遥かさかのぼる時代とを接合させ、帝から追放された蝉丸・逆髪という異形の姉弟と、結婚制度を否定し攪乱する鈴江・木見・明美などの現代の先端の異形者たちの生き方をつなぐ作品構造となっている。鈴江が台本を書き、泉がプロデュース・演出し、木見等が語り演じる『逆髪』の世界は、物事の順逆を転倒させ、正気と狂気の境を越境していく。

こうしてすべての人間の境界は順逆変転常ないものによって構成されているとするところに

は、富岡の、世間や家族の秩序を破壊し攪乱する世界のセオリーを示しており、この作品に独特の深い味わいを生み出し、核となり見事な結晶化をもたらしている。登場人物たちの規範を超えた世間的に異常な振る舞い、会話、妄想、思い、すべてが〈逆髪〉としての異形性を強調する。しかし見方次第で逆髪になったり、逆髪でなくなったりするが、その順逆は一方の見方という権力が支えているのである。それが変われば逆転する。そのとき、「女の家」、「不思議の家」も規範外の反社会的な淫らでおぞましいものではなくなる。アブジェクト（棄却）されるべきものが実は新たな価値の根拠となるのだ。だから泉は江島木見の構想を意味づける役割を果たし、木見を革命家だとも予見し、シャーマンだとも賛美するのだ。泉はフィクションの力によって、世間を、秩序を、転倒させる術が必要なのだと唱える。ここで富岡は泉を通してフィクションの効能を提示し、メタフィクション小説としての『逆髪』の特徴を示している。語ること、語れないこと、事実とフィクション、対話と内的思惟、ポリフォニックとモノローグなど、手法、テーマ共に順逆の越境的世界を紡いでいるのである。

五

「女の家」から「不思議の家」への構想を説く江島木見は、泉からは革命家だともシャーマンだとも見なされ称賛されているが、同居人の明美からは実現不可能なSFではないかと懐疑の念を抱かれている。しかし、リッキーn計画を踏まえた「不思議の家」計画は、例えば中国雲南省に実在するモソ族の社会を参照するならば、必ずしも奇想天外の荒唐無稽、SFを描いたとはいえなくなるのではないだろうか。家父長制の中国の飛び地のようにモソ族は二千年来、女性から女性へと権利地位が継承される女系家族制度を存続させている。シンガポールで企業弁護士として活躍した経験をもつ中国人女性の曹惠虹《そうけいこう》がそこを訪れ、住み、著したルポルタージュ『女たちの王国』（草思社、二〇一七年十一月）はそのことを示している。

著者によると、この一族は山の女神ゲム（格姆《かくぼ》）を祀る。世界でも類を見ない母系社会で、中国では「女人国」と呼ばれている。「走婚」（註2）で生まれた子供は母系に属し、祖母や母が家長となる。結婚制度というものがなく、したがって「父」や「夫」という呼称がなく、子を産んだ女はみな「シングル・マザー」となり、子はみな「父なし子」となる。女性が持つ種子は、天から注ぐ雨によって緑の草地となる、とモソ人は考えていて、男は「雨、水」となって注ぐだけだ。男はアシア（恋人）の産んだ子に一切の責任を持たず、その代わり姪甥に対して叔父として大きな責任を持つという。「女たちの王国では何事もあべこべに展開している」と述べている。モソの中では父はいない代わり、産みの母は第一の母で、母の姉妹は第二の母、第三の母……というように番号を付けて呼ぶのは当たり前だという。雲南省のモソ族の社会にも近年近代化の波が押し寄せ、観光化し、母系の基盤も大きく揺らぎつつあるが、母系原理を核とするモソ人の存在は、「人間社会が男性支配を模範にしている必然性に疑問を投げかけ」、それに代わるモデルを持ち得る可能性を示すものである、と著者は力説している。

現存するモソ人の家母長制社会を見るならば、『逆髪』で、「女の家」にリッキーｎを導入して、女だけの「女の家」を、さらに「不思議の家」に改造しようとする江島木見を描いた富岡の構想力の卓抜さは評価されてよい。モソ人と対照的な家父長制社会ではトラウマの根源に、多様な女性の性の産む力を一元化し、男性の管理下に囲い込む抑圧があることが、より自然な社会への越境を祈る女たちの声が、女たちから捨てられた声とともに、〈逆髪〉の異形性として描き出されているのである。もちろん二千年来のモソ族の母系社会と、未来を想定し、戯画的実験的な江島木見の「不思議な家」構想には大きな違いがあるが、父権制の深刻な行き詰まりを照射し、新たな関係を志向するとき、モソ族の存続と木見の構想には共通の問題提起があると考えられる。

さて、たとえ個々に中世の逃散《ちょうさん》のように逃走し、家族を捨てて彷徨したとしても、捨てられた人、捨てた人はその後、どこに漂着するのか。自由恋愛、フリーセックス、家族解体の後始末はどうなるのか。老いたり、病気や障がいを持つ弱者になった男女はだれがケアするのか、どのようにケアされるのか、という問題が起こるのは必至である。鈴子が夫省一郎を「捨てて」さまよいだしたとしても、やがて鈴子が訪れなくてはならない場所は、木見の「女の家」「不思議の家」ではないだろうか、と鈴江に言わせている。弱者のケアの問題が深く追究されているわけではないが、萌芽的に『逆髪』の中ではこの問題にも言及されているのである。木見らの「女の家」「不思議の家」構想には、同時代のフェミニスト駒尺喜美らの女たちのシニアハウス構想などが視野に入っていなかったとはいえないだろう。（註3）

鈴江が縁をきっているはずの鈴子の父親違いの弟茂男の生きざまを確認しに何度も茂男のもと

を訪ね、それを逆髪と蟬丸に重ねたり、鈴子の生き方に関心を持ち、「鈴子からの聞き書」を書こうとしたりしていること、父母のトラウマから抜け出せないことなど、家族からの逃走の物語は、実は家族への執着という物語に反転していっていることは明らかである。家族から逃走し、家族革命を探ろうとした一九七〇年代、八〇年代のフェミニズムの流れを『逆髪』は象徴し、また現在に続く家族制度の後始末の問題も萌芽的ではあるが、先鋭に提起しているといえよう。

富岡多恵子の『逆髪』は以上のように、謡曲を現代のフェミニズムに連続させるという着想で異形という生き方の創造性を見事に描ききった作品である。フェミニズムが一九七〇年代以降に欧米から上陸した思想・運動であるだけではなく、日本の古典的世界に接続され、より深い、遥かな土壌に淵源を求めた〈逆髪〉という女性表象を見事に創り出している。

現在、現代女性文学で語り直されている、排除されても一人でも生き残り再生する女性原型〈山姥〉とも、〈逆髪〉は接点を持つだろう。辺土異境の山を訪ね、琵琶の音に誘われ弟と再会した逆髪はやがてそこを去っていくが、都にも里にも戻れないとしたなら、やがて〈山姥〉として生きていかなくてはならない。あるいは市井の女隠遁者の如く〈不思議の家〉に里棲みするのかもしれない。逆髪は坂神とも髪を乱した妖怪だともいわれている。日本にはこのように〈山姥〉と名付けられた沈黙の女たちと同時に、空様に逆立つ髪をなでながら、自分を笑う者たちに向かい〈さかさま〉だと怒る〈逆髪〉が日本の女性原型に存在している。

〈逆髪〉という女性表象によって一九七〇年代から八〇年代のフェミニズムの女たちのエネルギーと声を交錯させ、女が異形の〈逆髪〉として生きる根拠を示した『逆髪』は女たちの後戻りできない越境を写し取った一九九〇年代の富岡の代表作である。と同時に、二十一世紀の二十年を迎えた今日の私たちの耳には、異形の〈逆髪〉の女たちの声は辺土異境から社会を撃つ言葉として沸き立ち響きわたっているのではないだろうか。

〈註〉

（註1）『城西国際大学人文学部紀要』一九九二年七月（水田宗子『物語と反物語の風景　文学と女性の想像力』田畑書店、一九九三年十二月に収録）

（註2）曹蕙虹によれば、「走婚」の「走」は「訪う」の意味、つまり「一夜の喜びのために男性が女性のもとに〝歩いていく〟という行為を単に言いあらわしたものに過ぎ」ず一対の男女で恒久的な核家族を意味する「結婚」「婚」はモソ人には存在せず、家族の「夫」や「妻」という概念は存在しないとしている。

（註3）『逆髪』の江島木見は、鍼灸師として生計を立て、「不思議の家」を実現しようとする女性として設定されている。七〇年代のウーマン・リブの闘士でメキシコに渡り、未婚で子どもを産み、帰国後、八二年から治療院を開設して鍼灸師となった田中美津や、フェミニズム批評の先駆者で元法政大学教授、八〇年代後半から、女たちのシニアハウスをめざし、晩年は共同生活者とともに、伊豆の「友だち村」に住んだ駒尺喜美などをはじめ、当時活躍したフェミニストたちをモデルとして、謡曲『逆髪』の逆髪を中核に奔放かつ緻密な想像力を駆使し合成して、江島木見という新しい魅力的なイメージが造型されていると考えられる。そのような意味でも、一九七〇年代から八〇年代のフェミニズムの表象としての『逆髪』の性格が浮かび上がってこよう。

《初出》

『比較メディア・女性文化研究』創刊号（国際メディア・女性学研究所、二〇一八年一月）

《参考文献》

水田宗子「家族というトラウマ――富岡多恵子の『逆髪』について」『群像』一九九〇年五月（『フェミニズムの彼方　女性表現の深層』講談社、一九九一年三月）に収録

与那覇恵子「方法をめぐって〈実例〉富岡多恵子」『国文学　解釈と教材の研究』一九九〇年六月

井口時男「カタリの本意とシャベクリの不本意『逆髪』富岡多恵子」『新潮』一九九〇年七月

日本古典文学全集98『謡曲集』（小学館、一九九八年二月）

曹蕙虹　訳・秋山勝『女たちの王国』（草思社、二〇一七年十二月）

〈哀れな女〉から〈自由なハグレ者〉へ
――富岡多恵子の評論「女の表現」におけるハウスキーパー像の転換

はじめに

富岡多恵子の評論は、『富岡多恵子の発言』全五巻（岩波書店、一九九五年一月〜五月）として刊行され、『富岡多恵子集』（筑摩書房、一九九八年十月〜一九九九年七月）全十巻中では四巻を占めるなど、富岡の文学における比重はきわめて大きい。『中勘助の恋』で読売文学賞、『釋迢空ノート』で紫式部賞、毎日出版文化賞など権威ある賞を受賞し、一九八八年の一年間『朝日新聞』に「文芸時評」を担当するなど、高い評価を受けてきている。ただ富岡の批評精神が全開し横溢するフェミニズム批評・評論に関して言うならば、富岡の詩や小説の根底を流れる批評精神と深く呼応しているにもかかわらず、まだその独自性や達成が十分明らかにされているとは言いがたい。ここではこのような視点に立ち、一九七〇年代の『わたしのオンナ革命』（大和書房）、『女子供の反乱』（中央公論社）から一九八〇年代の『藤の衣に麻の衾』（中央公論社）へと発展し、『表現の風景』（講談社、一九八五年九月）収録の「女の表現」（初出『群像』一九八五年二月）でフェミニズム批評の確かな到達点を示した「女の表現」一編に焦点をあてて、富岡文学におけるフェミニズム批評の現代的意義について考えてみることにしたい。

1

富岡の評論「女の表現」は、中山和子が『平野謙論――文学における宿命と革命』（筑摩書房、一九八四年十一月）で論じた平野謙と「ハウスキーパー問題」に触発され執筆されている。ここでの「ハウスキーパー」という用語は、家政婦という一般的な意味ではなく、特別な意味で使用されている。戦前、治安維持法の下で、官憲の弾圧を逃れるため非合法の活動家の男女が夫婦を装って暮らす際に、家事や連絡係を担当し、時には性的関係を持つこともあった女性活動家をさしている。「ハウスキーパー」に関する問題は、戦前は特に官憲やメディアによって扇情的に世間に流布され長く左翼運動への嫌厭の情を招くことになった（註1）。戦後は『近代文学』の評論家平野謙などによって、革命運動による女性の犠牲、女性への政治の非人間的な道具視を象徴するものとして指弾され、政治と文学の二項対立、宿命的な背反というテーゼを導く根拠として戦後の文学観に少なからぬ影響を与えてきた。

中山和子は前掲書で、平野謙の戦前の文学活動をたどりながら、平野が執拗に「ハウスキーパー問題」にこだわり、戦前の革命・政治活動の欠陥として追及し続けた背景には平野自身の経験が伏在していたことを明らかにした。平野の活動仲間で恋人でもあった根本松枝（註2）が「もっとしっかりした人に指導されて運動のなかにすすんでいきたい」と言って平野のもとを去り、中村亀五郎という別の活動家の男性の「ハウスキーパー」になったことに、平野は生涯「個人的に怨念」を抱いていたと指摘したのだ。そのことが、スパイであることが発覚した大泉兼蔵（註3）のハウスキーパーであった熊沢光子の獄中縊死事件を平野が取り上げた際、熊沢を事実より「より女らしく哀れに」描く結果となったのではないかと中山は論じたのである。

富岡は中山の平野謙論を踏まえつつ、フェミニズム運動が高まりを見せる一九八〇年代に相次いで出版された、戦前の政治運動に参加した女性たちの回想記録を参照し、また彼女らの源流となった明治の女権家で社会主義者として有名な福田英子、その弟子で共産主義者になった九津見房子にまでさかのぼり、非合法下の男女問題の混乱という視点を超えて、近代の女性が遭遇した思想、女性の表現の根幹に関わる問題として「ハウスキーパー問題」を追究することになった。

富岡は、女性を「か弱く哀れな」存在ととらえる女性のステレオタイプ化という男性の習慣的な視点が、「ハウスキーパー」といわれた女性たちの思想や行動の本質を捉えそこない、矮小化したのではないかと鋭く指摘し、運動の中での女の「絶望」を「女の哀れさ」に求めるのではなく、「女の思想」の問題として捉えようとした。

また平井巳之助の非合法活動の回想記『名もなき者の記録　私の運動史』に現れる「黒さん」に触れている。「黒さん」は一時期、平井のハウスキーパーを務め、本名を隠し街頭連絡のため日焼けして「黒さん」と呼ばれた女性で、平井よりはるかに非合法活動に通じて平井の師匠のような女性だったことを平井は敬意をもって回想している。後に彼女は他の男のハウスキーパーを務め、その男との子を宿し市電に飛び込み自殺を図ったが軽い怪我で助かり、胎児の方は死産した。戦前は共産党の活動は非合法のため父を明らかにできず、また堕胎罪に問われるため中絶もできないというところに追い込まれての事件だった。その後、一九三二年の弾圧で「黒さん」は警察に捕まり、「口でいえないほどのひどい拷問をうけたが、いっさい口を割らなかった」。長い間、ブタ箱に留められ危篤で病院に運ばれて、息を引き取った、と最期を看取った医師は戦後、平井に告げたと言う。富岡は、ハウスキーパーと言われた一人の無名の女性「黒さん」に注目する。

「死ぬ間ぎわまで党を信頼し、最後の勝利を信じていた」としたら、どのようなひどい拷問にも、「まるで男性活動家のための道具のように使われ」る「レポーター」の役目にも、「ハウスキーパー」としての非人道的な扱いにも当然耐えただろう。「黒さん」の自殺未遂も、子供ができたから恥しいのではなく、子供ができたら党に迷惑がかかり、活動できないからであった。いみじくも医者がその死顔には、「後光がさしているように見えた」というのも、殉教者なればこそである。「黒さん」の信じていたという「最後の勝利」には、キリスト教者が信じる「神の国」と同じような感じを受ける。

熊沢光子も「黒さん」の場合もハウスキーパーのステレオタイプにあてはめると、「最後の勝利」を夢みながら、社会的階級闘争に従い「女らしく哀れに」死んだことになるが、彼女らの死ははたして「女らしく哀れ」だったのだろうか、と富岡は正面から問い糺す。彼女らが絶望したとしたら、むしろ「社会的階級闘争に性的階級闘争が含まれていないことを、男より先に漠然と実感しながら、それを表現できぬゆえの絶望もあったはず」だと、全く新たな「女の思想と表現」の視点から光をあてることで、ステレオタイプの「哀れなハウスキーパー」論から解き放ち、女性を一個の歴史的社会的存在として、新たな歴史の困難に参与した思想的主体として捉えることになった。

2

ほとんどの日本人が、「ハウスキーピング」は女性の仕事であるという「道徳律（家庭崇拝思想）」に生きていた時代、同志とはいえ女性の活動家は、巫女《みこ》や流れ芸人や娼婦と同じような、「女性」の体制からのハグレ者として男の同志に認識されるところがあったはずだと富岡は言う。

したがって、「ハウスキーパー」に、同志としての戦略が期待されるはずはなく、炊事洗濯等の「ハウスキーピング」はもとより、女のハグレ者には、性が当然要求されたのだろうし、その性は、奉仕としての性、闘う男の慰安婦としての性、という、「役割の性」であっただろう。つまり、男たちの闘争にあって、女性同志は「ハウスキーパー」という炊事要員であり、快楽要員であるとのあしらいに他ならない。普通一般の家庭のなかにいる女性は、夫を同志とは思っていないから、炊事要員、快楽要員であったとしてもその役割に忠実のあまり死ぬことはない。

こうして富岡は、非合法活動に参加し、獄中死も辞さなかった「哀れな女」より、一般の女たちが「哀れでない」わけではない、という論理を導いている。中山によれば平野謙は熊沢光子に女らしい哀れを見たが、実際の熊沢は大泉に妻子のあることも知っていたし、大泉をスパイだったと疑ったこともあったという熊沢の妹の発言を引き、「自分に課せられた役割だと思って」大泉のハウスキーパーになっていた熊沢を絶望させたのは「女らしく哀れ」ではないところにあったかもしれないと富岡は述べる。

「黒さん」も熊沢光子も、「ハウスキーパア制度なるものの哀れな犠牲者」にちがいない。しかし、「黒さん」が信じ、熊沢光子が絶望したものの正体、即ち、彼女らの思想とその表現が問題にされなくてはならない。そうでなければ、「女らしく哀れ」な犠牲者が、いつの間にか「妖婦」というステレオタイプに逆転させられぬとも限らないからである。

富岡は、戦前の特殊な政治状況における哀れな被害者、犠牲者の女性として語られてきた、ステレオタイプ化された「ハウスキーパー」像を、「ハウスキーピング」は「女性の仕事であるという道徳律(家庭崇拝思想)」に生きる家父長制下の女とかかわらせる。さらに運動においても女性は男性から同志としての戦略を期待されず、「ハウスキーピング」を要求され、しかも「体制からのハグレ者」でもあるゆえに、巫女や流れ芸人や娼婦などと同様の女のハグレ者として、慰安や奉仕の「役割の性」も要求されたのだろう、と指摘する。富岡は、家父長制下の女性一般、伝統的な巫女、流れ芸人、娼婦などの制度外のハグレ者たち、非合法活動に参加した近代のハグレ者の女、というステレオタイプで分断されてきた三種の女を「ハウスキーピング」「ハグレ者」という用語をバネにダイナミックに把握し、「哀れな女」と「哀れでない女」を交差させ転換させることで脱構築している。

富岡は女のハグレ者が「表現できぬゆえの絶望」、さらに、女たちが表現の力を持ち自己の絶望を虚構化し言語化しえたとしても、はたして「既存の女性観から自分たちを解放しえたかどうかはわからない」と疑問を投げかける。水田宗子が『ヒロインからヒーローへ』(田畑書店、一九八二年)で提起した、女性は「社会的歴史的現象を超えて〈女性原理〉にささえられてきたために」、「歴史とともに変っていく度合がたいへん少なかった」という指摘に強い同感を示しながら、その上で「女性作家が既存のステレオタイプから脱した女性及び男性像を本人の思想によって描き出しても、読者を、つくりあげている社会と歴史が新しい女性像、男性像の出現を受けいれるまで、それはステレオタイプの脇で待たされる」とも言う。

3

非転向の社会主義者として有名な九津見房子の娘大竹一燈子《ひとこ》による『母と私　九津見房子との

日々』（築地書館、一九八四年八月）を富岡は引き合いに出して、社会運動家の女たちの「女らしく哀れ」ではない、哀れどころか時代に屹立した自我の持ち主であり、ステレオタイプを突き抜けた女だったことを照らし出していく。

九津見房子は一八九〇（明二三）年生まれで県立岡山高等女学校で学んでいる。卒業を数カ月後に控え、山川均の演説を聞いて上京し、福田英子のもとで女中兼秘書をしていたが、父母の死に遭い帰郷し、キリスト者高田集蔵と結婚。一燈子と慈雨子《じうこ》を設けて離婚。その後再び社会主義運動に戻って行った。

一燈子は母と父の間を行き来しながら、小学校も満足に卒業できぬ少女時代を過ごす。「検挙されて札幌の刑務所で五年余をすごす編笠姿の母と別れて」（註4）から、父に引き取られるところまでが著書によって回想されている。久津見房子は高田と離婚し、後に共産党の幹部で転向声明を出すことになる三田村四郎と生活を共にする。房子と一緒に闘った経験を持つ山代巴《やましろともえ》（註5）が、戦後、三田村と暮らす房子と再会した時、ざあます言葉を使う房子に痛ましさを感じるが、しかし房子の心の中からは、「ゾルゲ事件の人達への愛も、和歌山で助け合って来た私への愛も抜けることはなかった。一体どのようにこの二つの対立物は矛盾なく結びつくのか。私はついそれを究明したくなります」と一燈子の書に寄せた序文で山代は記している。

このような矛盾する九津見房子という一人の女性を見る時、「女性の思想、或いはその挫折」は、「女らしく哀れな方」からだけでも、「またそれをいっさい問題にしないやり方だけでも、とらえるのがむずかしい」という見方を富岡は示す。

明治二十三年生れの女性が、二度とも妻子ある男性と生活をともにすること、まるで放浪者のように、あちこちに住居を変えること、運動によって、多くの男性に接する機会があること、男性とともに、或いは男性にまじって議論し、実践運動すること、生活はまるで運否天賦《うんぷてんぷ》で、金はまったくない時もあるが、そのような暮しのなかで、運動する男たちに時には母のように姉御のようにありあわせの食事を作ってふるまうこと、刑務所に放りこまれ、拷問にあうことも含めて、そういった女の生活は、当時の世間では反社会的であるより前に反道徳的である。九津見房子が、反道徳的自由と悦楽を得んがために、「社会主義者」となり、その運動に挺身したわけではないだろうが、その過程にあって、また結果として、当時のほとんどの女性の体験できなかった自由を味わったことがあったともいえる。

九津見房子も殉教者「黒さん」も社会主義のユートピアのために不本意ながら「役目」としてハウスキーパーを務め、相手の男の「慰安婦」になったとしても、「社会の道徳的規範からはずれて生きる、ハグレ者としての自由の悦楽がまったくなかったといえるかどうか」と富岡は問いかける。根本松枝もカフェーで働き、共産党員の中村亀五郎の内妻として貢いでいたが、三十一歳で亡くなったという。「もっとしっかりした人に指導されたい」といって平野謙のもとを去ったという根本のいいまわしは「受け身」だが、実は「学びたい」という能動であり、「自分の知りはじめた社会主義思想を、理論的にしっかりと補強し、実践的にもよく実状を知りたい」ということだったと富岡は解釈する。恋人平野謙から去った時、「女らしい」情感より、知的好奇心の方がまさり、「その時知的発情の方が優位だったにすぎない」。また、九津見房子の郷里からの出奔も同様だとしている。このように富岡はこれらの女の社会主義者、女の活動家たちに「女らしい哀れさ」を見るのではなく、「知的発情」をして出奔し活動の中に身を投じた女たちは道徳的規範からはずれて生きるハグレ者としての悦楽がなかったとはいえない、として、女性が個に目覚め、時代の常識という鋳型からハグレていったため、時代の先端の渦に飛び込んでしまった、自由に生きた女性という評価を打ち出して、「哀れなハウスキーパー像」から解放しているのである。

このように展開してきた富岡は以下のように「女の表現」を結んでいる。「言語作品が、この種のステレオタイプにいち早く倦怠してそれを破壊する意欲をもたなくなる時は、政治の弱点を文学の力であばくことができなくなる時である」。久津見房子の晩年の暮らしが矛盾に満ちたものだったとしても、「文学はそれを不思議としない」。国家の維持は九十九人を救うためには一人を見殺しにすることはあるだろうが、「文学はその一人を問題にする点で、アナーキーなのだから当然」である。「文学は性によるステレオタイプを、もっとも敏感に嫌うはずである。その表現化は文学の政治性といえるだろう」。「ハウスキーパー問題」を問うことは、異常な一時代の一党派にかかわる問題ではなく、文学の政治性の根本、言語作品の本命にかかわる問題だと語っていることになるだろう。

富岡は、フェミニズムの視点を深化することによって、平野の陥ったところから反対の方向に抜け出ている。文学はステレオタイプから出て、国家が見殺しにしようとする「一人」を対象として、そこに真実の「文学の政治性」を見るという強度の眼力を獲得しているのである。つまり、富岡が「女の表現」で取り上げている非合法運動に身を投じた熊沢光子、根本松枝、黒さん、九津見房子、その他多くのハウスキーパーたちを、傷つき、挫折し、たとえ恋愛や性関係で破綻し絶望したように見えたとしても、また弾圧により転向させられたり、無念にも自死に至ったとしても、時代の嵐の中を生きようとしたハグレ者としての栄光を見るのだ。ここで、流れ者、巫女、娼婦などのハグレ者の系譜と近・現代の体制から逸脱するハグレ者であるハウスキーパーや運動家の女にステレオタイプからの解放の先駆者としての栄光を見て、過去と現代のハグレ者を接続し、ステレオタイプからの脱出を試み成功している。

以上見てきたように、従来の歴史や空間を超越した原理主義的ステレオタイプから人間を見るのではなく、そこに一個の性的社会的人間として矛盾も含めて捉えきるところに真の文学の政治性を見ているのである。

女を見る時、被害者、犠牲者として、男が作ったステレオタイプの中に女を流し込んで解釈するのではなく、女の抱いた夢、歩いた現実、矛盾、錯誤、限界をも含めて生きた一個の人間存在として掘り出すことこそが真の政治性だというのである。もし男のステレオタイプで、熊沢光子、根本松枝、「黒さん」、九津見房子をとらえるとき、それは女を捉えたのではなく、男の拵えた型に男の夢あるいは怨念を流し込んで造られた、男のステレオタイプの物語の中の「女なるもの」であり、「女そのもの」ではないのではないか、と富岡は言っているのである。

4

九津見房子、熊沢光子、根本松枝、「黒さん」などのような主義・思想に邁進した女性たちにとって、戦前の体験はどのような意味があったのか改めて考えてみたい。

富岡が指摘するように、彼女たちは無学でも無思想でもなく、決して主体性のない女性ではなかった。むしろ、当時としては高い教育を受けた有産階級に属する、覚醒した女性たちが多かった。自ら、危険視された、国家に叛逆する思想に共鳴し社会運動に参加していった女性であった。九津見の場合は国家老の家柄に生まれ山川均に共鳴して上京し、福田英子の家で社会主義者を知った。革命運動で大泉のハウスキーパーを務め、獄中で自殺した熊沢光子は弁護士の娘である。平野が生涯「個人的に怨念」を抱いていたという根本松枝は元検事で市ヶ谷刑務所所長の娘であった。また自伝『あるおんな共産主義者の回想』(れんが書房新社、一九八二年)を書いた福永操の父は浦和や札幌の裁判所長を務め、操は東京女子大学在学中からの運動家だった。いうなれば彼女らは当時の一般女性に比べて、少女期から法制度のしくみや社会の裏面について知悉することが可能な環境に育った人々であった。決して騙されて無知のまま運動に飛び込み、男との関係を持ち、翻弄されたというようなものではなかった。

「ハウスキーパー」問題の実態を知る上で、『日本女性運動資料集成第3巻　思想・政治Ⅲ　帝国主義への抵抗運動』(鈴木裕子編、不二出版、一九九五年)が参考になる。

その中に収録の『東京朝日新聞』(一九三三年一月三十日)掲載の「足を踏み外した彼女たちの

性格――何れも温い家に抱かれながら赤に走った女大生」を見てみよう。新生共産党事件で十名近い検挙者を出した、日本女子大学の寮監兼主任指導者藤原千代に取材している。藤原は検挙者の学生には特に家庭環境が恵まれていない人は見当たらず、羨ましいくらい、幸福な家庭に育っていると述べ、「足を踏み外した」という学生たちの性格を、以下のように語っている。

孤独癖が強いといふか、とにかく、何事でも自分独りでやつて行きたい、他から制ちうされず自分の好みに突進したいといふ性格に強い方の人が多かつた様にも見られました。

更に次のことは今度の事件に関係した人々にもさうだし、従来かうした運動に染まつた人々にも共通だつたことですがまづ何よりも英雄心の満足といひますか……階級闘争の先頭に立つて華々しい名をさかさうといふ虚名につかれて、大地に深く足を踏みつけることを忘却してゐたといふことがいへるやうです。

続けて藤原は、彼女らの思想的根拠に深いものはなく、性格が孤独癖に強く、英雄主義にあせること、学校の成績は概して良好だったが、やり方が潜行的で、二、三の人は前の事件にも関係があったが舎監の再三の忠告も聞かなかったと、述べている。ここで思想的根拠に深いものはないとするのは学生を弾圧から少しでも守ろうとしての教育的配慮の発言であるかもしれない。「孤独癖」が強い、何事も独りでやってみたい、英雄心の満足、というのは、世間的規範に従順ではなく、自主性に富んでいることの表れでもあり、主体として時代の困難に向き合う自覚的な人々であることを逆に語っているだろう。

　ハウスキーパー関連、女性の検挙投獄についての当時の新聞の記事からいくつか拾ってみよう。

「多くの同志が捕はれたときその妻はハウスキーパーもしくは情婦として報ぜられたが、これは正式婚をしてゐないからだ、さうだ、私達は党では恐らくトップとして堂々正式結婚をしよう……」と、両親を説きつけ両親立ち合いのもと、式を挙げたことが報じられている（「大阪工大講師の娘が左翼恋愛陣の雄――ハウスキーパーから正式結婚　検挙された全協の大立者山田の妻の正体」『大阪毎日新聞』一九三三年二月四日）。

『時事新報』（一九三四年五月二十一日）号外は、大森ギャング事件と「リンチ事件」を材料に、「こはこれ地獄絵図　断末魔の私刑《リンチ》共産党夥しき女性の登場」（傍点引用者）という見出しで当時の非合法活動者への大弾圧を以下のように報じている。当局は「徹底的検挙を開始し、去る四月末日まで総員七百余名、百数十名の女性」を交えて全員を検挙、「内五十三名は検事局に送局、他は警視庁にて引きつゞき取り調べを進め、近く合計百名まで起訴する予定」であり、被検挙者には、はじめての外人ウヰリアム・ピッカートン、女流作家中条百合子、作家貴司山治、元帝大総長令息古在由重等がいるとし、「被検挙者は取調べに対し転向するもの続出し、検挙も今や全く終了した」と報じている。

　被検挙者の構成については、インテリが多いと言い、学生一六三、インテリ階級二四九、労働者三二四とし、女性の内訳を女学生十三、インテリ女性四三（内勤人十五名）、労働にたづさわる者七八名としている。またハウスキーパーとして五名の名が挙げられている。また中条百合子とソヴエト旅行を共にした湯浅芳子は、三百円の融通を認めたが、今後関係を断つと表明し、判決言い渡しは二十八日とされている。『東京朝日新聞』一九三五年五月十二日では、「窪川いね子も挙げられる」との見出しで佐多稲子の検挙、取り調べを受けていることが報じられている。

5

佐多稲子の「由縁の子」(『新潮』一九七八年一月)は主人公の作家である私の知人で大阪の活動家の女性、宮森良江と京都の催しに同行したことをきっかけに、「由縁の子」に関する良江の秘められた話を私は知ることになる。京都にはお茶の水女高師の経歴を持つ宮森をおばちゃんと慕う素子がいる。戦前の非合法の活動の中、素子の母親は素子が生まれて一週間で死んだ。宮森は友人の死に目に会えず、素子の父親の名前を聞くことはできなかった。赤子に素子と名付け、プロレタリア文化運動関係の仲間の印刷屋の主人夫婦に養女として戸籍に入れてもらい、いずれ自分が引き取り養育するつもりで宮森は出版部に就職した。養育費を持って里親を訪ねた宮森は、素子の無心な笑顔に涙がこぼれたという。宮森の純情一途に感銘した里親が素子を育てることになった。「それは当時の左翼の持った透明度でもある。素子を生んだひとの残した不分明さは、周囲の心情によって尊重されたということでもあろうか」。良江の透明度、それに感応した里親の心根。立ちはだかった国家権力に対して、非合法の中で子の父を告げることのないまま生を終えた若い母親。佐多は戦前の闇を生きた人間の姿を「不分明の中の透明度」と捉えている。

素子の母親が亡くなったのが昭和七年四月だった。素子の母親はハウスキーパーをしていたという。「純真な人」で、相手の男が家を借りるというので怪しまれないように荷物を運んだことがあり、あのときの男が父親だと思うが、素子の母親は父親の名前を言わないまま死に、父親は母親が亡くなった時、もう捕まっていたのではないかと宮森は言う。私も偶然だがおなじ時期に娘を産み、夫が逮捕されて警察にいたが、「検挙されたにせよ、生れた子の父親は明らか」であり、「私自身の生活も公然としていた」。

私には、当時の非合法という活動の在りようがわかる。対権力との関係でわかる。ハウスキーパーと呼ばれる活動のありかたに私が当時から疑問的だったとしても、それが非合法である限り子供を生んだひとは父親の名を明かすことができなかった、いわば明かす自由がなかった、ということが、弾圧の激しかった当時の事情でわかる。

非合法とされた政治活動の中で明らかにすることを阻まれた恋愛や結婚の関係であったことを抜きに、また不分明を背負って闘わなければならなかった人の痛苦を想像できなければ、そして富岡の指摘するステレオタイプから抜け出す文学の政治性がなければハウスキーパー問題の全体像は明らかにならないだろう。ましてや不分明の中の「透明度」を抱えて生きた人間とその時代を想像することもできないだろう。一くくりにハウスキーパーと呼ばれ、歴史の彼方に葬られようとしている女たちにも多様な女たちがいたのであり、その全体像を明らかにする上で富岡のハウスキーパー論は大きな意味を持つものと言える。

これらのハウスキーパー問題から八十年を経過した現在の、また富岡の「女の表現」発表から三十五年を経過した現在の時点で富岡の鋭い指摘に示唆されて考えるならば、戦前の女たちの試行錯誤、悪戦苦闘によって、現代の女性たちのより自由な生き方や思想の自由、恋愛や性、主体や権利、社会的発言や活動が拓かれていることはまちがいないだろう。彼女らをか弱く哀れなハウスキーパーという被害者・犠牲者のイメージで葬られてはならず、哀れではない女たちの群像として、現代のフェミニズムの論議の中でも照明をあてていく視力が必要となっている。

宮本百合子は戦後、「社会生活の純潔性」(『婦人朝日』一九四七年五月)のなかでハウスキーパー問題について、「社会主義の思想と運動が治安維持法によって極端に弾圧されていた時代」に、非合法の政党や活動に入って、「困難な闘いを続けている若い男女の同志が世間態は人なみの家庭生活をしなければならないために、夫婦でない者が寄合って暮らさなければならない、という場合があった。極端に困難な事情の中で、仕事の便宜上共同生活をした男女がやがて恋愛生活に入り、結婚生活も営んでゆく例もあった」と述べ、「私自身の生活の経験を考えてみて、身辺のたれそれの生活を考えてみて」、ハウスキーパーの「制度」などは決してなかった。「ハウスキーパーと言う名のもとに女性を全く非人間的に扱ったのは公判廷で自白しているとおり警視庁から入ったスパイの大泉兼蔵などであり」、熊沢みつ子という若い婦人闘士は、「大泉が本職のスパイであることが発見された時、熊沢みつ子は非常に苦しんだ。自分の人間的な善意が裏切られたことに苦しみつくして、とうとう獄中で自殺した。だが大泉は平気で生きている。こういう非人間的な行動を逆に共産主義者へのそしりとして、ハウスキーパー制度というものがあった、というようにいっている」と述べている。その上で、ハウスキーパー問題を治安維持法下の男女関係として見ることが必要だと以下のように力説している。

同志の間に愛情問題が起り、結婚生活にも入ることがあるのは自然だし、これからもあることであるが、しかし、その結合を破壊し、おどかし、ちりぢりにさせたのも治安維持法であった。婦人の社会的活動の面が広がるにつれて、社会認識の上でつながりのない結婚はますます減ってゆく。そこに共通な社会的地盤の上に立つ男女の純潔さがあり愛情の純潔さえも一層堅固に保たれてゆく可能があると思う。

富岡多惠子の評論「女の表現」を基軸に、娘からの証言と回想、大竹一燈子『母と私　九津見房子との日々』、ハウスキーパーに言及した宮本百合子の評論「社会生活の純潔性」や、佐多稲子の小説「由縁の子」を共に考えあわせるならば、戦前の「ハウスキーパー」をステレオタイプから解放し、様々な女たちの生の軌跡として明らかにし、自由にハグレ、当時の家父長制、明治民法下、治安維持法下で、性と身体と知性とにファシズムの暴力が吹き付けたもとで、それぞれ一人一人のハウスキーパーと呼ばれた女たちの軌跡を正確に見つめ評価することが必要であろう。戦前、戦後、権力やメディアが描き煽り貶めた地点からもう一度、正当な陽のもとで検証する必要がある。それは今日の女性の思想・表現をどうとらえ評価していくかということにつながる課題であり、ステレオタイプの性の政治から人間的な政治や文学、女性を復活させる上で看過できない課題である。

富岡多恵子はこのような課題に切り口を開き、戦前の途中で倒れた活動家、表現できず生を終えた、また表現してもステレオタイプに閉じ込められたであろう多くの女たちの立場に立ち、女性の思想、表現、個という角度から、大胆に「女の表現」の問題を提起している。

富岡の評論の根源性、フェミニズムの闘いの徹底がいま一度、虚心に評価され見直されなければならないだろう。治安維持法と侵略戦争が同時に進行した戦前の負の遺産を検証し、その轍を踏まないためには、フェミニズムの視点が必要である。女性を弱い被害者としてだけ見るのではない、正当に歴史の正史を生きようとして課題を分け合った一方の性として正面から見つめ検討する必要がある。文学の真の政治性はステレオタイプからの解放であるという富岡多恵子の結論は富岡文学の核心であり、今日においても輝きを増し続ける言葉ではないだろうか。ハウスキーパーとして一括され時代に押し込められた、政治や男の犠牲者の「哀れな女」というイメージから女たちを解放する論点を提示した富岡多恵子の「女の表現」は、フェミニズム批評の力を発揮して、女の思想と表現を近現代の歴史に回復しようとする重要な試みである。

〈註〉

（註1）平井巳之助は『名もなき者の記録』（田畑書店、一九八一年八月）で、一九三二年『大阪新聞』号外のハウスキーパー報道について、「一九三一、二年を通じて、関西地方で治安維持法違反で投獄された男

女の名前が列記されていて、ごていねいにも、一人の男子党員の横にかならず、ハウスキーパーをしていたという女の同志の名が並べてあった。こうして共産党員の男女関係の乱れを誇大に報道して、共産党の信用を落とさせようと、意識的に発表されたものであった。／ハウスキーパーと同居した経験もない私の名前の横に、大道俊子という名前が並べてあった」と回顧している。

（註2）『東京朝日新聞』（一九三三年四月二十九日）は、「前市ヶ谷刑務所長の令嬢等検挙さる」との見出しで、一九三三年三月中に神奈川県地方委員会の党員、活動家三十四名が検挙された中に二人の女性がおり、その中の一人は元検事前市ヶ谷刑務所長根本仙三郎の長女松枝（二十四歳）で、松枝は「東京女子英学塾在学中より赤化して同年警視庁に検挙され」、「父は引責辞任し、その後、松枝は家出して赤坂で喫茶店を経営し連絡場に提供し、その後銀座のカフェーの女給をし、月収二百円以上を稼ぎ、情夫の全協神奈川支部キャップ中村亀五郎に貢いでいた」「三月以来、全協より派遣されて鶴見川崎工場の方面の工場に潜入し運動をつづけていた」と報じている。

（註3）農民運動出身の活動家だったが、四・一六事件の余波で検挙され、スパイになる代わりに釈放された。上京後、中央組織部員になり、熊沢光子がハウスキーパーとなった。一九三三年スパイであることを自白し、除名された。

（註4）大竹一燈子『母と私　九津見房子との日々』は、刑事に母に会わせてやると言われて札幌の裁判所に連れて行かれた時の様子を以下のように記している。

　調べ室を出て、広い構内の渡り廊下を門の方に向って歩きはじめたとき、先に立っていた刑事が立ち止り右手の方を見やった。つられて私もそちらを向くと、大きな建物から出て来た編笠姿の人が看守に付添われて、私が出て来た部屋に通じる道を歩いてくる。私は何の気なし見ていたが、近づくにつれ、見おぼえのある着物の柄が眼に入った。それを着ると母が一段と上品に見えた大島の着物に、黒地に茶の模様の羽織。私は近づくひとを、目を一ぱい見開いて見つめつづけた。そのひとも編笠に手をかけ、その中の顔をこちらに向けながら、よどみなく歩きつづける。互いにはっきり確かめあえるまで近くなったとき、私は、もう、これでいいと思い切った。まっすぐ向き直ると門の方に歩きはじめた。

胸が張り裂けるほどの悲しみとは、これであろう……。刑事も、先に歩き出した私のあとから、黙ってついて来た。

（註5）一九一二年〜二〇〇四年。作家。東京女子美術専門学校に入学するが家が破産し中退。労働運動に参加し、一九四〇年治安維持法で逮捕。和歌山刑務所で久津見房子と出会う。敗戦直前に仮釈放される。戦後、小説『荷車の歌』で人気を博し、映画化された。

富岡多恵子の過激な反逆精神——『砂に風』『波うつ土地』『白光』をめぐって

長谷川 啓

富岡多恵子の過激な反逆精神――『砂に風』『波うつ土地』『白光』をめぐって

富岡多恵子の過激な反逆性を支えるもの、それは、前近代的な発想を根底にしたもののように思われる。日本の近代以降の欧化思想や敗戦後のアメリカ文化社会追従／至上主義への近代的価値観に対する異議といったらよいだろうか。フーコーなどとも通じる近代への懐疑であろうか。浴場の脱衣場で最後の高座に立つ講談師を描く名作「立切れ」、強姦・殺人罪に至る聾唖の若者と〈老女〉の性を描いた『遠い空』など、近代の秩序を逸脱する作品などは秀逸のきわみだ。

そして関西・日本文化からの脱出を志向した高橋たか子とは違って関西文化・言葉・庶民の深層を表現化し、男性文化への媚びや追随の影から解放されたところで女の生や性を見つめているといえよう。近松の『心中天網島』や『女殺油地獄』などのシナリオも手がけているように古典芸能や芸術、大衆文化への造詣にも深い。とくに『心中天網島』や美空ひばり論及は鋭く、エッセイ「美空ひばり追悼」（朝日新聞社『矩形感覚』一九九三年十二月所収）、「浄化された『ひばり』伝説」（岩波書店『闇をやぶる声―富岡多恵子の発言4』一九九五年四月所収）は富岡の慧眼がうかがえるところだ。

ひばりの歌が「占領者である天つ神アメリカの文化に侵略されない土着の国つ神たる前近代

ニッポンをきっちりと保持していた」といい、ひばりは、「明治につくられた学校制度のゆえか、西洋の古典音楽を頂点とする階級的順位」「音楽的ヒェラルキーなどには無頓着なひとびとの中からあらわれ」、彼女には「音楽の階級的上昇はなかった」と指摘している。ひばりの母と娘の一体化、母親中心の家族の結束は、『戦後』から近代ファミリーとして幻想され求め続けてこられた家族の姿とはかなりズレて」いて、「戦に敗れたニホンの臭気、乱世に生まれたアウト・ローたちの臭気、都市細民の生活臭、高学歴社会登場の以前にはフツーであった低学歴社会の理不尽な家族関係がつくる時代劇的臭気」をもち、美空ひばりの「四十年の自信と孤独の芸」にはそうした「前近代性」に蓋をしようとする社会や人々への「復讐」が込められていたのではないかと推定している。

ところで、富岡多恵子の創造行為は、男性社会が作ったあらゆる秩序/制度/社会に対して、激しい反逆性を果敢に示してきたように思われるが、あたかも、同時代の馬場あき子の『鬼の研究』を想起させる。ともに一九七〇年前後以降の第二派フェミニズム、ウーマン・リブ運動の流れとも呼応する鬼女の闘い、すなわち〈女の闘争〉であった。

ここでは、女の闘いを基軸としながら、まずは世のすね者たち、青い反逆者たちの学校制度への反抗から見ていこう。

一、『砂に風』——学校制度への反逆

『砂に風』は知力優先の現代社会に対する風刺・諧謔を特色とした作品で、一九八〇年九月号から翌年七月号の『文学界』に連載され、八一年十月に文藝春秋から刊行された。富岡多恵子は、作品発表当時の女性作家には少ない自己相対化の眼と批評の効いた乾いた文体をもつ作家だが、ここではさらに〈軽み〉の筆致で、女子大を出たばかりの「女センセ」行状記、現代女性版『坊ちゃん』を展開している。三流男子高校の紅一点として、「無謀な力のにおい」を発散させる「若いオス」たちに英語を教え、自らも「発情期の性」を持て余し、自身の親への反乱を試みる二十二歳の女センセ。授業料の催促には高利貸しのような気分を味わい、高校受験生獲得のためには酌婦にまで変貌せざるをえないといった、私立校教師としての経験を重ねていくが、読者はしばしば抱腹絶倒しながら「『学校』という装置の根本について考えることをやんわりと促される」(井上ひさし評——文藝春秋刊行本の帯)のである。

女センセが勤める学校は、規則が厳しいことをセールス・ポイントとする「金もうけ組織」だが、作者の風刺が際立って冴えているのは、企業主たる校長の、朝礼時の「アジティション」である。

生徒たちよ、お前たちはバカだ、と彼はまずアジった。お前たちはアタマが悪い人間なので、公立の学校や一流校へはいくことができなかった、と演説はつづいた。アタマの悪い、バカな

人間も生きていかなくてはならない、世の中へ出るとアタマの悪い人間は、アタマの良い人間に可愛がられることが大事だ。アタマの悪い人間は、アタマの良い人間のいうことをハイハイと気持よくきかねばならない、そのためには、この学校にいる間に、先生方のいうことをよくきいて、そういう人間に訓練される必要がある、

このアジティションに対して女センセは、若いオスたちのありとあらゆる彼女への攻撃のかけ方はとてもアタマの悪い人間の「仕わざ」とは思えないばかりか、いつかきっと彼らは学校に「仕返し」をするに違いないと思うのである。そしてついに「お礼まいり」は実行される。卒業式の翌日、水のないプールで、「規則のヨロイたる制服」が何着も焼けこげにされる事件が起きるのだ。

作者は自らの教師体験を踏まえて、一九五七年から五九年にかけての私立高校の実態を痛快に抉り出しながら、実は一九七〇年代後半から八〇年代前半（それ以降も、中高生ばかりか小学生まで続く）にかけての暴力学生こと校内暴力の当然の出現について予言しているのである。時として、作品執筆中の八〇年に舞い戻っては、オートバイに乗ったり、服装の規則を破って退学処分になった高校生のドキュメンタリーをテレビで観ながら、現代教育の矛盾を指摘してやまないのだ。またこの作品には、青春期の恋や愛が幻想を剥ぎ取られ、「発情期の性」としてユーモラスに描かれてもいる。

『砂に風』は学校制度／学歴社会への痛烈な風刺であり、批判といえよう。暴力生徒（暴力教室）

はやがて登校拒否、ニート（引きこもり）、苛め、自殺へと進み、現代の社会問題だ。金原ひとみが『蛇にピアス』で歓楽街を浮遊する若者の現代社会における制度への抵抗・反逆を描いているが、今もって続く戦後近代の学校制度なるものを根底から問い直さなければならないのだろう。『砂に風』ではすでに早い時点でキャッチされているが、富岡多恵子の近代パラダイム解体志向が鋭く見てとれる作品だ。

二、『波うつ土地』――男性社会への痛烈な風刺小説

1

『波うつ土地』は、自然を破壊し住宅地を建設する高度成長以降の社会を批判的に表象する、一種の文明批評といえよう。縄文遺跡が膨大に眠る多摩丘陵地帯を開発し多摩ニュータウンができるという、丘が波のように連なる土地とそこに住みかけた人々を描いた小説である。まずは、丘が波うつ土地と作品の内的世界とはどのように深くかかわっているのか探ってみよう。

作品の舞台となる多摩丘陵は、関東平野南部で多摩川と境川の間に広がる丘陵で、東京都西部の八王子市から南東に延びて三浦半島に連続する丘陵地帯である。縄文／弥生など先史時代から開けていたところで、ことに縄文前期から中期の典型的な集落遺跡がある。雑木林等々自然に恵

まれ、谷戸（やと）とよばれる狭長な谷があった。

作中には「住居跡のそばに立つと、なだらかな土地の起伏がひろがっていた。ゆっくりと窪んで谷になり、それがまたゆっくりと丘になっていき」、「土地はゆるやかに波うっていて、古墳のような小山があり」、向こう側の丘にも、さらに向こう側の丘にも団地があって、麓のところを切り拓いてテニスコートがつくられていたとある。「波うつ土地」のタイトルの意味が象徴的に語られているのである。

大昔は「ダンチのある丘陵には樹木が繁り、湧水《わきみず》があり、谷戸には小川や水たまりがあって、水を求めて鳥やケモノが集まるから、そこに住むヒトは魚やケモノの肉や木の実を得るのに便利であったのだろう。住居跡や出てきた石器や土器が縄文時代かそれより前のものが多」い、といった太古を思わせる風景だ。

この原初的な風景の山の奥深い谷戸には、人形づくりを手がける女や、染色も織物も手がける女がそれぞれ離れたところで独りで棲み、男が訪ねてくると時にはまぐわい、獣のような声を響かせるという。まるで山姥のように生きる女たちを布置しているのである。さらに、トラックを運転し丘陵の土地を掘る陽焼けした野性的な男の作業員に出会って欲情を抱き、太陽が照りつける大地での交尾に「波の音」や「波しぶき」を夢想する語り手の女を鮮烈に描いている。この語り手は男に「レンアイ」ではなく攻撃的な性交のみを求め、近代幻想をことごとく解体する女性で、多摩ニュータウンの団地に住むある男を誘惑する。富岡は制度に縛られた小市民の偽善性を剥ぎ取ってみせることで、戦後高度成長下のニューファミリー批判を展開しているのである。さらに「この丘陵と谷戸の土地は、近年、都会からおしよせてきたヒトをのせて、波は大きくうねっているのだ」と、高度成長による乱開発／自然破壊のうねりにそってマイカーに夫婦二人と子供二人が乗れる程度の核家族計画を生きる、まさに高度成長以降の一般化した典型的な生活者たちのありようを揶揄しているのである。本作品は一九八三年の『群像』五月号に発表、六月に講談社より刊行されている。

富岡多恵子と同世代のアニメ作家・高畑勲は一九九四年七月に映画『平成狸合戦ぽんぽこ』を監督（原作・脚本も）、公開した。一九六五年頃から、住宅大量供給のために多摩地区を大開発し、山や森などを破壊したことで、棲む場所を失った狸たちが、化学（ばけがく）を駆使して人間に抵抗する様を描いている。ラストでは狸の妖怪大作戦も惨敗し、すべての生き物が生きるのにふさわしい日本の美しい原風景が失われていく。この映画の主人公は里山であり、日本の原風景であるという言説は、富岡多恵子の『波うつ土地』の言説と酷似している。狸の果敢な攻撃は、『波うつ土地』の語り手・共子の、小市民の男を象徴とする戦後高度成長下の安易な近代化を嗤いのめすことで問う挑戦にほかならない。「人＝生き物としての野性的な原点」を説く高畑の哲学は、恋愛を「レンアイ」と茶化し、発情期ととらえる富岡の主張や『波うつ土地』の語り手の発想と相通じるものがある。

2

野性としての人間性の復権を説く高畑ではないけれども、語り手の共子は自然の野性と呼応するセクシュアリティを志向し体現していく女でもある。富岡が一九八七年に刊行した『西鶴のかたり』（七月　岩波書店）に、『波うつ土地』は「既成の『男』『女』の役割から登場人物たちを解放しようと試み」たといい、従来の「小説に出てくる女は男によって書かれてきた『女』だったのではないか、それはステレオタイプとしての『女』で、女は書かれていないのではないか」、ここでは「ステレオタイプとしての『女』ではなく」既成の〈女〉の役割を越境した素の女を描こうとした、と語っている。また、「時代と社会の移行を知る必要にせまられ」、「フェミニズムの論考から学んでいった」とも言及しているのである。

その具現化の筆頭である語り手・共子の性哲学と、「レンアイ」ならぬ自分の癒やしの為の一種の男遊びについてみてみよう。

例えば性交渉の時に、男が女の部分を求めるのと同じように女も性器的欲求だけで男と性交しうる。女の性欲も快楽も受動ではなく時には能動によることもあり、性交時の快楽は、男と女は別々に得ている独善的なもので、一致は幻想であること。性交は男女のコミュニケーションの一種といったように、これまでの恋愛幻想を剥ぎ取り、従来の女性観、女のセックスのありようを転倒している。恋愛を「レンアイ」と揶揄し、発情行為ととらえているのだ。

共子は詩を書いたりする作家、物書きをなりわいとし、「カタギ」ではなく「やくざな仕事」「ゴロツキ」と「偽悪家ぶる私」でもある。「オヤふたりがいなかったら自分が生まれなくてすんだと思ったこともあ」り（水田宗子が指摘する「家族のトラウマ」か）、結婚しているが子供を持たず

「生む能力があって子供をもたなかった夫婦は問いつめから逃げるのは大変」な経験をもち、女性をめぐる既成的価値観に抵抗する四十四歳の成熟した年齢の女性だ。

この「小さな方の丘陵」に五年前から住み、文化会館で出会った行きずりの男に話しかけ、「椀をかぶったような頭」を癒やすために男の車でドライブし、会話が成立しない男を性行為に誘い込んでいく。いや、大男で無愛想な男にはじめから性的攻撃を刺激され、加虐する欲望を抱いたのだった。その男に人格的興味はなく「性的会話に必要な、ひと握りの男の身体の一部分である」「陰茎とよばれるモノ」によって「なだめられている気はしても、モノの向うの男の存在に宥められているわけではなく」、男との性行為にもやがて馴れ習慣化し、倦いていく。そして、習慣化に慣れきった男を置き去りにして外国への旅へと逃れる。

しかし本作は、単に性的欲望をほしいままに求める女を追求した作品ではなく、多摩ニュータウンの、アメリカふうに車を乗り回す団地族、妻を大蔵大臣として家事をすべてまかせて母のように甘える存在と化し、浮気をしたり、若い女と結婚し直したいと夢想しながら安全第一を生き延びる男をからかい、男社会を愚弄する風刺小説なのである。『平成狸合戦ぽんぽこ』の狸の闘いにも似た、自然を破壊した土地に住み健全で安全で制度的かつ既成の価値観に凝り固まった勤勉な小市民の男への攻撃、解体への一つの試みなのである。まるで習性のように無意識に潜む男の女遊びを逆転して、女の男遊び・男狩りを「男」解体の方法に駆使しているといえよう。さらに根底には、女も男も本来結婚制度などに縛られない、「妻」でも「夫」でもない単独者意識、自由で野性的な存在なのだという認識が共子にはあり、一般常識に凝り固まって「情事」などと夢想する相手の男には通じないのである。

共子が誘惑した小市民の典型のような相手の男・カツミさんについても少し触れておこう。

カツミは四十二歳で一八七センチもある健康な大男で、学校の職員として勤務するサラリーマン（以前には信用金庫に勤め、慇懃無礼な職業病も身についている）である。多摩丘陵の団地に住み、妻を「お前」と呼ぶ既婚者だが、子供はいない。共稼ぎ夫婦で、妻はフルタイムで出勤しながら家事いっさいをしきっている。夫のカツミは妻が帰宅するまで時間をもてあまして新車をグルグル乗りまわして遊んでいる、気の利かない「世間にはいくらもいるフツーのひと」である。発表当時としては四十二歳というと「老い」へ渡る橋の手前の中年男で、共子との浮気に「星の降る浜辺で恋人を夢想」したりする男でもある。それでも、小柄な妻に比べて一六二センチもある共子を自分にふさわしいと思う「背丈階級意識」をもち、共子が受身の女でないばかりか「たんに性交するための相手」としてしか自分を思っていないことへの怒りや不快も感じている。男の沽券をつぶされているからだが、しかし共子との性関係に傾斜して生活時間帯まで変化していきながら、決して自分の職場も家庭も揺るがせない健全安全第一主義の男である。

共子が去った後、共子の友人であり共犯者でもある組子と似たような関係になっても、それは変わらない。独身の組子がカツミの妻とも親友のようになり、追い詰められたように自殺にいたっても、むしろ妻に助けてもらって平凡な日常にもどっていく、それこそどこにでもいる凡庸な男なのである。自然を破壊してニュータウンを建設し、この「フツー」の小市民が大量生産されていくことへの違和、高度成長下の社会へのセクシュアリティによる闘いが共子の試みであった。身のまわりだけを考える小さな世界観と、良妻賢母を規範とする一夫一婦制、制度や規則づくめに支配された男社会へのたった一人の反乱、解体作業であった。

カツミの妻のアヤコは、男は外で女は内という性役割結婚制度から一歩出て（妻の母親へ援助のためか）会社勤務をしているけれど、家事労働はもちろんのこと夫の世話から家の中のいっさいをしきり二重労働のきわみだが、大蔵大臣と煽てられて夫を甘えさせている。もはや疲れ果てて夫とのセックスすら面倒なせいか子供はできず、あるいは子供を産めないためか夫を大きな子供のように「いいわよォ」となんでも受け入れ遊ばせている。浮気も知らぬふりをして逃げているのかも知れない。

組子に恋人がいると聞き安心して、夫の遊び相手として家族ぐるみでつきあいつつも、やはり二人の仲を勘づいていたのだろう。組子の妊娠を聞くや否や、「カツミは知っているのか」と即反応していることからも推察できる。妻／主婦という型通りに従って生きる方が安全だと思い込んでいる女性だ。しかしやはり耐えてもいるのであろう。だからこそ、無農薬野菜の運動の布教師のようにもなっていくのである。組子の妊娠の報に子供が欲しかったアヤコは動揺し辛い心境に陥っただろうが、組子の自殺を知った時には真っ先に察知し真っ先に駆けつけている。夫の罪をも負い、夫を許して、台風が去った後のようにカツミとの結婚生活を続けていくのだろう。夫婦ともに「アンゼン」を最優先とする生活者なのであった。アヤコは夫を子供のように甘えさせ夫を支える、まさしく世に誉れ高き良妻賢母には違いないけれども、深い諦めか、あるいは深層には悲鳴にも似たものが埋め込まれ、円地文子『女坂』の現代版を潜在させているようにもとれる。

ところで、カツミという男の健康さ、女性への価値観も含めて、一時が万事世間の通説に従い、いかなる攻撃も通用しないからこそ続く共子の「虐待の欲望」。名前が象徴するように、カツミは頑強な世間の化身でもある。だからこそ直接には復讐すべき怨恨もないのに男を「加虐する欲望」の妄想は続き、組子へとバトンが渡される。

組子は三十代の初めで薬剤師として働くシングルの女性だった。共子の近くの多摩の地に移ってきた組子はカツミに接近し、ドライブに行ったり自分の家にも招いたり、妻のアヤコとも親しくなる報告を、作り話も含めて外国にいる共子に送る。やがてアヤコの勧める無農薬野菜の会にも入り、夫婦ともがら親密度を増していく。そして、帰国後の共子に「妊娠したので産む」ことを決意表明しながらも自死に至るのである。妊娠は組子の願望で、実際には狂言にすぎなかった。大学時代からの恋人もいたようだが、組子自身は結婚制度に反対してシングルマザーを切望していた。まだ独身者は、今の時代のようにシングルライフを楽しめる時代ではなく、少数派の孤独感から出産願望に陥ったのか、それとも妻帯者のカツミとの不倫による闘いの支えに子供が必要であったのか。いずれにせよ家族のようなものが欲しくなったのか、妊娠するか否か迷い決断を下そうとしていたようだ。カツミとの不倫はアヤコとの親交が深まるにつれ辛いものにもなり、自死へと追いつめられていったのかも知れない。カツミの責任でもあり、ほかならぬ共子の責任でもあった。作中、「わたしは力つきて組子に助けを求めた。組子は大男に敗れて死んだのではないか」「子供を生むといったのも、あれはなにかの信号だったのではないか」と共子は感じている。

終幕の、葛飾北斎の絵に喩えた、富士山のように立つ大男をのみ込めずに「わたしの波が倒れ」、「波にへばりつく木の葉のように頼りない小舟」の組子を「ひっくりかえしてしまったのではないか」と反芻する場面はそのことを如実に語っていよう。この場合における「波」は共子のセクシュアリティの暗喩であり、性行為による攻撃を意味していよう。「富士山」は日本の象徴であり、大男は岩盤の強い日本家父長制の化身といえる。一方、共子は家父長制の破壊に挑む悪女、闘う鬼女の化身なのである。

ともかく、共犯者の組子を失い、生き物本来の野性を失った安全志向の小市民の男をターゲットにした共子の「世間の通説」に挑む闘いは、敗北する結果に至る。『平成狸合戦ぽんぽこ』の敗北のようにである。だが、組子の復讐も込めた「大男を打ちのめしたいという無益な衝動がたちのぼっては波のように倒れ」る共子の想念は、組子の学生時代からの友人・アミコに引き継がれていくのではなかろうか。「女の美しさの頂点」を迎える三十代半ばのいきいきしたアミコは、ニューファミリー族の典型を破るあらたな女の誕生として描かれているように思われる。一戸建てに住み、エリートサラリーマンの夫と兄妹の子供が二人いて車に四人が乗れ、男は外、女は内という性別分業からなる典型的な一夫一婦制の家族だが、決して良妻賢母の精神には従っていない聡明な女性である。平凡に暮らす人間たちの辛さも、共子や組子たちの革命性も理解する女性だ。颯爽とマイカーを乗り回し、結婚した男も女も浮気をしたり「レンアイ」をする場合もあることをもよく認識している、〈妻〉である前に一人の自立した精神の持ち主であった。

しかし、実際に夫が浮気ならぬ恋愛に熱中して「家族をゆさぶる事件」が起きると、敏感な子供たちを両親に預け、家に一人籠もって苦しみと格闘し、今後いかに生きるべきか悶々と悩み続ける。語り手の共子の、子供のある家族は壊したくないという願いもかなって、アミコの夫は帰って来て子供たちも戻ってくるが、アミコは夫婦の従来の役割分担はもはや今日には合わないと考え、別の新しい生き方を求めて語学の学校へ通い、数年のうちに職業をもつ計画の準備を進めていく。作品終幕でアミコ夫婦に誘われて共子夫婦も一緒にテニスコートでラリーに興じるが、共子は大男を打ちのめすために球を打ち、アミコは「憎悪がこもっている」球を夫に打ち返す。アミコの球には怒りと闘志が込められ、カツミの妻のような馴れあいを許さない毅然たる女の意志がうかがえて、これまでの男社会の通念を切り崩していく共子の闘いの継承をアミコが託されている予感さえする。

この波うつ土地には、ニュータウン族ばかりでなく、縄文遺跡の多い裏山の奥深くには昔から代々死体を焼く仕事をしてきた家系の女性が人形作家として暮らし、中年になって移住してきたまた別の女性が布の草木染めもしながら機を織って暮らしている。崖の上には、小屋のような家にアルバイト程度の仕事をしてその日暮らしをしている風変わりな夫婦もいる。この夫婦は裕福な親をもつ息子と娘で、発情したまま猫の子のように一人娘を産み、夫は気ままにパリまで放浪に出かけるも母原病ゆえに母の死に慌てて帰国して実家に帰り、ついに一家で親元へ引き上げていく。ニューファミリーの典型を生きない既成の枠から逸脱した人生をおくる人々が、自然の大地の中に溶け込んで魅力的な光彩を放っている。

以上のように、波うつ土地に住む女たちのポリフォニーを点景としながら、自然を破壊した土地に建設されたニューファミリー族の、ほとんどがサラリーマン化して人間の自然性まで喪失した姿を痛烈に風刺しているのである。団地にせよ一戸建てにせよニューファミリーで専業主婦・家父長制が再生産される男社会への、そして大地の自然と人間の自然性が破壊されていくことへの疑義と抵抗、反逆と敗北を描出した作品なのである。富岡の短編「新家族」に続くニューファミリー批判で、繰り返せば、物書きのような自由業の女性の眼を通して小市民の男の心身が愚弄的に描かれているが、それは勤勉な仮面が張り付いた団地族の大男が、実は男社会の一象徴を示す存在だからであった。

一九六〇年代に専業主婦が女性の生き方の典型となり、結婚したら女が子供を産むのは当たり前（産めない女性は石女といわれ、妻が職業をもつと「ご主人の理解があ」るからと皮肉られた）、仕事をもち能力を伸ばそうとする女性はシングルがほとんどだったジェンダー社会にあって、共子が結婚しても子供をもたず、組子がシングルとして生きること自体が当時としては反社会的な生き方であった。この小説は、それを逆手にとって、世間つまりは男社会に挑戦することであり、世のはぐれ者同志の連帯による闘いでもあった。共子は破壊されていく自然とともに、自然の野性さえ失っていくニュータウンの男性中心小市民社会への攻撃に果敢に闘いを挑み、協力者の組子ともども敗北しているが、典型的な専業主婦を生きる体制側の女性の中からあらたな闘いが開始され、継承されていくという希望を抱かせて、作品は終幕している。まさに、エコロジー／フェミニズム／ジェンダーの視点による文学世界といえよう。

戦後第一次世代の女性作家（戦中派で戦後に専門学校や短大、大学に進学したり、一九六〇年前後に作家活動を開始した戦後派文学の担い手）は、家父長制社会に過激に反逆し恋愛・結婚・性・母性・家族にまつわる近代幻想を解体、ラディカルな新しい創造行為を切り拓いた。それは一九七〇年代から八〇年代にかけてのウーマン・リブ運動や第二波フェミニズムと呼応し、第一次世代につづく富岡多恵子はさらに過激に継承、果敢に近代幻想の解体に挑戦したフェミニズムの最も前衛的な作家の一人であった。『波うつ土地』は、まさに河野多恵子の『不意の声』や高橋たか子の『空の果てまで』を連想させるほど、既成の価値観を破壊する不穏な〈悪女〉小説なのである。これまでの男性文学をパロディ化し、男性を人格ではなく性の道具と見なす「『女』ではない女」の物語を展開。男性存在を、〈見られる存在〉として徹底的に反転している。また、古典芸能や芸術、関西文化に依拠する富岡の場合、本作品からもうかがえるように、コカコーラやハンバーグなどへの嫌悪をはじめアメリカ社会に洗脳されていく日本の戦後、ことに高度成長下以降の近代社会への疑義があり、男性中心国家社会、すなわち日本の家父長制国家自体への抵抗が見られる。今なお続く、自然は〈女〉、アメリカに対して日本は〈女〉の構図への反撃につながるものであった。

3・11以降の日本、そしてコロナ禍の現在は『波うつ土地』に登場する小市民も崩壊しかけ、家族崩壊も進行している。環境破壊は地球の終わりすら予感させ、コロナ禍はその必然的な道行きといわれる現在、石牟礼道子や高畑勲らとともに早い時点で大地の自然の崩壊、すなわち生き物としての人間の崩壊（管理社会への移行）をテーマにした『波うつ土地』は再評価される必要があるのではなかろうか。

さらに、いま日本ではフェミニズムが再燃し、チョ・ナムジュの『82年生まれ、キム・ジョン』がベストセラーとなり第二作『彼女の名前』ほか韓国のフェミニズム小説が読まれている。本国でも松田青子の、「この国から『おじさん』が消える」ことを謳った革命的な小説『持続可能な魂の利用』などが刊行されている。

富岡多恵子の文学はそうした現在の動向のまさに先駆的な存在であり、『波うつ土地』は新しく読み直さなければならないだろう。

三、『白光』——ポストファミリーへの挑戦

『砂に風』では学歴社会にもとづく学校制度への批判を、『波うつ土地』では家父長制にもとづく性役割分業からなる一夫一婦制ニューファミリー批判を見て来たが、『白光』では、両作品にみられる日本社会や近代家族を逸脱していくポストファミリーへの挑戦と、その行方が追跡されている。

『白光』は、一九八七年七月『新潮』に発表、翌年一月に新潮社から刊行されている。新潮社版『白光』の帯には「立ち止って休むと凍死するよ、氷河を渡ろうとする者は血の繋がらない新ファ

ミリー、果敢に生きる人間群像」とあるが、本作品は血の繫がらない家族の形成を志して実験し、挫折した女性や仲間たちの物語が描かれている。血縁による家族形成ではなく、性のつながりによる家族形成の試みであった。

語り手の島子はかつてレズビアンの関係にあったタマキと東京の街で再会し、彼女の住む田舎を訪ねる。二人の女性は男性関係で傷ついた者同士でもあった。

タマキは結婚した男や子供たちとも別れ、因習のはびこる山里にやって来て、両親に去られ祖父の元に捨て置かれた男の子を引き取って育てることで、血の繫がらない母と息子の家族を形成する。そして息子となった山比古が少年から青年になる過程で性的関係をもち、そのうち子供を産むような関係になってもよいと考えている。周囲の無理解のために、息子を度々転校させながら転居を重ねる。成長した山比古は同郷の「上の村」のヒロシを連れてきて同じ家に住み、若者同士は同性愛的関係にもなる。そこに招かれたのが島子だった。やがて島子もその若者たちと性的関係をもつ。一時はタマキに頼まれた山比古が、「下の村」（街）の若い女性ルイ子を連れてきて同居させる。ルイ子は生まれたばかりの赤ん坊もいる夫の家から飛び出し美容院で働いていたが、このポストファミリーの一員となる。しかし、別れた夫が連れてきた赤ん坊が病気になり、ルイ子はタマキの家を出て行く。さらにもう一人、脱サラしたせいで女から追い出され、東京からやってきた男も、一時タマキの家の居候になったりする。

村の人々から偏見をもたれていた、この血の繫がらないポストファミリーは、タマキが「何もしない」ことを理念としていたため（働くと偏見や差別に満ちた世間とかかわり、役割分担もできてしまう）、アルバイト程度の収入しかなく、金を持っている者が出し合うようなルーズなルールがあるものの、タマキ自身の金も底がつきて、広々とした快適な借家から転居しなければならなくなる。そして、家族は離散、ポストファミリーは解散に至る。若者たちも「私」もタマキの元を去る結果となる。そのとき山比古は二十歳になり、親から離れ、巣立つ年頃にもなっていた。彼らは血の繋がりよりももっと脆い、性的絆に依拠したポストファミリーでもあった。

その後、皆の住める借家を探したが適切な家が見つからず、山比古は東京へ出稼ぎに、島子も東京の家に戻り、ヒロシも山比古のもとへ行ってしまう。タマキは、ヒロシが探してきた日当りは良いが墓地を見下ろさなければならない小高い山頂の小さな二間の家に一人で住む。夢が潰えて落胆したからか一時倒れたタマキだったが、やがて回復を遂げる。彼女の勇壮な志と夢想は果てないだろうと、語り手の島子は推測しつつ、作品世界は終幕している。

この作品の描くものは、「世間」の外に規範のない女の自由な生を求め、女の性と産の自由化を追い求める果敢な闘いの物語、従来の家族幻想・性規範（近代のセクシュアリティ規範）の解体であり、「ジェンダーの外部へ」（水田宗子の言）向かう営みの表象化であった。

それにしてもタマキのユートピア、ポストファミリー構想はラジカルで、『波うつ土地』の〈世間〉を攻撃するゲリラ戦よりも、〈世間〉の外で新しい共同体を建設する試みは一歩前進している。もともと「ユートピアも浄土もどこかにある」のではなく、つくればできるものだと発案したのは島子だが、それを実現したのはタマキであった。タマキの考え／発想を作中からいくつか挙げてみよう。

例えばセックスも世間の年齢序列制に拘束されずに、老若ともに生き物の個体として対面しなければならないと説く。また、所有意識を持たないセクシュアリティの彼方、すなわちフリーセックスを志向し、ホモセクシュアルも可能な多様なセクシュアリティの共同体を実現している。異性愛の性にはこれまで「政治のない関係」はなかったと言い、むしろ女の快楽を優先させるセクシュアリティのあり方を目指している。そして、科学の進歩によって女は八十代の年齢になっても子供を産むことができると確信し、女性の高年齢出産によって、これまでの人間を支えてきた世界観は役立たなくなるだろうと予言しているのだ。しかも世間の「時間割」に拘束されない自由な生き方を求め、金銭についても「食べていくのに必要なだけのお金があればいいんでね。なるべく仕事なんかしない方がいい」と考える。あらゆる規範から自由な生の発想にもとづく実験的試みだったのである。

しかし、このようなユートピア的ポストファミリーを維持するためには自給自足の方法でもまず考案し実現しなければ、持続可能な共同体は形成されず、タマキはついに解体せざるをえなかった。島子が性のつながりによらないポストファミリーを目指すことも夢想しているが、そもそも「何もしない」で性のつながりだけによる共同体は、アナーキーな関係をもたらしてしまう結果になるのではなかろうか。さらに周囲の山村共同体＝頑強な「世間」による偏見と差別は、このポストファミリーを排除する方向へと拍車をかけたに違いない。

けれども、若者たちも友人も去った後も、孤独な山姥のように生きるタマキのポストファミリーへの夢と志は果てしなく、いや増していく。彼女の離婚した弟の元妻が、「人間幻想」を抱く再婚した弟夫婦〈妻は歯科医〉から「動物のメス」と蔑まれ、「恨み」を抱いてタマキの元に訴えにくる話が挿入されているが、それは今後のタマキを予言しているのではなかろうか。再び「恨み」を抱く女たちとの連帯、共同体を夢想し始めていることを予感させる。タマキは「隠遁」したのではなく「戦略的」に思索を羽ばたかせているのだろうと、ラストで島子に思わせているのである。

ユートピアの実現に向かって挑戦する『白光』は、魅力的な実験／冒険小説であり、富岡多恵子のフェミニズム思想のさらなる前衛性がうかがえる。前後して落合恵子が『偶然の家族』でポストファミリーを描き、続いて松浦理英子が『親指Pの修業時代』でセクシュアリティの大冒険を描出しているが、富岡はまさに「いま、現在を描き出す」〈大江健三郎『波』一九八八年一月〉作家であった。

〈産む産まぬは女の自由〉という提唱もシングルライフも公認されつつあるようでいて、現在は国家政策によって逆コースに向かいつつある。ホモセクシュアルもポストファミリーも現代ではテレビドラマになるほどであるが、実際にはトランスジェンダーやバイセクシュアル等も含めてセクシュアル・マイノリティへの差別は存続している。今あらためて、富岡多恵子の文学創造の先鋭的かつ先駆性が痛感されるのである。

恥辱を超越する身体——性、聖域、そして『芻狗』

Bodies Beyond Reproach:Sex, Sanctity, and *Straw Dogs*

デイヴィッド・ホロウェイ
David Holloway
（和智綏子・訳）

恥辱を超越する身体——性、聖域、そして『芻狗』
Bodies Beyond Reproach:Sex, Sanctity, and *Straw Dogs*

身体が行為や欲望を生み出せなくなると、結果として「ジェンダー・トラブル（性的錯乱）」が起きるのだが、それは単にノーマルと見られているジェンダーのバイナリー・モデルのみならず、そうした規律で支配する政権が目論む国家的プロジェクトをも脅かすのだ。

ジュリア・ブロック『もう一つのウーマンリブ』

ジュリア・ブロック（Julia Bullock エモリー大学日本学准教授）は、フェミニストたちの活動と出版が活発で生気が張っていた一九六〇年代七〇年代の日本研究において、当時の日本の「規律的支配政権」が、ミクロ規模およびマクロ規模の両面から、身体を特定の従順性と自意識の形成へと強制するように目論んでいたのだと示唆している。高度経済成長のこの時期、かつての明治時代の良妻賢母思想が、再び日本の典型的な中流家庭に密かに忍び込み、ジェンダー化した性別分業を目論みつつ、「徹底して家の外での仕事に没頭する者と、それをサポートする家事労働の役割に没頭する者」とに断定しようとしていたのだと喝破したのである（ブロック）。このパラダイムによって、日本の中流階級の女性たちの生活体験を、文字通りの意味での「良妻賢母」の支配的ナラティヴの支配下に形成しつつあったのである。

女性たちは義務感に溢れつつ、次世代の育成を期待されると同時に、極上の家事をこなす義務を常に守らねばならなかった。しかし、ミッシェル・フーコーをブロックは引用しながら、権力の専横な押し付けがあるところには、抵抗せねばならない力も働くのだと次のように指摘している。「ジェンダー規範への抵抗は、規範的女性性で呪縛しようとする構造そのものの立場からのみ想像することが出来る。その抵抗のプロジェクトの強力な武器は文学であることが証明された」（同書）。なぜなら、その時代の女性作家たちにとって「ジェンダー・トラブル」を起こすことが強く求められていたからである。

本稿は、『翳狗』（一九七九年出版、英訳『Straw Dogs』一九八八年出版）で富岡多恵子が使った「ジェンダー・トラブリング」の手法を探究し、それが経済成長期の女性作家たちに共通するものであることを示すものである。富岡が先駆者や同期の女性作家たちと共に、年上の女性の身体を使って性的自主性と欲望に関する重要な宣言を行うという、当時の女性作家たちの好むトピックで、公的文化の異性愛規範を揺るがせるまでにもっていこうとしたことを筆者は明らかに示したいのである。それと同時に、『翳狗』は、それまでのように性が完全なる言説的あるいは哲学的武器ではなくなり、深く反射的行為であり、個人的でもあり政治的でもあり、公的でもありプライベートなものであるというように、性そのものの見方を変えるように迫ったのである。つまり、性を理論的エンパワーメントの手段とするナレーター（語り手）あるいは主人公から、われわれは多くを学ぶことが出来るのである。

しかし、性を理論や知的主義から断絶させることで、自己、そして世界と自己の関係についての新しい感覚を参加者に提供するということも、われわれは学ぶのである。

そこで、まず寝室という疑似親密性とプライバシーの場所から始めることにする。この場所においてこそ、代々の女性作家たちは、女性が快楽を求めることを禁じていた文化的、社会的、政治的タブーに反抗して文筆を奮ってきたのである。婚姻関係にある夫婦の寝室は、長いこと、公的ポリティックスと寝室内で進められていた国家的アジェンダと個人の場に関する激しい議論の中心をなしていたのである。

例えば、明治期のイデオロギー信奉者は子を産むための性とそれに続く従順に義務を果たす子女を育成させるような家族政策を公布したのである。以上簡単に良妻賢母政策のポイントを説明したが、それは中流階級の若い女性を家庭の主婦を信奉するカルト集団に洗脳して、かなり幼い時期から「良妻賢母」となるべく学ばせるものであった。日本の西洋化の重要な鍵となるに相応しい思想を良妻賢母女子教育の中に、これらイデオロギー信奉者は見出したのだ。それに従って、十九世紀末までには、女性の理想を家庭の主婦とする洗脳教育を広めることによって、女性たちは国家体制のメンバーとして変容させられてしまったのである。小山静子の説明によると、この女子教育モデルによって少女たちは「近代国家と民族国家の建立に不可欠な近代思想である、男性は公的仕事に、女性は家庭内の家事と育児を担うという近代的性別分業に合致した思想的理想を」与えられたのである。上野千鶴子が指摘したように、このモデルでは結婚して子どもを産まない女性は、女性として見なされなかったのである。

女性を社会はどのように扱ったであろうか？　このパラダイムでは、婚姻関係にある夫婦の寝室は快楽や探究の領域ではなく、むしろ夫や妻にとっては義務の領域であった。良妻賢母思想は国家体制と国家的家族という考えを繋いで、女性の経験を国民的なものとし、身体を、当時広く浸透しつつあった国家的アジェンダに沿うものとして形造るようにしたのだ。堀口典子は日本の女性は長い間、「日本という国の手、足、子宮といった身体的メタフォアとして想像されてきたのだ」と提示している。良妻賢母に関して堀口は次のように書いている。「(この)スローガンは、家族的帝国の身体の部分として女性の身体を考える考え方から発生し、またそれを支持してきた」(堀口)。要約すれば、女性は「帝国の母」として概念化されたのである。性が国家的関心とその結果を生むようになったと論じてもよいだろう。この意味で、シカゴ大学教授ローレン・バーラント(Lauren Berlant)とマイケル・ワーナー(Michael Warner)は、「公領域の性」という表現を提示し、性そのものが政治権力の言説によって仲介されている様子を描写しているのである。

またバーラントによると、多くの場合「親密な性の内向性は、それに相応する公的性に合致している」と、気づかされるのである。バーラントは続けて、性は「政治上の基本的関心事」であるので、人びとが集合するのは、国家的レベルで公的領域の関心事なのである、と言っている。バーラントとワーナーによれば、良妻賢母という教義は、「国家的異性愛」を約束する公然たる宣言であり、それによって婚姻関係にある夫婦の寝室は再生産的性の空間として定義されたのである。

レベッカ・コープランド（二〇〇六年）のような日本研究者たちは、女性作家たちが臆せず、女性主人公にこうした教義の言説に背を向けさせて、読者たちに、女性の身体を性的主体とし、また争う個人として考えさせるよう誘い、語りかけるナラティヴを書き記したのを明らかに示してきたのである。

例えば、田村俊子（一八八四―一九四五）は一九一一年出版の短編小説『生血』（二〇〇六年に英訳『Life Blood』）の中で、最初の性行為の直後の女性の心理に関する洞察を提示した。田村自身の個人生活は、「危険な女性の原型」であり、「明治政府の役人たちから称賛」されるのに反抗したのだと、エドワード・ファウラー（Edward Fowler カリフォルニア大学アーバイン校名誉教授）は書いている。『生血』は、「一人の若い女性が性的覚醒を強制された消し難い傷と向き合うためのテキストを提供している」（ファウラー）。

一方で、清水紫琴（一八六八―一九三三）と樋口一葉（一八七二―一八九六）は、男性中心的家庭での女性の地位について禁欲的物語を読者に提供していた。前者の一八九一年出版の『こわれ指環』（二〇〇六年に英訳『The Broken Ring』）では、婚姻夫婦の家庭における現実生活と葛藤する女性の主体（あるいは主体性の欠如）を読者は目撃する。名もなき主人公の女性が、夫と別れ自由になることで伝統からひたすら自由になりたいことのみを望んでいるのを読者であるわれわれはそこに見出すのだ。当時十九世紀末の女性の政治力の欠如をこの物語は強調する。後者が一八九五年に出版した『十三夜』（一九八一年に英訳『Thirteenth Night』）では主人公のお関の人格喪失的状況を手加減なく描写しているが、お関は家族のためにそれを耐え忍ぶことを期待され、自分の身体は自分のものではないので、死んだと思って生きているのだと吐露するのだった。お関の実家では皆、彼女に同情的ではあるが、最後には、夫の元に戻るのが、誰のためにも良いとし、女性として期待されているように、耐え忍び、犠牲となるように説得したのだった。『こわれ指環』と『十三夜』の二つの物語の根底に共通しているのは、その当時浸透していた言説によって女性たちが、その欲望や身体を家父長的権威の要求に沿うよう転化させるように教え込まれていたことに対する批評的態度である。

このようにして、これら女性作家たちは（他の作家たちの中でもとりわけ）哲学的にホット・ゾーン（危険区域）とされている領域に入り込んで仕事をしていた。このホット・ゾーンに関しては、哲学者スーザン・ボルド（Susan Bordo）は次のように書いている。「文化的実践行動の、衝動的な要求に反する力には遥かに及ばないが、「基本的」快楽あるいは本能、身体とその物質性、勢力、エネルギー、センセーションと快楽、あるいは、身体的経験の「基礎的」構造は、既に、また常に刻まれているのだ」。ボルドはフーコーの取る立場に同調して書いているのだが、フーコーは、身体は、それをとりまく懲戒的訓育によって条件づけられるという有名な立場を取っている。フーコーは次のように論じている。「身体は一つの器具あるいは媒介の手段として作用している。もしそれに介在して牢獄に閉じ込めようとするか、あるいはそれを働かせようとするなら、その人個人の権利でも財産でもある自由を奪うためにそうするのである」（フーコー）。ボルドの関心は特にジェンダーと身体の交叉する点にあり、次のように指摘する。「女性の身体は歴史的に男性よりも著しく傷つけられやすいものとされており、ついには文化的にその身体を操作されるまでになってしまったのであり」女性の身体を取り仕切り、その欲望を監視しようとするのは、社会的文化的制度の「直接的把握」によるものである（ボルド）。ボルドがここに見る欲望の破壊工作に対する考察は衝撃的である。飢え（食欲）や、セクシュアリティや感情は、ボルドによると、満たされることで静められる必要のある、女性の「身体的自発性」として記号化されてきた、と言うのだ（同書）。女性の欲望の管理は、それゆえに、男根的文化では二重に恐れられていた問題であった。女性の欲望は、その天然由来の性質ゆえに過剰で、非合理的で、いつ暴発するとも知れず家父長制規範に挑戦するものとして恐れられていたのである。

女性の身体は、幾つかの互いに相反する権力の言説の中核に存在するので、そのどれかに違反する可能性は多く存在していたのである。女性を特定の女らしい従属性のモデルに強制的にためようとする社会的政治的制度は、拒絶のレトリックによってチャレンジされる可能性があるのである。言い換えれば、ルールは破るためにあるということになる。日本の女性作家の書き物にわれわれが見出すのは、持続的で決断的な「異議申し立て」のポリティックスの実践である。異議申し立ての種は明治期の人権尊重運動を担った女性作家たちによって蒔かれ、後輩女性作家たちは、女性の身体とセクシュアリティの可能性に満幅の支持を抱いて先輩たちに続いたのである。たとえば、倉橋由美子（一九三五―二〇〇五）や金井美恵子（一九四七年―）は、荒々しい野生の少女たちの物語によって閉じ込めの境界を押し広げ、人びとの逆鱗にふれることを敢えてしたのだ。倉橋も金井もインセストや不適切な性的欲望――異種間の性（倉橋）や獣姦（金井）について書いている。恐らく最も顕著なのは河野多恵子（一九二六—二〇一五）であろう。河野は、年老いた、しかも、しばしば非婚である女性の身体と精神を深く探究する短編小説で批評家たちを絶句させた。「規範的女らしさ」は、これら女性作家たちの作品によって、集中砲火を浴びたのだ（ブロック）。これら女性作家たちは、それぞれが、身体を新しい理解の方法とコミュニケーションの手段として捉えたのだ。

例えば、金井は身体を、新しい世界的体験への出口として見ていた。一九六六年の金井のエッセイ「肉体論へ　序説　第一歩」では、身体的性質を反映して次のように書いている。「身をもって知るとは、実のところ、唯一の理解の方法である」（オズボーン〔Hannah Osborne ロンドン大学オリエント・アフリカ研究校研究員〕による引用）。ハンナ・オズボーンは、このエッセイによって金井は物理的身体が全ての人間の体験を理解する基盤であり、その上、全ての人間の機能と感覚を宿す源《みなもと》であり、それは人間の精神の世界的体験と不可分であると確言していると提示しているのだ。つまり、デカルト的思想とは対照的に、金井は身体と精神の間には区別がないと考えており、身体は精神への入り口であり、全ての人間の体験への入り口でさえあると考えているのだ。金井にとっては、身体は他の感覚的経験を仲介するのである、とオズボーンは言うのである。金井のような作家たちは、身体に耳を傾け、身体が何を言わんとしているかをもっと聴けと、あなたがたに望んでいるのである。

『夠狗』で、富岡は先駆者たちの足跡をたどり、砕け散った期待と前提の破片の上を踊っているのである。富岡は女性の欲望の性質と性のポリティックスについて大胆な宣言をするために身体を使っている。四十代幾ばくかのナレーター（語り手）には名前も、仕事も、他のアイデンティティを示す印《しるし》は何もない、そして二十代前半の男性たちを誘惑することに果てしない楽しみを見出しているのだ。『蕩狗』は、主人公の肉欲の名刺帖を垣間見せる作品であるが、なぜなら、読者は一掴みの若い男性たちに紹介され、主人公がどのように彼らを狩るかを一緒に考えさせられるからである。この目的の為に、この作品のテキストは河野の有名な『幼児狩り』（一九六二年出版。一九六六年英訳）の続きのようである。河野の作品の中年の主人公晶子は、自分のサドマゾ的性生活を若い少年への健全な興味でバランスを取ろうとしているのだが、『蕩狗』では欲望する狩人のイメージの結実を見るのである。皮肉なセンスではなく、主人公はこれらの男性を少年たちと呼び、動物にたとえている。実際、それによって、そこには彼らの人間性の欠如が強調されており、ナレーターのスポーツ性も強調されているのである。富岡の世界では性は動物的であり、文化や文明を超えて下劣なのである。

従って主人公の出会う男性たち――栄吉、要次、俊介、燐一、泉――は、ほぼペットも同然であった。主人公は彼らを名前で呼び、所有し、飼っていた。中にはステーキを与えた者も一人いた。ナレーターの名前がはっきりしないのに、彼らが名前で呼ばれている事実は、このテキストの興味深い特徴である。雑誌『ニューヨーカー』の記事を書いた文芸評論家サム・サックス（Sam Sacks）によると「歴史上の主な物語では、女性その他の周辺化された者たちのことはしばしばページの枠外に格下げされて、名前もアイデンティティも与えられてこなかった」それは、『蕩狗』でも恐らく同じことかも知れないのだ。ナレーターには確かに名前があった。登場人物の男性の一人がその名前で彼女を呼んだことさえあったが、読者であるわれわれには知らされないのだ。もう既に書いたことだが、名前だけでなく、ナレーターについては、読者は何も知らされていない。女性なら誰であっても不思議はなかったのかも知れず、どんな様子かも描写されておらず、使い捨て可能なのかも知れなかった。小説家エリカ・ジョング（Erica Jong）の言葉を借りるなら、「ジッパー無しの性交」の儀式では、名前などどうでもよく、人びとも重要ではないのだ。しかしナレーターにとっては、これらの男性たちは必要不可欠な存在となった。しかし同時に、ナレーターは、自分の内にある動物的衝動を認めているのだ。性に関することとなると、彼女はまるで動物のように鋭い鼻で、次の獲物を嗅ぎ分けるのである。別の意味では、彼女は自分のことを巣穴にいる野獣として見ているのだ。富岡は人間のセクシュアリティの下劣な衝動に魅せられているようである。とにかく、ナレーターは次のように言い捨てている。「見知らぬ男と女には、性交ぐらいしか、さしずめすることはないのであった」のだと（同書）。ここで注目してほしいのだが、日本語における「オス」「メス」は典型的に動物に関する言葉である。

富岡の性の動物性に関する興味はこの作品のタイトル（日本語では『芻狗』）に関する興味深い設問を幾つか呼び起こした。神谷忠孝は富岡の研究論文において、芻狗とは藁で作った犬で、祭りの最後に燃やされるものであると説明している。神谷にとっては、藁の犬は一時的に象徴的な価値を有するが、やがて必要がなくなると捨てられるもの、この場合は燃やされてしまうのだが、それを表現している何かであると考えている。祭りの間は、これらの藁の犬は崇拝されて扱われるが、祭りが終了した途端に燃やされてしまうのだ。物語の文脈では、ナレーターにとっては様々な男性とは、自分が捨ててしまうまでの間、その目的を果たすのであり、彼女は親密性とか執着性とかの罠を否定するのである。これについては、もう一度後で戻って考えることにする。題名から想定される藁の犬のように、これらの男性たちは束縛のない性の名のもとに犠牲とされるのである。もし彼らが動物であったなら、さしずめ剥製にして目立つところに置いてトロフィーとするべきものなのだ。

ここに見られるのは性とその参加者に関する興味深いヴィジョンである。批評家千石英世は、富岡にとっては、性は虚無主義と境界で接していると提示している。富岡の作品には性の文化に対する関心など見つけられないが、それは求愛とかロマンスの欠如であると言っている。そこではジェンダーは互いに偶然に出会っているだけである。言い換えれば、性は何の楽観主義も携えてはいない、なぜなら、バーラントやリー・エーデルマン（Lee Edelman）が示したように性をめぐる文化は理論的には平等、癒し、正当化へのチャンスをもたらすことも出来るからである。千石は確かに正しい。なぜなら富岡は性を、デートとか、求愛とか、最悪の場合子どもが出来るといったような儀式の罠から解放しているからである。

富岡作品『芻狗』のナレーターは、ロマンスの煩わしさなど全く望まず、ただ男性の身体のみを欲望し、一回、もしくは興味が続けば二回かそこら使うだけで新しい方が好ましければ捨て去るのである。柳沢孝子も富岡の作品の中の性関係には偏りを感じている。富岡の描く男性登場人物は失笑をさそうほど女性との関係で無能で無力なのだ。たとえば、ベッドの中でも出来が悪く、まるで質感に欠けるのだ。成人男性とは言えず、「大人子ども」なのだ。柳沢はまた、富岡の描く女性たちは、女性読者にとって、あまりにも攻撃的で性的に駆り立てられ過ぎているので、富岡独自の性的ヴィジョンを理解したり、主人公が強要するヴィジョンと自分を重ねて考えることなど、とても出来ないのだとも主張している。ここで柳沢が見逃していると思えるのは、富岡の描く主人公たちは――富岡自身についてではなく――男性による凝視（メイル・ゲイズ）の論法を覆し、そうすることで性的主体性を自分自身に取り戻していることだ。これまで、能動的／受身的、主体／客体、主人／奴隷などのポジションによって二元論は、それに安住してきた人びとの女性や男性の身体についての意識を誤って二つの別方向へ向かわせやすいものだったが、男性による凝視は、性、ジェンダー、身体の関係を理解するのを助けるパワフルな理論的メカニズムとなる。この理論の論法を覆すことは、支配／従属、男性性／女性性などのポリティックスの根底にある序列を疑問視し、異議を招致することなのである。

そのように、富岡のナレーターは、これまで歴史的に女性には禁止されてきた凝視（ゲイズ）を手に入れることに快楽を感じるのであった。見る、凝視する、垣間見ることから、ナレーターの儀式は始まる。われわれに名前も知らされていないナレーターは、自分の性の相手となる男性を眺めるのである。それは俳優や給仕、あるいは、高校生や大学生の男の子に見えているのかも知れなかった。彼女は、ただ彼らとの経験を経験する目的のために、区別など無頓着に男性の身体を選びとるのだった。獲物を巻き込む計画をあたためながら、実行のプロセスをまるで犯罪者のように感じる時もあった（富岡）。「私は、まるで誘拐犯のように、若い男性をタクシーへと連れ込んだのだ」（同書）。性的出会いに至るまで、互いに言葉を交わすことも少なく、事後には、なおさら言葉を交わさないのであった。しかし、時には、意識的に自分が年上であることを思い出させるために、身体のあちこちの具合が悪い事をこぼしたり、老眼鏡の話や、自分を相手の母親と比較して話したりするのだった。ある者については、そうやって「彼を怒らせてみたかった」と彼女は話す。やがて、次の獲物を見つける準備をするために、相手を自由に去らせるのだった。「性に至るまでの時間が短ければ短いほどよかった」とナレーターは説明し、そして次の儀式が始められるのだった。

この件について、年齢がどれほど感情を刺激し、挑発するものであるかを考えるのは重要である。美容業界を牛耳る覇権勢力は、しばしば個人、特に女性に実年齢を隠すように強制する。現代日本の美容文化に関する民族誌的研究の中でローラ・ミラー（Laura Miller ブランダイス大学教授）は、中年女性さえ、この覇権的支配者による強制から除外されてはいないと説明している。「女性は全て、良い獲物、カモにされる」（同書）。ミラーは現代に強調点を置いているが、これらの新しい覇権的支配制度を注意深く歴史的文脈に当てはめて考察している。美の理想像は歴史的には偶発的条件要件であることは確かであるが、にも拘わらず、女性の身体は、千年もの間集中的に保全するプロセスの核心であった。例えば、ミラーは平安時代（七九四―一一八五）の貴族女性の日記や視覚的表現が、上流階級の女性たちが従わねばならなかった美容規範を表していることを示した。また、江戸時代（一六〇三―一八六七）の美人画についても同じことが言えるのである。これら覇権をもつ者たち、そのプロセスと規律的法典は、当時でも、またその後継続してずっと、実年齢を隠し拒絶することがその核心となったのである。年若い女性の身体は、生殖力、若返り、健康と、時の覇権を握った支配層への献身について、人びとの間に広めるものとされた。永遠に若い身体を保つには、規律を守り、節制し、服従することを努力して学ぶことなのだ。このような身体は、その上、新鮮、無垢、始まりと約束を暗示するものでもある。若い身体は影響を受けやすく、柔軟性がある。それにコントラストをなす年老いた女性の身体には、これらのどの性質もないのである。年老いた身体をこのように設定すると、それはエネルギー財源などすべての資源を枯渇させるものとなる。『芻狗』のテキストでは、男性たちは主人公の女性の年齢に特別関心がないのに、主人公は、彼らにそれを突き付け、嫌悪感を抱くべきだと思い出させるように仕向けるのだ。

富岡以前にも、他の女性作家たちは年老いた女性の身体について書いていたが、富岡は、年老いた女性が向き合わねばならない制裁に注意を向けることで、他に抜きん出ていたのである。前述した河野多惠子は、決まってそうした女性を描いている。これら女性は若い男性への関心や、マゾヒズム的性や幼い少年に対するマニアックな関心などの女性らしくない行動への束縛の圏外にいる。批評家たちはなぜそうした行動が異常であるかを、日本の性とジェンダーポリティックスに照らして示したのだ。グレチェン・ジョーンズ（Gretchen Jones メリーランド大学准教授）による河野の作品における「マゾヒスティック美学」に関する研究は、なぜマゾヒズムが人びとの怒りを刺激する政治的な性経験であるかについて、無数にある理由に光を当てているのである。しかしながら、富岡はその点で曖昧な予測を許さないのである。富岡が読者たちに忘れさせないのは、性的に攻撃的な年上の女性は期待と妥当性への侮蔑的反抗となることである。富岡の『芻狗』

のナレーターは、相手（あるいは読者?）を居心地悪くさせることから喜びを感じている。

こうして『芻狗』は、主人公が自分の道具で、自分を傷つける問題に関する作品となっているのである。ナレーターが家族を避ける（それに関して彼女は何も言わない）、あるいは、子どもたちについてはなおさら避けていることに驚いてはならない。彼女は自分の性の相手（恋人、愛人とかは呼ばない）をからかって、もし妊娠したらどうするかと訊ねたりするのである。彼らは、ほぼお決まりのように返事をせず口を噤む。俊介だけは、もし妊娠したら結婚すると口にして、ナレーターの憤怒を買う。「思い切りふくれあがらせた怒りで、わたしは俊介を遠いところへはねとばそうとしていた」。これに照らして考えると、この物語に登場する子どもは、ナレーターが一緒に寝る男性たちだけだと言える。「俊介は、誘われると遠足にいくようにここにやってきた」（同書）。ここで倒錯的なイメージが実体化するのだ。女性が、自分を母親となぞらえて、息子にも等しい年の若い男性を誘惑することに喜びを感じているのだ。ここでは、家族の神聖さは馬鹿にされ、寝室のポリティックスは、母子インセストの微妙な暗示によって裏返されてしまうのである。富岡は家族の限界性を充分に知り、それとは無関係であろうとした。また男性の性的欲望の利己的性質も同じように熟知していたので、それをただ愚弄したいと望んでいたのである。『芻狗』のページのどこにも男性の性的エネルギーは見当たらない。対照的に女性の性的エネルギーはダイナミックで拡張的である。ナレーターは若い男性の身体を「攻撃」し用が済むと捨て去ると語るのだ。重要なのは性的快楽でも欲望でさえもない。なぜなら彼らがナレーターを喜ばせることに成功することなどおよそなかったからだ。むしろ重要なのは性的行動そのものだった。

ナレーターの興味は挿入時のはかない瞬時だけに過ぎなかった。

評論家千石英世は富岡の作品には性的欲望が最も顕著であるとする。富岡研究の中で、彼は富岡の性的欲望の描写にはある破壊的性質があると認めている。しかし同時にそうした性的欲望は必要悪であるとも提示している。なぜなら性的欲望が存在しなければ、まず人びとは一緒にならないからだと彼は主張し、従って富岡という者の存在もなかっただろうと言うのだ。ここで千石は多くを当然の前提としている、特に生殖の前提には性が、その前提には欲望があるという考えである。性と生殖は欲望なしに可能であるという事実を脇に置いたとしても、『芻狗』のナレーターは欲望という考えに異論がある。彼女は本能だけで走り出すのだが、その本能は千石が提唱しているような合体とか、ましてや生殖の本能ではない。むしろ肉的放棄というものであろう。男性の熟視の論法を逆転させることによって、男性はナレーターに快楽を与えるだけの存在となるのだ。ナレーターのその凝視とは、男性の身体を単なる女性に快楽を与える「玩具」に貶める「残酷」で「サディスティックな快楽」なのである。凝視を逆転させるとは、力関係を逆転させることとなる。凝視する側は男性のポジションを持つのだ。それ以上は、凝視の主権を所有する事が主体性の感覚を確認することになるのだ。

しかしそれだけではない。この物語は中年女性をめぐるある特殊なイデオロギーを隠蔽するものであり、それについての物語なのである。ナレーターはただ性的に攻撃的な女性であるばかりでなく、年上の(だが年寄りではない)女性として文化的社会的重要性のある領域を占領するのだ。ローラ・スピーゲルヴォーゲル (Laura Spiegelvogel ペンシルバニア州立大学研究教授) は次のようにわれわれに思い起こさせている。日本では「中年女性の身体は介護者と同意語である」。中年女性の身体は、自己犠牲の神話に覆い隠されているのである。この理由のために、マーガレット・ロック（Margaret Lock マクギル大学教授・医療人類学者）は次のように記している。中年の日本女性は「家族の大黒柱として……賞賛されているのだ」。自分の個人的欲望を犠牲にしても年寄りの介護をするように期待されている（ロック）。また、そのように自己犠牲的介護をする女性たちの重要さは偉大であるにも拘わらず、その生活の様子については「ほとんど何も出版されてこなかった」とロックは明らかにしている。年を重ね衰えて行く身体は、社会的にも学問的にも、周辺的言説に追いやられてしまっているように見受けられる。

富岡の『芻狗』は、そのようにしばしばその存在を前提とされている国民の一部に言説的スペース（場）を与えようとする試みの表われである。富岡がここで提案しているのは、社会的に寝室のポリティックスとか、ロックの言葉を借りれば欲望などからは年齢的に枠外だと印付けられながら性的に充電された一人の女性の精神に洞察を与える試みなのである。そうすることで、富岡は性、身体、年齢、家族を支配する文化的掛け声の響きに鋭いリリーフ球を投げ込んでいると言える。ナレーターは、家族の犠牲となって誰かを介護しようとか、何かを与えることなどは全く意に介していない。家族の一体性という考え自体にそっぽを向き、自分の行動プロセスでは利己主義を大切にするのだ。

『芻狗』には家族が全く存在しないことは興味深いことであろう。言い換えれば、家族が欠如することで家族に注目できるのだ。戦後の経済的ブーム最中の一九七九年に書かれたのだが、まさにその当時の政府役人たちは、グローバルな舞台で日本の経済的成功の支柱として家族を概念化していたからである。ブロックの説明によると、高度経済成長期は女性にとって不平等を増すことになったのだ。女性たちは、一方では「上昇傾向志望の強い中流階級の妻、母として」さらなる上昇傾向を望むように励まされながら、もう一方では、経済成長に役立つように、「子育てと家事を引き受けながらも家庭の外に出て仕事をするように期待されていた」のだ（ブロック）。要約すれば、政府が期待した理想的家族とは、苦労して働く仕事熱心な父／夫、養育介護をする義務に忠実な母／妻と、将来夫や妻としての役割を果たせるように訓練される一人あるいは二人の子どもから構成されるものとされたのだ。家族国家は、明治期に導入されたもので、それによって家族と国家を象徴的に位置合わせして並べて考えさせるようにしたのである。理想的には家庭は国家全体を反映するものとする。このパラダイムでは、性を娯楽として楽しむ余裕は（少なくとも女性にとっては）全くない。なぜなら親密性の目的は生殖だったからである。

これは繰り返して強調するに価する。なぜなら、十九世紀末に良妻賢母思想が出現し、多くの面で戦前の日本の国家目的と同意義語であるのだが、その掛け声の響きは、声を潜めて戦後になると密かにカムバックを遂げていたのである。女性たちは最早、近代的市民（そして戦時中は兵士）を生み育てるのではなくなったが、経済的繁栄の未来のために働く義務を果たす仕事人を生み育てる仕事を担わされるようになったのである。ここに資本主義と家父長制が手を繋いで新しい女性の重荷を造り出して、女性たちに担わせることになったのである（ブロック）。

一九九〇年の作品『新家族』の中で、富岡は、こうした家族のモデルを批判している。背景となる場所は動物園で、女性ナレーターの注意深い観察眼を通して、この物語は、粗野で野蛮な（つまり動物的な）家族の行動を通して核家族のありのままのイメージを描いている。物語の始めでは、騒々しい家族たちが長い行列を作って食べ物を買い、やがてそれを子どもたちが、檻の中の動物たちに投げ与える様子を、描写している。これらの家族の様子をおぞましく感じながらナレーターは檻の中で静かに憩う動物たちに同情を寄せ、そちらの方に自分のアイデンティティを見出していく。ライオンの檻の中に忍び込み、ライオンの子たちを愛撫する自分を空想してみる。やがて見物を終えた家族たちは、泣きぐずる子どもたちに縫いぐるみの動物をおみやげに買うが、それは動物園の動物たちが飼い慣らされた挙句、究極的には商品化されたということを呼び戻すイメージである。富岡は、われわれ皆の内にある動物を考えよと問うているのである。それを確かにするために、ナレーターは毛づくろいし合う猿たちのロマンチックな儀式に同じ光をあてて考察しているのである。ただ一つの違いとは、愛であるとナレーターは見る。愛というものは、それだけで、良い生活を約束するものである（バーラントとワーナー）。これらどれにもくみしないで、若い頃両親によってお見合いのシナリオに無理やり連れて行かれたものの、男性たちとの純粋に性的関係のためにも結婚をしない選択をした、とナレーターはわれわれに語る。二十代の初めに妊娠し、相手の男性が自分を捨て去るのを見て、それは実に野蛮だが人間的なことだと考えたのだ。彼女が家族を始めようとするのに最も近かったのはこの時だけであった。動物園で一人の男性が彼女に近寄りかけたが、一人で暮らすことに慣れていたので、そいつを邪険に払いのけたのだ。

富岡は日本の核家族を不自然で異常と見なしている。性的衝動を飼い慣らされた結果なのだとみなす。富岡にとってロマンチックな愛とは、単に性的エネルギーを上品な服で着飾っているだけなのだ。富岡の描く女性はこうしたアプローチを取るのだ。彼女たちは周縁の人生を選び取り、ロマンチックな愛の罠を避けて放棄するのだ。アウトサイダーとしての地位を大切にし、男性の性的衝動を動揺させることで楽しむのだ。『芻狗』においては、男性たちはナレーターにノーと言えなくなることが忽ちのうちに分かる。彼らは執着なしの性のオファーに抵抗できないのだ。ナレーターは自分の発揮するパワーに異なる種類の快楽を見出す。これによって愛による関係が多くの人生の問題への解決となると信奉する支配的な社会的ナラティヴを否定するのだ。ナレーターは、感情に基づく性が愛情関係の覇権にしがみつく者に安全と楽観で報いるという「メタカルチャー」の外側の周辺をぐるぐると経めぐるのだった（同書）。ナレーターは、「同意を決して約束しない」ように見えるのだった（同書）。

『芻狗』のナレーターは、最終的には親密性という文化的制度が性的衝動を飼い慣らして妥協と節制へと向かわせるための諸制度（彼女はもともとそれら諸制度を尊敬などしていなかった）というものに疑いの目を向けているのだ。このテキストを読むわれわれ読者は、彼女の執着のない性への偏愛を前にして、ナレーターのプライベートな生活を何も知らされていない。フラッシュバックとか、想い出話とか、裏切られた話などは、なにもない。ナレーターは、「異性愛的生活のナラティヴ」の安全など信じておらず、常に周辺に身を置いているのであった（同書）。サラ・アーメド（Sara Ahmed 哲学者・ロンドン大学ゴールドスミス・カレッジ、フェミニストセンター元所長）は、こうしたナラティヴを「台本」と呼んでいる。これによって女性（また男性）は、理論的には覇権を握った者の社会へ入る特権を得られ、幸福と安全を見返りに得られると、甘言をもって騙されてしまうという仕組みになっていたのである。戦後日本女性を典型的にジェンダー化した台本は、女性たちを母性と専業主婦化へと誘い込み、仕向けたのである。ではこうした台本は何を約束したのだろうか？　おそらく金銭的安定は社会、政府、民族国家などが要求することを自分はしていると知っていることから来る安心であろうか。しかし、その過程で失われたものは何であろうか？　われわれが読んでいるナレーターは、合わせるように仕向けられるこれらのやり方に背を向けることに快楽を見出していたのだ。娯楽的な性は、個人としても公的なやり方にしても、彼女の抵抗のはけ口となったのである。

このことは、必ずしも性がどんな場合でも解放をもたらしたという意味ではない。その行為は社会的文化的政治的制度の手が及ぶ外部で存在したわけではないからだ。バーラントと文芸評論家リー・エーデルマン（Lauren Berlant and Lee Edelman）は次のようにわれわれの注意を喚起する。性そのものは「法的賞罰、社会的裁き、無意識の動機や矛盾する欲望というプレッシャーの下にある」、これこそ、まさに富岡にとって性が言説的武器として非常にうまく機能した理由である。バーラントとエーデルマン（同書）の言葉によると、社会という世界との繋がりにおいて、「情景」は「心を乱す」あるいはむしろ「ネガティヴ」なものとなるからである。非難を超越した性へ焦点を当てることによって、富岡は、誰が、どのような理由で性の経験を獲得できるかという設問を中心に据えるのである。女性たちの生活は常に生殖を義務命令とする幽霊に付きまとわれている状況にあることを、これまでわれわれは見てきた。それに対して、大人子どもである若い男性にはそのような制限はない。にも拘わらず、『芻狗』の名前のないナレーターは、物事の順序を逆転させて性を「政治的慣用句と伝統」として有利に使っているのである。それは「征服」の手段であった（バーラントとエーデルマン）。そうであるので、富岡のナレーターは男性を利用し、気楽に捨て去るのであり、そうすることで、彼女は自分を性的征服の主体のポジションに置くのである。

しかし、ここで心に留めて置くべきは、このテキストは解放の幻想や、楽観主義さえも楽しませるものではない、ということである。富岡はそのような考えにくみしていないのである。富岡のフィクションは、この世に向かって人間行動の中にある動物性に気付かせるためのものである。更にバーラントとエーデルマン（同書）が指摘しているように「性、楽観主義の場としてのそれは、分断や敵意を克服する約束が実行される場所である」のだ。これによってバーラントとエーデルマンが意味しているのは、性的遭遇はしばしば個人同士の間に希望、和解、平等と合法化として概念化されうるということである。富岡は性的平等のユートピア世界を心に描いているのではない。『芻狗』はそれにはあまりにもネガティヴ過ぎる。そこで登場人物たちがただ一緒になるためだけに一緒になるのは、そのプロセスで決して楽しみを交換することもないという点で、反社会的テキストなのである（富岡）。寝室はポリティカルな領域、恐らくまさに唯一のポリティカル領域であり、そこでは主人公が支配権を握っており、彼女はある特定の種類の男性に、ある特定の種類の文脈において、命令を下す。寝室を出ると、彼女は女性たちの世界体験と自己体験に賞罰を与えるあの誰にも同じ社会的文化的制度の情報の下に置かれるのである。寝室以外では、もはや彼女は凝視を支配出来ないのである。

実際のところ、ナレーターの失墜は、彼女が自分の性的パワーを過信する時に起きるのだった。遊園地で座っている時に彼女が声を掛けた男性は、自分の幼い息子を彼女の凝視から守ろうとして、彼女の誘いをすげなく断り、叱責し始めることになる、一人の若い父親であった。ここで富岡は中年のシングル女性である主人公を、父親的（家族的）ルールと対戦させて、後者が未だに支配していることをわれわれに思い知らせるのだ。この男性に彼女が声を掛けることにしたのは、もう一人の相手となる男性が仕事を終えるのを待っていたときであった。もちろん、彼女にはその相手をベッドに誘い込むことが出来ると思っていた。長いこと、そこで待ち続けている間に、何人もの男性が彼女を見ても二度と目もくれずに脇を通り過ぎて行くのに気が付いた。彼らは次から次へとおでんを売る小屋のような店に入って行った。このシーンはナレーターの欲望を表現するものであった。なぜなら店は入って行く男性たちで次々と満たされていくのに全く変化も見えないからであったからだ。「あんな小さな小屋に、あれだけ多くのひとが入ることができたのが不思議なのだ」と彼女は考えていた。ナレーターは、見続けているうちに居心地悪くなってきた。まるで目に見えない、そこに存在しないように無視される存在になっていった。同時に、防犯灯がともり、その下に座っていた彼女は、違った意味で、誰からもはっきり見える存在となっていたのだ。見えない存在でありながら、人目に晒されている存在に。ここで男性たちは凝視を取り戻している。社会が見ているように、ナレーターのことを、場所にそぐわない変な女性、一人きりで、不適切な欲望を抱き、不適切に話している女性として見ているのだ。その若い父親は「きみ、少しおかしいんじゃないの？」と声を上げた。思い起こしてほしいが、彼女の方が先に声をかけたのだ。それはあの異常な神話、女の方から声をかけたイザナミの神話を読者に思い起こさせるものである。

そして、物語はここで終わる。

男性の凝視の論理を覆すことに関心のあるように見えた物語としては、何とも興覚めな終わり方である。最後には、主人公は凝視の対象になる必要を感じており、出来得るならその武装解除をしたいとさえ望んでいた。しかし、期待していた凝視は得られず、彼女の世界は周りで崩壊してしまったのだ。遊園地で、若い一人の父親に叱責されて、周りを取り囲む見物人の人垣がどんどん増えていき、まるで変質者、外れ者（良くない意味での）のように人目に晒されていたのだ。ナレーターは究極的には、自分の性的主体性の意志に裏切られ、もはやその場面をコントロールすることも出来なくなっていくのだった。

しかし性は力関係のみを排他的に回転軸とする必要はないのだ。もしわれわれが「落ち着いて性について考えるなら」力と昇華の理論によって決定されない方法で考えるなら、何が起きるだろうか？（バーラントとエーデルマン）。性は遭遇に始まり、心を開き、息を吹き込むのだ。それは自己発見の手段であり他者の発見に付随する。『芻狗』においては、確かにナレーターはジェンダー規範と期待を覆すことに快楽を見出しているが、その先になると、性そのものは、彼女と彼女が捕らえる相手の男性たちに自己体験のチャンスを与えることになるのだ。

「わたしは、性交によって、肉体によって、相手と自分の肉体のなかの肉体でない部分を知ろうとしている。だからわたしは、自分の肉体を、袋を裏がえすように露呈する……袋の隅に、精神とか悪意というようなものが……まじりこんでいるのかどうか」知りたいとナレーターは続ける。性的出会い、理想的出会いは、共にいる、団結、楽観主義、関係性という前提にもとづいている。そして女性の身体は袋のように相手の身体を取り込み包む。これらの前提を取り除いて、単なる利己的な自己発見の手段とするなら、富岡が何に投資しているかをより明瞭に知ることになるだろう。性を抜きにしてナレーターは自己を感じる感覚を持てないのだ。「わたしには無関心に」おでんの店へ入って行った人たち、とナレーターは言う。

バーラントとエーデルマンによれば、このテキストの中で性がネガティヴなものとされるのは、まさにこの点だと言うのである。富岡は本質的に共有された経験では、個人を尊重する。富岡の描くナレーターは男性の身体の体験を通して生き返るのである。彼女はもともと恥ずかしがりで寡黙な人間だが、寝室ではパフォーマンスをすることを通して、全く違った人間になることが出来るのだと認めている。われわれは、この短編を読むことで、ナレーターが何を性から導き出すのかを学ぶようになるのだ。彼女は自信に満ち、命令的であるが、それは動物に貶められる相手の男性の犠牲の上に成り立つのだ。ナレーターの厳しい批評に晒されて、彼らはあざ笑われて貝殻のようになる。それとコントラストをなして、彼女の方はより自己実現を遂げるのである。

しかし、確かに『芻狗』の問題点として可能性があるのは、彼女だけの解釈しかわれわれ読者には与えられていないことである。相手の男性たちにとって彼女はどのような人であったのか？

文化的に立ち入り禁止とされる身体を持つ彼女との性関係の後、彼らはどのように感じたのか？彼らは利用されたと思っただろうか？　あるいは彼らは彼女を利用したと感じただろうか？　彼女を憐れと感じただろうか？　それとも羨ましいと妬みを感じただろうか？　男性たちの声を否定することで、富岡は、ナレーターの目的のひたむきさを強調している。ナレーターが性に関する自分の経験と思考を、むき出しに描写するやり方は、この社会的と思われている行為の反社会性を思い起こさせるのである。富岡が男性たちの声を否定していることはあまり重要ではない（もし、そうであれば、それは興味深いことではあるが）。単に、彼らには、言うべきことが何もないのである。そしてナレーターにも、何も言うことはない。彼女は誘惑する時だけ、気の利いた言葉を話し、その時を愉しんでいるが、究極的には、彼女は独りきりである。

バーラントとワーナーは、文化的慣用語句としての性は、より良いものを約束するものであると書いている。一つには、性は、子どもを未来性の姿を表すものとして強調する社会の家族モデルを生み出すことをわれわれは見てきた。バーラントとワーナーは次のように書いている。「胎児と子どもは、聖化された民族性としての地位にこれまで高められてきた」。富岡のナレーターは、男盛りと思われている若い男性との娯楽的性によって、このモデルを逆転させている。二つ目として、再生産的生殖のための性は誰でもが参加できる国家的（すなわち性的）文化のポリティックスの一部である。一体感、団結、そして愛はこうした種類の性の経験の表現である。もし、誰でもが参加するなら、性は異性愛的規範のものとなり、従って保護され、警備監視されるものとなる。誰でもその一部となる。異性愛的規範の性文化から外れる者たちは、笑いものとされるか、もっと酷い扱いを受けても構わないことになる。『芻狗』のナレーターはそのような説話の犠牲者である。ある時など、彼女に近い年齢の二人の女優が皆の前でナレーターが、舞台の上の一人の若い男性ばかり見つめていたと非難することがあった。また、物語の終わり近くでは、若い父親が彼女の不良的行為をおかしいと叱責し、まるで犯罪者のように閉じ込めておくべきと言わんばかりに悪しざまに言った。彼女自身の犯罪者性の思いがここに谺《こだま》して、テキストと富岡の性と親密性についての評釈が円弧を閉じるのだ。ナレーターにとって、性の約束するものは満たされずに終わり、読者はおでん小屋のイメージ（人びとを取り入れてしまう袋にたとえられる）と共に取り残されるのだ。おでん小屋は男性たちを次々とのみこんでいき、ナレーターはベンチに座り込んで力を取り戻す必要を感じている。これらの男性たちは腹が空いていて、ナレーターの方は違った種類の飢えに動かされていた。（ボルドによる女性の飢えは満たすことで静めるという説を思い起こしてほしい）最終的に彼女は飢え果ててしまうのだろうか?

読者にこのような性の解釈を与えて、富岡は性の行為を国家や個人レベルでの罠として露呈させるのだ。これは容易な仕事ではない。なぜなら、バーラントとワーナーは次のように愚痴をこぼす。「性的文化の空間は不快で狭苦しいものとなってしまった」。これは、日本においては確かにそうである（実際、他のどこにおいてもそうであるが）。そこでは性は歴史的に国家のアジェンダに沿うようにされてきた。一方、ローカルなレベルで富岡は性の規範性に刃向かって闘い、重要な文化的制度のポジションに挑戦しているのだ。これは個人を困難な闘いに晒すことであることをわれわれは学んできたが、いずれにせよ、プライバシーほど公的なものはないのである。

《参考文献　Reference》
富岡多恵子『波うつ土地・芻狗』講談社文芸文庫、一九八八年
神谷忠孝「活力とその物語化：富岡多恵子と津島佑子」『国文学　解釈と教材の研究』25（15）一九八〇年十二月
千石英世「性のニヒリズム：富岡多恵子論」『群像』一九八五年七月
Ahmed, Sara. The Promise of Happiness. Durham: Duke University Press, 2010.
Berlant, Lauren. “Intimacy: A Special Issue.” In Intimacy, edited by Lauren Berlant, 1-8. Chicago: The University of Chicago Press, 2000.
Berlant Lauren and Lee Edelman. Sex, or The Unbearable. Durham: Duke University Press, 2013.
Berlant, Lauren and Michael Warner. “Sex in Public.” In Intimacy, edited by Lauren Berlant, 311-330. Chicago: The University of Chicago Press, 2000.
Bordo, Susan. Unbearable Weight: Feminism, Western Culture, and the Body. Berkeley: University of California Press, 2003.
Bullock, Julia. The Other Women’s Lib: Gender and Body in Japanese Women’s Fiction. Honolulu: University of Hawai’i Press, 2010.
Copeland, Rebecca L. “Introduction: Meiji Women Writers.” In The Modern Murasaki: Writing by Women of Meiji Japan, edited by Rebecca L. Copeland and Melek Ortabasi, 1-28. New York: Colum-

bia University Press, 2006.
---. "Motherhood as Institution." Japan Quarterly 39.1 (Jan. 1992) : 101-110.
Foucault, Michel. Discipline and Punish: The Birth of the Prison. Translated by Alan Sheridan. New York: Vintage Books, 1995.
Fowler, Edward. "Tamura Toshiko (1884-1945) ." In The Modern Murasaki: Writing by Women of Meiji Japan, edited by Rebecca L. Copeland and Melek Ortabasi, 339-374. New York: Columbia University Press, 2006.
Horiguchi, Noriko J. Women Adrift: The Literature of Japan's Imperial Body. Minneapolis: University of Minnesota Press, 2011.
Jones, Gretchen. "Subversive strategies: Masochism, gender and power in Kōno Taeko' s 'Toddler-Hunting.' " East Asia 18.4 (Winter 2000) : 79-107.
Jong, Erica. Fear of Flying: A Novel. New York: Henry Holt and Company, 1973.
Kamiya Tadataka. "Katsuryoku to sono monogatari ka: Tomioka Taeko to Tsushima Yuko." Kokubungaku: kaishaku to kyōzai no kenkyū 25.15 (Dec. 1980) : 120-123.
Koyama, Shizuko. Ryōsai Kenbo: The Educational Ideal of "Good Wife, Wise Mother" in Modern Japan. Translated by Stephen Filler. Boston: Brill, 2013.
Lock, Margaret M. Encounters with Aging: Mythologies of Menopause in Japan and North America. Berkeley: University of California Press, 1995.

Miller, Laura. Beauty Up: Exploring Contemporary Japanese Body Aesthetics. Berkeley: University of California Press, 2006.

Osborne, Hannah. “The Transgressive Figure of the Dancing-Girl-in-Pain and Kanai Mieko’ s Corporeal Text.” Japanese Language and Literature 53.2（2019）. DOI: 10.5195/jll.2019.81.

Sacks, Sam. “The Rise of the Nameless Narrator.” The New Yorker, March 3, 2015. https://www.newyorker.com/books/page-turner/the-rise-of-the-nameless-narrator Accessed: August 1, 2020.

Sengoku Hideo. “Sei no nihirizumu: Tomioka Taeko ron.” Gunzō 40.7（July 1985）: 212-226.

Spielvogel, Laura. Working Out in Japan: Shaping the Female Body in Tokyo Fitness Clubs. Durham: Duke University Press, 2003.

Tomioka, Taeko. “Straw Dogs.” In Unmapped Territories: New Women’ s Fiction from Japan, translated and edited by Yukiko Tanaka, 120-151. Seattle: Women in Translation, 1991.

Yanagisawa Takako. “Tomioka Taeko ‘Nami utsu tochi:’ uragaesareta shiza.” Kokubungaku: kaishaku to kyōzai no kenkyū 31.5（1986）: 123-125.

天邪鬼の声：富岡多恵子による拒否の詩

In the Voice of Amanojaku : Tomioka Taeko's Poetry of Refusal

リー・エヴァンス・フリードリック
Lee Friederich

（和智綏子・訳）

天邪鬼の声：富岡多恵子による拒否の詩
In the Voice of Amanojaku : Tomioka Taeko's Poetry of Refusal

富岡多恵子は「自然で、定型化した、女らしい声」というものを拒否した。それは明らかに性的アイデンティティと見なされていたものである。それを「拒否」することで富岡は、時代を先取りした詩人として成功した。その事実を、白石かずこは『現代詩手帖』一九九一年九月号に収録されている「八〇年代と女性詩　フェミニズム運動と並行して」の中で指摘している。本稿では、富岡多恵子の詩に横溢する、拒否という強い感情を前景化するものであり、彗星のように輝く詩人としてのキャリアの最初を飾る詩集『返禮』の巻頭詩「身上話」を深く読むことで、富岡が詩人として作品を書いていた時期は短いものであったにしろ、その後の日本の女性による詩の状況をドラマチックに変革した流れを追う。

富岡が用いる伝統的なトリックスター＝天邪鬼は、この「拒否」を要約して示しているのだ。詩全体を通して、言語およびジェンダーとアイデンティティのカテゴリー化を拒否する皮肉な存在として天邪鬼を描いているのだが、この天邪鬼は同時に逆転を体現し、知的探求のための前衛となるのである。このように逸脱者を逆さまに覆して安定させる、あるいは自然なものとして見せることは、『ジェンダー・トラブル（性的錯乱）』の著者ジュディス・バトラー（Judith Buter）の言う「アブジェクト」の意味を理解させ、さらなる作品を生みだすのに応用出来るようにしたのだといえるだろう。富岡の詩的世界を特徴づけているナラティヴ（語り手）の声は、しばしば統一的アイデンティティや、例えば、富岡が詩作していた時代のように、ゲイ・レズビアン・アイデンティティ・ポリティックスに付随するもっともらしいカテゴリー化などには、徹底して反抗するものであった。

事実、富岡の作品は、そのようなカテゴリー化が米国や日本で根付く前に、その脱構築を予言していたのである。バトラーが、一枚岩のようなセクシュアリティのカテゴリー化に挑戦した時期より、何と三十五年ほども前に、富岡はそれを予言していたのである。そもそもバトラーの論じたジェンダー・カテゴリーの不安定性は、日本の状況から見れば、必ずしも目新しいものではない。特に歌舞伎では女形専門の男性が、女性の役割を演じることに関するジェンダー理論がすでにあったことを、われわれは思い起こすのである。女形の歌舞伎役者、初代吉沢菖蒲の体験による言葉として「性とジェンダーは、身体に自然に備わっているものではない」という発言も見られるからである（ジェニファー・ロバートソン〔Jennifer Robertson〕）。富岡の詩「身上話」に見られる新しさは、主人公がジェンダーの流動性を、堂々と生きてきたことを話しているところにある。それは水田宗子が、日本の現代女性詩人たちを、「異邦人」あるいは「亡命者」、「ジェンダー文化の前衛」として、正確に位置づけて描いているように、富岡の詩における人物たちもジェンダーを「演じて」いるのである（水田宗子『二十世紀の女性表現　ジェンダー文化の外部へ』）。

＊

『富岡多恵子集』の、詩のセクションをおさめた分厚い一冊の序文は、写真の被写体としての富岡に魅了された写真家荒木経惟が書いたものであり、それは荒木自身を描写しているものでもある。短いエッセイの中で、「A」と荒木が呼ぶ荒木のカメラは、詩人富岡のパフォーマンスの性癖、アイデンティティを意のままにシフトさせる能力などを、一九七六年五月号『現代詩手帖』の富岡の詩人としての短いキャリアをたどる特集の中で、よく捉えている（註1）。

富岡との最初の撮影セッションにおいて、荒木は自分が持ってきた眼帯を富岡につけるよう要請し、また長袖の花柄ドレスを着せて、ゴミの散らばっている荒れ果てた庭で撮影した。さらに乾燥しきった野生林の枯れた木々の中で、着物姿の富岡を撮影している。これらの写真が「身上話」と何かしら直接関係すると考えるのは間違いであるとしても、「身上話」の主人公が、様々なやり方でカテゴリー化を拒否し、歴史的時間を超えて着物やドレス姿で、行動と非行動の間に住む思慮深い女性として、自宅の裏庭のカオスの中で、われわれをじっと凝視している。最後には、あらゆるものを見過ぎた挙句つぶれた目を眼帯で覆い、その目を読者の方に向け、あたかも荒木のカメラの凝視から身を守るようにしている。そのような一つの解釈の可能性を、そこに見ることが出来るのではないか。

民話の中の天邪鬼は、神々に踏みつけられ台座とされる運命に苦しむ忌まわしい姿であるが、「身上話」のナレーター（語り手）は、エージェンシー（主体性をもった行為者）としての力がないわけではない。なぜなら「身上話」の中のヒーロー／ヒロインの取り換え子として、彼／彼女は、いつでもその時自分でベストと感じる行為をするのであるが、それは周囲の者たちが期待したり望んだりすることの反対のこととなるのである。この詩の中の天邪鬼の超能力とは、意のままにジェンダーを変えることができることである。彼女の最初の反抗は、「予想屋という予想屋が全部、男の子が生まれると予想（期待）していた」ので、「どうしても　女の子として　胞衣を破っ」て生まれたことだったのだ。次の節では、他の者たちの反応と感情を見ることによって、主人公はジェンダーを少なくとも三回以上は変えている。

するとThen
みんなが残念がったのでeveryone was disappointed
男の子になってやったso I became a boy
するとThen
みんながほめてくれたのでeveryone praised me
女の子になってやったso I became a girl
するとThen
みんながいじめるのでeveryone turned against me
　　また男の子になってやった　　so I became a boy again

この七十四行の詩の中で、常に世間の期待を覆すように反抗する富岡自身も天邪鬼のようなトリックスターとして見られることも出来る。トリックスターとしても、作者としても、また前述した荒木の写真では、協力者としても自在に様々なものになることが出来たのだった。これらのイメージが提示するように、富岡は多様な役割を、自ら進んで演じていたのだ。写真を順にたどって見ると、歴史的時間の始まりを、一枚目の着物姿から読み取ることができる。詩の第四節では、アクションは何世紀にもわたっている、とナレーターは言う。「そのうちに幾世紀もの時が済んでしまった」「今度は　貧乏人が血の革命を起こし」た。これによって、直線的に発展する歴史と時間の固定概念を、否定する暗示が与えられるのだ。着物姿のイメージは、「身上話」のように、ジェンダーを次々と変える主人公にわれわれが最初に遭遇した時すでに、予想以上にずっと長い時間の経過があることを思い起こさせるのだ。

二番目の写真のイメージには、プライベートとパブリックの間のギャップを反映するように、一人の女性が、空想を育む瞑想的な空間がある。富岡は自宅の裏庭の不毛な荒れ地にさえ自分自身を見出している。老朽化した裏庭の中で、現代風なドレスを着、横を向いた犬を連れた小さな姿で、富岡はカメラを直接凝視している。彼女はわれわれ読者に、ほとんど何も明らかにしてくれないが、何かしらプライベートな考えにふける様子を見せながらも、その考えをわれわれの目から守り続けているのだ。恐らくこの写真には、何かしら大きな違和感を感じる向きもあるだろう。ゴミが散らかっている庭で、リビングルームの肘掛け椅子に落ち着いて座っている女性は、動き（アクション）と不動（インアクション）の間に停止して、彼女の住んでいる現実世界では推し量ることの出来ない、皮肉な空想的世界の崩壊を、深く考え込んでいるように見える。彼女が連れている犬でさえ、カメラを見ていない。それにもかかわらず、彼女の表情は、裏庭という限界のある領域と、彼女が空想する大きく拡張する領域という二つの領域に、同時に住むことが出来るという見る者の期待を、裏切ってもいるのだ。

具体的例としては、「半分日本国籍」で二十歳を迎えようとする未成年の人物が考えられる。つまり、二重国籍の者が、国籍の一つを選び、もう一方を放棄しないでいても、それを取り締まる法的執行権力は存在しないのだが、二十歳になると、もう一つの国籍を放棄しなければ、日本人としては違法な存在となってしまうのだ。二番目の写真から読みとれるイメージは、それに類似した厳しい現実を、ナレーターが詩の終わりで表現している。それは、彼/彼女は、パブリックとプライベートの二つの世界に住み、その間を移動するのに、どちらか一つの安定したジェンダー・アイデンティティを選び取る必要があるという厳しい現実なのだ。同様に、「身上話」は、女性が思いのままにジェンダーを変えることが出来る能力を想像させるような、戦後の歴史的時間を捉えている。それでも公私のどちらの世界においても、ジェンダーを自由に変えることは、現実としてはまだ可能となってはいないと結論づけざるを得ない。この件に関するナレーターの苦渋に満ちた失望感を暗示しつつ、天邪鬼は「当惑した。あまのじゃくは名誉にかけて煩悶した」のだ。それは、ある一定の時に、彼/彼女が、どんな世界に住むかを決め、その住む世界でのジェンダーを変える特権を持つには、なお厳しい現実があることを理解するからである。そこで「彼」は、おやじやおふくろや、予想屋にとっては、「立派な女の子になってやった」。また、特に恋人にとっては、男の子になって「文句を言わせなかった」と言っている。

最後の三番目の写真だが、タバコを吸っている彼女の姿が、フレームのほとんどを占めている。だが、ここでも彼女の様子はよそよそしいため、見る者は、眼帯の裏に隠されている情景を空想するようしむけられているのだ。眼帯で隠されているのは、恋人から殴られでもして出来た黒アザだろうか。それとも、単なる結膜炎のようなよくある感染症なのか。われわれが見ることが出来ず、眼帯で「隠されている」裏には、何かがあるのは確かだが、同時に、眼帯そのものがフィクション（写真家が被写体である彼女に眼帯をつけるように要請した小道具）に過ぎないことを、より強く感じるので、そちらの方に、見る者の空想は、掻き立てられてもいくのだ。荒木は、「富岡に眼帯をおみやげとして持って来た」とだけ書いているので、それを読んだだけでは読者は何色の眼帯であるかは分からないまま、海賊のつけているような黒い眼帯を想像するかも知れない（『多恵子抄』）（註2）。序文から考えると、富岡の詩には、人を驚かすような、革命的で、不愛想な性質がある。一般的な女性の詩には見られない、ラディカルで生き生きとした富岡の表現から考えれば、黒い眼帯こそがふさわしい表象となろう。荒木がおみやげに渡したという眼帯の話は、印象的な話ではあるが、まるで富岡の詩のように、その話も、多くを読者の想像にまかせたままなのだ。

荒木は、序文の中で多くの富岡の詩を引用している。中でも荒木は「女優」という詩の中の生理帯のイメージに惹かれている。そのイメージは、ナレーターの意地悪な嫉妬に満ちている（註3）。恋人の「アイドル」である女優について、「あの女優、あなたの好きな『アイドル』が、生理帯（そのナプキンは月経血に染まっていただろう）一つの姿で歩いていたのを窓から見た」と、自分の恋敵を恋人に嫌悪させるような告げ口をするのであった（『富岡多恵子集』）（註4）。荒木の写真の中で富岡が着けている眼帯は、ご覧のように白い医療用のものであり、海賊の黒い眼帯とは違う。むしろ包帯のように見える眼帯から、われわれ読者は「女優」の詩から想像する、三角関係のもつれによる感情的暴力沙汰の表象だと受け止めやすい。あるいは、荒木と富岡は二人ともゲテモノ好きで知られていたので、ふざけて生理帯を眼帯としていた、と考えた方がよいかもしれない。あるいは知り過ぎた女が、嫉妬で血の涙を流していることを眼帯で表していると想像した方が良いかも知れないのだ。「身上話」の主人公のように、三枚目の写真の富岡の立ち姿は反抗的である。タバコを指に挟んで腕組みをし、見えている片方の目はいかにも拒絶的で、まるでわれわれ読者が想像をめぐらすことも、ましてや見ようと思うことさえ出来ないように拒絶している。彼女が隠しているものは、あくまでも隠されたまま残るようにしているのだ。

荒木は序文の終わりに、新宿で一緒に一杯飲もうと富岡を誘ったことを書いている。待ち合わせ場所に、荒木が到着していることをまだ知らないでやって来る富岡の顔を、物陰から見たのだが、その時荒木は、これから自分の撮影する富岡のポートレートの「過去」版、あるいは「犯罪者」の肖像をそこに見ていたと書いている（『多恵子抄』）。このエッセイを書いている私の理解も、多くの点で荒木のそれと似ているのだが、私の場合は「過去」版というよりも、むしろ富岡の予言者的であり歴史を超越する詩人としての「未来」版を描出したい。固定化されたアイデンティティやカテゴリー化の考えに拒絶するよう努めている現代のわれわれ世代に対して富岡が多くを教唆するのではないかと考える。「身上話」で富岡が描くジェンダーを超越する登場人物からは、今で言うトランス・ジェンダーという考え方が導き出される。それは、後にバトラー（Butler）がアブジェクトと呼ぶことになる「異議申し立て」をする、あるいは「他者」として疎外される身体への関心が強く結びつくものであると提案できるからである（『ジェンダー・トラブル』）。たとえ、それら疎外される身体が現実のものであれ、想像上のものであれ。

＊

富岡多恵子は、一九三五年に大阪で生まれた。父親は「鉄製品を再利用する」商人であったが、彼女が幼い時に、家族を捨てて去って行った。大阪女子大学の学生時代の一九五四年に詩を書き始め、最初の詩集『返禮』を一九五七年に出版し、まだ大学生であった翌年にH氏賞を受賞している。（ミラー〔Jane Miller〕）（註5）。富岡の三作目の詩集『物語の明くる日』（Day after the tale, 1960）は、一九六一年に室生犀星賞を受賞した（富岡年譜 Tomioka chronology）。富岡は一九七三年に詩を書くのをやめて、小説だけに集中して執筆活動をすることにした。この分野でも、幾つかの賞を受賞している。富岡は文学批評家としても尊敬され、一九九二年には、上野千鶴子、小倉千加子との共著『男流文学論』を出版した（註6）のである。今もって大変影響力のあるこの鼎談は、有名男性作家たちを俎上にのせ、これまで女性の作家たちに向けられてきたのと同じ本質主義的批評をして、如何に女性の作家を性別で矮小化することがおかしなものであるかを展開して見せて、人々を驚かせた（オリアリー〔Joseph Stephen O'Leary〕）。

前述したとおり、富岡の「身上話」は『返禮』の中で初めて発表されたものであるが、「固定化したアイデンティティ」を否定する、現在のポストモダン期のヴィジョンに照らしても、少しも劣るところのないものである。「身上話」のナレーターは、女性、男性の両方の主体的ポジションを取りながら、生まれつきの男性や女性の身体にとって自然であると考えられている特徴を持ち続けるのではなく、状況によってその身体のジェンダー・アイデンティティを自在に変えることが出来る存在なのである（註7）。水田宗子は富岡を「反物語」の作家であるという表現で描写しているが、この言葉は富岡の小説にとどまらず、富岡の多くの詩にもあてはまる。水田はそのことを著書『物語と反物語の風景：文学と女性の想像力』の中で説いており、富岡は、ジェンダーを「ゼロの地点」から再建したのだという言葉で（註8）評している。「身上話」は、多くの物語のように、数世紀と数世代を一気に洗い浚い押し流すようなナラティヴである。たとえば『源氏物語』にあるような、繰り返し具象化され意味付けされた女性らしさを称揚するというよりは、むしろこの詩の登場人物である能動的なペルソナは、自分自身と周囲の人びとの欲望に合わせて、女の子として生まれる決心をした上で、その後は自由自在にジェンダーを取り換えているのである

身上話

おやじもおふくろも
とりあげばあさんも
予想屋と言う予想屋は
みんな男の子だと賭けたので
どうしても女の子として
　　胞衣をやぶった

すると
みんなが残念がったので
男の子になってやった
すると
みんながほめてくれたので
女の子になってやった
すると
みんながいじめるので
男の子になってやった

Story of My Life

Mom and my old man
the midwife too
the tipsters, every one of them
laid down their bets I'd come out a boy
so I just had to tear from
　　my mother's placenta a girl

Then
everyone was disappointed
so I became a boy
Then
everyone praised me
so I became a girl
Then
everyone turned against me
so I became a boy again

年頃になって
恋人が男の子なので
仕方なく女の子になった

すると
恋人の他のみんなが女の子になったと言うので
恋人の他のものには
男の子になってやった
恋人にも残念なので
男になったら
一緒に寝ないと言うので
女の子になってやった

そのうちに幾世紀かが済んでしまった
今度は貧乏人が血の革命を起して
一片のパンだけで支配されていた
そこで中世の教会になった

When I came of age
my lover was a boy
so there was nothing else to do but
　　become a girl

Then
everyone besides my lover complained
I had become a girl again
so I became a boy for them
My lover was mortified
and said if I was a boy
he wouldn't sleep with me
so I became a girl for him

Before long many centuries passed
Now the poor rose up in bloody revolution
ruled by a single piece of bread
I became their medieval church

愛だ愛だと
古着とおにぎりを横丁にくばって歩いた

そのうちに幾世紀かが済んでしまった
今度は神の国が来たと
金持と貧乏人が大の仲良しになっていた
そこで自家用のヘリコプターでアジビラをまいた

そのうちに幾世紀かが済んでしまった
今度は
血の革命家連中が
さびた十字架にひざまずいていた
無秩序の中に秩序の火がみえた

そこで穴ぐらの飲み屋で
バイロンやミュッセや

I wandered the backstreets handing out
rice balls and old clothes,
chanting love, love, love

Meanwhile, several more centuries passed
Hailing the kingdom of God's arrival
the rich and poor became friends
And so I dropped leaflets
from my private helicopter onto them

Before long centuries passed
Now
the bloody revolutionaries
knelt at a rusty cross
The flames of order appeared
out of chaos

So I drank and played cards
in a dark tavern

ヴィヨンやボードレールや
ヘミングウェイや黒ズボンの少女達と
カルタをしたり飲んだり
東洋の日本と言う国の
かの国独特のリベルタンとかについて
しみじみ議論した
そして専ら愛の同時性とかについて
茶化し合った
おやじもおふくろも
とりあげばあさんも
みんな神童だと言うので
低能児であった
馬鹿者だと言うので
インテリとなり後の方に 住家を
つくった
体力をもてあましていた
後の方のインテリと言う
評判が高くなると

with Byron, Musset
Villon, Baudelaire
Hemingway and girls in black pants
passionately arguing about
the peculiarity of the libertine
in that Oriental country called Japan
mocking his total devotion
to things like the simultaneity of love
Mom and my old man
the midwife too
all said I was a child genius
so I became their village idiot
Everyone called me a fool
so I became an intellectual
and built my den out back
I couldn't control the power of my body
When my reputation as an intellectual
grew stronger

前に出て歩き出した
その歩道は
　おやじとおふくろの歩道だった
あまのじゃくは当惑した
あまのじゃくの名誉にかけて煩悶した
そこで立派な女の子になってやった
恋人には男の子になり
文句を言わせなかった（『返禮』）

I walked out ahead
This was the path paved
by mom and my old man
Amanojaku was at a loss
agonizing over his changeling's privilege
And so I became a splendid girl
I became a boy for my lover
forbidding him to complain

「拒絶する声」を表象する上で、私は天邪鬼の存在を本稿の前景に押し出して考えてみたい。天邪鬼は長い間苦しみ抜き、後悔の念に苛まれるトリックスターであり、古くは七世紀ごろから仏像の足台となり仕えてきたのだが、現代文学においては「逸れ者」と同義語として使われる。天邪鬼は、アブジェクトの対象そのものであり、神仏がその足下に踏み砕いても何とも思わないといった存在とされてきたのだ。ところが「身上話」では、天邪鬼は「村の低能児」とか「馬鹿者」と笑われるアブジェクトの地位にいながらも、穴ぐらの中から出れば、ジェンダーの逆転を隠すことなく、インテリのリーダーにも劣らず、自分の二本の足でしっかりと立ち、前へ歩き出すのだった。詩の最後の節では、その形もイメージも次々と変えながら、取り換え子＝天邪鬼になって自由に堂々と歩き出すのだ。しかしやがて、その世界に向かって彼／彼女が男の子になれるのは、プライベートな場のみの自由であって、パブリックな自由ではないという苦痛に満ちた現実を味わうことになるのだった。

富岡の詩には、アンチ・ヒーローや、アナーキストや、俳優や、語り部など、アブジェクトとされる地位の者や、彼らをそうした立場に陥れる歴史と葛藤する者たちが大勢登場する。バトラーが強く主張し、富岡がつとに暗示したように、アブジェクトの存在は永遠に排除出来ない。なぜならば歴史上の支配者たちのアイデンティティにとって、彼らは絶対に欠かすことの出来ない存在であるからだ――「身上話」の中に出てくるおふくろ、おやじ、とりあげばあさん、予想屋など――社会を規制している者たちが、自分たちを否定する背景としてそれを定義しているからだ。富岡の詩の多くが歴史の主体となる者たちを描き替えているが、われわれが知っている時系列的歴史も、やはりアナーキーの一形態となるのである。歴史は直線的な序列で展開するというよりも、むしろ「同時性」を持って発生する。ちょうど「身上話」に出てくる自由主義者たちが、愛に関して没頭して議論していたように、人と物との関係は、「愛の同時性」との関係のようであった。たとえば「身上話」の初めの節に登場するとりあげばあさんや予想屋たちは、一見現代の人物たちのように思えるが、実は中世以前の時代にいた人々なのである。それはジェンダー可変の主人公に出会ったあと、「そのうちに幾世紀かが済んでしまった／今度は／血の革命家連中が／さびた十字架にひざまずいていた／無秩序の中に秩序の火がみえた」と描かれていることからも分かる。文明をより平等主義的に「文明化」する視点、つまりそれによって、過去・現在・未来が同時的に起き、全ての人々にとって「初めに」あった力のみなもとへのアクセスができ、男性女性どちらのジェンダーにもアクセスできるようになると、この詩が書き換えていると見ることさえできるのだ。

特に富岡の詩の中のアンチ・ヒーローたちとの葛藤は、言語の中で定義される多様なアブジェクトとの葛藤をも包含する。富岡は「母語と国語」というエッセイの中で、子どもが母親の膝の上で学ぶ母語や、地方の方言は、国の中心にある（標準語とされる）男性的な国語（皮肉なことに母国語と称される）（註9）に従属させられ、教育のプロセスによって、ついには消滅させられるのだと述べている。実際、言語そのものもアブジェクトの印付けとなることについて、富岡は次のように説明している。「学校教育を受けたことのない者は、公（おおやけ）の場所で話すのを恥じる。「方言」しか話せない者は、押し黙ってしまう傾向にある。国語（標準語）を話す教育を受ける者は、幼児期に覚えた方言を、すぐに話せなくなってしまい、標準語以外を恥ずかしいと思うように育てられるのだ」（同書）。表立って、母語の女らしい丁寧語を拒絶し、泥臭い、直接的表現を好む富岡は、詩の中でも女らしい言葉を使う必要性を無視している。このように、プライベートな領域に結び付く女らしい言語が欠如することは、言語学者イノウエ・ミヤコが言うところの「母語」の「身代わり性」というものを強調するのだ。つまり、日本の女性の大多数にとって、基本的にメディアで使われている母国語は、母語の使い手である女性によって、実際は滅多に使われていないということを、イノウエは示しているのだ（註10）。重要なことは、イノウエが主張するように、普遍的発展の比喩として、モダニティ、伝統、中流階級、均一性などと共に、母語は近代日本という民族国家の基礎的ナラティヴの「足場」を構成していることだ。だがそのようなナラティヴは富岡にとっては単にネガティブな意味で使われる。アブジェクトされる「話の主体」に焦点をあてる時に、怪しげな背景として、富岡はそれを使っているのだ。

実際富岡は、そのような「母語」をエリートの言語だと位置づけ、「必要以上に丁寧な言語が、その者の高い地位の証拠として頻繁に使われている」としている。母語が、記号化する不平等性を認めつつ、女性は単に男性の言葉を使うことによってでは、現に存在する不平等を消すことは出来ないことをも、富岡はわれわれに思い起こさせているのだ。なぜなら、男性の言葉を使うことは、単に性別不平等をより浸透させることになる上、女性は母語によって、平等の地位を主張することも出来ないからだ。なぜならそのようなアプローチは、「汚名の烙印を押す記号」というリミット（制限性）を、さらに浸透させるというリスクをおかすことになるだけだからである。

富岡にとっての、言語学的にラディカルな必要性とは、男女共に使うことができ、男女両方の話しぶりに当てはまる新しい言語として、エスペラント語を造り出すことであった（『母語と母国語』）。実際日本語は、話し言葉としても、書き言葉としても、強くジェンダー記号が付与されているので、富岡が女性の言語の限界を押し広げようとする場合、エスペラントは大変使い勝手の良いメタファーとなったのである。われわれにとっては、ナレーターが男ことばを必ず使うようにしているのに、女の文字と考えられている「ひらがな」で書いているのを考えると、富岡が言語に対して、両性愛的アプローチを取ったと言うことさえ出来るであろう（白石かずこ『80年代の女性詩』）（註11）。

「身上話」の冒頭で「おやじ」とか「おふくろ」のような男ことばのスラングを使うことで、用語の選択を通して、富岡が「母語」の従来型の概念を破壊しようとしているのは明らかである。そうすることは、この詩の全体の文脈から考えても、全面的に適切なやり方である。なぜならば、ナレーターは、意のままにジェンダーを変えることが出来るからだ。しかしもっとも興味深いのは、ナレーターが「どうしても女の子として　胞衣を破った」直後に、この男ことばをナレーターが口にするように、富岡がしていることである。皆が「彼女は男の子として生まれる」と望んでいるその期待も希望も、全て破壊しようとするのだが、女の子として生まれると、われわれの期待する女の子としてふさわしい話しことばの常識も破壊するのであった。さらに、われわれの女ことばに対する期待を格下げするために、話し手がいつも「……してやる」という無礼で男性的でないとしても、しわがれたどら声を響かせるような声で意のままにジェンダーを変えるだけでなく、他の人びとの望みに、しぶしぶと応えるためにも、ジェンダーを変えるのだということを示している。こうした品位を卑しめる「……してやる」という動詞を使うことによって、この詩の話し手は、他の者たちを見下す、かなり恩着せがましい態度で、男性と平等に並ぶ立ち位置におさまるのだが、それは、男性が意のままにジェンダーを変える特権として持っている「男の権利」を、不作法な男っぽい話しぶりをすることで反映しているからなのだ。ここで注目したいのはナレーターが男ことばを使うことで主体としての感覚を得ているにもかかわらず、彼女が公には常に、また意識的に、女性のアイデンティティを選んでいることである。それは詩の冒頭と、最後でもそうである。これは、漢字に対抗して、富岡が常にひらがなを使うことで強調されている。

*

「身上話」のナラティヴの声は、詩全体を通して継ぎ目なく一人の語りに統一されているのであるが、実は多くの視座から語られているのである。アブジェクトの対象であるアンチ・ヒーロー、天邪鬼の視座に加えて、私が探究したいもう一つの視座は、「Between（あいだ）」というものである。それは、ナレーターと恋人たちとの間に存在する親密性でもあり、極めてあいまいな空間でもある。少なくとも部分的に定義すると、人と人のあいだの感情的距離は、カップルたちが共存する空間においては親密性に色づけをするが、富岡の詩「Between」のナレーターによると次のように提示される。between にあるその空間は、「あなたがわからない哀しみ」であると。ここで興味深いのは「Between」と「身上話」の両方の詩で、「あなた」と「わたし」の間の距離は、二人を取り巻く社会的距離によって、鏡のようにくっきりと映し出されていることである。ナレーターと恋人たちを取り巻く社会の、固定化したジェンダーへの期待の押し付けを拒否することで、詩「Between」では、彼／彼女は、戦争を拒否するのだ。この詩もまた一九五七年に書かれたが、時は一九六〇年安保反対運動の前夜であった。一九六二年に安全保障条約改定によってアメリカ合衆国の日本占領は終了した。「Between」は、安全保障条約の改定をめぐって国が分断された時、条約条項を受諾することを拒絶する富岡の立場を典型的に表している。それは抗議する学生たちや、労働者組合を左翼に、中立的で平和日本を推進する立場の者を右翼に対立させ、岸信介首相の率いる政府を、多くの人は警察を戦前の警察権力のレベルまで戻そうとしていると見ていた（ベスター〔Victoria Bestor〕）（註12）。富岡は戦争も平和主義も、そのどちらをも拒絶して、「Between（あいだ）」の立場を取り、そのような状況の中で、まるで寝ずの番をするように、警戒を解かずに目を覚まして観察しつづけることが出来るように希望するだけの立場にあったのだ。「戦争ぎらいで／平和主義者でもないわたくし／ただ目を見開いてゆくための努力／その努力しか出来ない哀しみ」

以下にこの短い詩の全文を引用する。

Between

誇ってよい哀しみがふたつある

部屋のドアをバタンと後に押して
　　家の戸口のドアを
バタンと後に押して
　　梅雨の雨で視界のきかない
表通りで

Between

There are two sorrows I pride myself on

After slamming the door to my room
　　behind me
After slamming the door to my house
　　behind me
Because of the rain of rainy season

一日の始まる時
これからどうしよう
これから何をしよう
どちらにも
どちらにしても
味方でも敵でもないわたくし
この具象的疑問を
誰に相談しよう
戦争ぎらいで
平和主義者ではないわたくし
ただ目を見開いてゆくための努力哀しみ
　　その努力しか出来ない

誇ってよい哀しみはふたつある
あなたと一緒にいるわたくし

　　visibility is limited
When the day begins
what can I do
What will I do
Either way
Either way
I am neither friend nor enemy
With whom can I discuss
these concrete doubts?
I hate war
and am no pacifist
Just keeping my eyes open requires
　　such an effort
The sorrow of being able to make only
　　this effort

There are two sorrows I pride myself on
The I who is with you

あなたがわからない
だからあなたが在るのだとわかる
わたくし
だからわたしが在るのだとわかる
わたくし
あなたがわからない哀しみ
あなたがあなたである哀しみ

I don't understand you
And so, the I who understands that you
are here
And so, the I who understands that I
am here
The sorrow that I don't understand you
The sorrow that you are who you are

（『返禮』）

この詩「Between」の最初の一行は、「誇るべき哀しみ」の二つを説明する約束をしている。続けてそれを高度に分析するアプローチをとろうとするのだが、この詩のアクションは、すぐに憤りへと変えられ、ナレーターはドアをバタンと音を立てて閉め外へ出るが、表通りは視野がきかないほどの雨模様だ。それは彼女の憤りの描写でもあるし、梅雨のシーズンの終わりの描写でもあり得る。この詩が沸き起こす激しい感情の高まりは、ナレーターが占める空間「Between」のように曖昧なスペースの、基調となる。こうした何かと何かの間にあるスペースは、何もすることが出来ないというジレンマや痛みをともなう場所として見ることも出来る。なぜならこのナレーターは、戦争を憎みながら、平和主義者でもない。敵でもなく、友人でもない、そんな相手に何も確信は持てない。そして遂には、関係性のパラドックスに捕らわれてしまい、哀しみに満ちた誇りの中心で一緒にいる者とも決して本当には分かり合えないのだ。

この詩のタイトルは、英語で書かれているが、そのことで日本語の意味する「のなかに」とか「の間に」という具象的曖昧さは免れる。だがそれはナレーターが、安保条約のように、問題のどちらのサイドにも全面的につくことができないで、どちらをも拒否するという、彼女の時代の窮状を反映するものなのである。ナレーターはどのように生きてよいか分からず、うろたえるだけでなく、その日に何をすべきかも分からず、その上、そのような疑問を打ち明ける人は誰もいないのだ。それらの疑問は読者にははっきりしないが、語り手にはいきいきと感じられ、原因と結果の論理的レトリックから、自分の不確実性を考えようとし「理解」しようとしているのだ。恋人たちは決して互いに理解しあえない。だから彼らの距離は真実となるのだ。しかし同様に痛みと憤りを感じるのは、なぜかナレーターが自分自身からも分離しているように感じるからである。自己分裂である。「あなたと一緒にいるわたくし」と「だからあなたが在るのだとわかるわたくし／だからわたしが在るのだとわかるわたくし」。詩「Between」では多くのナレーターがその内面から出てきて、個人的な内面の不確定性を公言する。その内面と言う場所は、「個人的体験の不安」だけでなく、戦後の日本の生活の複雑な不確定さをも反映している。太平洋戦争とベトナム戦争という二つの戦争の「between」を語る場所を見つけられない困難さと、日本が安保条約改定の下で、アメリカを支持することが約束として確かなものにされたこととの「between」を語れないことの困難さをも反映しているのだ（註13）。

「身上話」のペルソナが、自分の人生を耳障りな声で執拗に語ったのと同じように、「Between」のストーリーも、ごく個人的なものであり、同時にごく社会的である（政治的とは強く言えないまでも）。さらに自分とボーイフレンドとの関係や、また代わる代わる喜ばせたり反抗したりすることを望む他の人たちとの関係をも語っている。母親、父親、とりあげばあさん、予想屋など、始めの数行で、皆は彼女が男の子として生まれる方に賭けていたが、それらとの関係についてナレーターは語っている。「Between」に見られる高度に主体性を持つスペースは他の誰かとの共有スペースとして考えることは出来ない。そのことを富岡は詩「Between」の中で、哀しみの限りをこめて描いているのだ。「身上話」が提案しているように、たとえそれがどれほど小さなスペースであろうが、誰かとの間、あるいは自分自身との間に、僅かでもスペースを見出すことができたなら、富岡の詩作にとっては、祝い喜ぶべきことになるのだ。「Between」のナレーターとは違って、「身上話」のナレーターは、世の中との関係において、「女の子」の地位に強さを見つけ、また「男の子」としては、恋人との関係において強さを見つけ、「文句を言わせなかった」のだ。カメレオンは周りの環境によって一時的に色を変えるが、彼女もそのように合わせねばならないのであった。だが自分が出会う二つの環境のどちらにも住み、同時にどちらにも住まないということに、最大の慰めと、また変化自在の自由さを得る。彼女としてはむしろ「あいだ」をより好んだのである。実際カメレオンのように、一時的にでも周りに合わせるべきであっても、彼女の周りの者たちが、詩の冒頭のところに見られるように、彼女が男の子に生まれることを望み期待したことに刃向かったのだ。あるいは終わりの方では、彼女のボーイフレンドが女の子になってほしいというのだが、その願いにも逆らったのだ。

詩「Between」が示すように、富岡はナラティヴの声を、異文化間にも置くようにした。世界というステージで、日本が他国から「他者」扱いされることに、日本が非常に敏感であることをこの詩は示している。一方「身上話」は、様々な国の男性を登場させている。不良少年、西洋の作家たち――十五世紀の放浪泥棒詩人のフランソワ・ヴィヨン（François Villon）から二十世紀のわれわれにも馴染みの深いアーネスト・ヘミングウェイ（Hemingway）に至るまで――彼らは一か所に集まってナレーターと、黒いパンツの少女達と共に、日本という東洋の国の独特のリベルタンについて、しみじみと語り合うのだ。日本の国の「リベルタン」のイメージは、日本の国の女性についての歴史を考える時、実に多くの意味をはらんでいる。特に女性の性的奴隷制度の暗黒の歴史、妾制度、芸者制度、そして売買春制度（註14）などを考えれば明らかである。実際、こうして女性の身体は「合法的」に売り買いされ、かの「リベルタン」たちの議論「そして／専ら愛の同時性とかについて／茶化し」あうのを可能としたのだ。日本のリベルタンによって、野放図なセクシュアリティが同時的に動きまわるのを可能にし、同時に彼が多くの愛人を同時に持ちたいという欲望を持っていたことをも示すものであると私は見る。しかしそれでもなお、富岡のリベルタンへの関心の焦点は、必ずしも彼を完全に罪人に定め断罪するでもない。それは富岡が探究するセクシュアリティの複層性を、寛容に受け入れる立場にあったことを示す証拠となり、封建時代の「イエ制度」の中で育った娘の一人として、実際にはそれを追い求めているのだと、私には考えられる。

「身上話」が示すように、富岡の詩では、ジェンダーは決して固定化するようには構築されない。富岡が詩の中で暗示しているように「いつものように、彼女は、強制的異性愛を男女双頭の生き物、どちらも一方のセクシュアリティを有することが出来ない生き物だと茶化して批評した」（『女友達』）。白石かずこが指摘しているように、富岡の詩は、読む人に単純に「レズビアン詩」といったラベル貼りを禁じている（『八十年代の女性詩』）。たとえば「女優」のような一篇の詩において、嫉妬深いナレーターは、恋人の女を誘惑しようと試みて、バイセクシュアリティを披露しているのだ。「身上話」のナレーターが、最後まで女性にも男性にも固定出来ないように、自分の性別を固定せず、ゲイともストレートとも、東洋人とも西洋人とも明らかにしないのだ。富岡の傾向として、伝統的なものごとには反抗するのである。日本は自分で東洋化しようとしているが、日本の伝統的トリックスターの天邪鬼という姿を使って、彼女の立ち位置の「中間性」を、排他的、相互排他的なアイデンティティとしている。それは皮肉というような決して小さなもの、軽いものではない。ナレーターも、詩人も、両方とも逆転的、破壊的で、自在に形を変形させる性質を持つ天邪鬼に代表されるような、トリックスターなのである。富岡の詩が変容させようと求めている歴史的重荷を担う者を描くときに、天邪鬼ほど優れたペルソナはいないのではないだろうか？

〈註〉

（註1）富岡は一九七三年に詩から散文へと移った。モートン（Leith Morton）101. 参照

（註2）筆者は、『富岡多恵子集』（筑摩書房）で荒木の序文を読んだ時、写真は載っていなかったので、写真を見る前に本稿を書いた。

（註3）「女優」は富岡の単行本には収められていないが、一九六二年二月号の『現代詩手帖』に掲載された折に荒木は読んだと言っている。現在は『富岡多恵子集』の中の「未収集作品」の詩のセクションに含まれている。

（註4）「女優」という詩は、富岡のコレクションのどれにも収録されていないが、一九六二年二月号『現代詩手帖』に載っている。それを荒木は読んだと言っており、それが富岡の「未収録作品」の詩のセクションに収められている。

（註5）H氏賞は一九五一年に設立された。設立者は平沢貞次郎氏。受賞年の前年に出版された詩の中から若く優秀な詩人一人に与えられるもので賞金も授与される。

（註6）『男流文学論』（筑摩書房）は「男性文学を議論する」と解釈することができるが、このタイトルは「女流文学」という言葉が、文字通り「女の文学の流れ」という意味を持ち、初期モダン文学において女性の書く文学を「日本の伝統の中での女性性」を定義するものとして扱ってきたことへの反論である。そのバイアスのかかった見方に異議申し立てをするほとんどのフェミニスト・批評家によって、現在「女流文学」という言葉は使われなくなっている。

（註7）富岡はバトラーに先駆けてジェンダー規範に反抗する存在を描いている。バトラーは一九九〇年

の著書で、文化的に定義されたジェンダー規範に同調することに失敗した「不一致」で「不連続」のジェンダー的存在を分析している。バトラーの『ジェンダー・トラブル』は「アイデンティティ」について、体験を描写するというより、理想的規範であるとして、その規範に沿って演じられる「パフォーマティヴ」なジェンダー・アイデンティティを論じている。『ジェンダー・トラブル』pp.23, 173-177参照。

（註8）日本の古典的小説や物語、例えば『源氏物語』などは日本文化の中の女性らしさを謳うことに強く寄与している。そこでは女性たちは、優雅さ、つつましさ、美、あるいは六条御息所のように、嫉妬深い魂にとりつかれた者の見本として描かれている。一方で興味深いことに『源氏』は女性性の要素も強く示している。女性の登場人物には、それぞれユニークな女性的性格がしみ込んでいる。水田は、よりモダンな反物語では、女性の登場人物の性格がそうした伝統的女性らしさに挑戦していることを評論している。

（註9）このエッセイは『富岡多恵子集』第八巻に収められている。ジョーン・エリクソン（Joan Erickson）と長岡慶子による英訳は、レベッカ・コープランド（Rebecca Copeland）編集の『批評される女性：日本女性文学に関するエッセイ英訳』に掲載されている。

（註10）イノウエが提言しているのは、母語というものが「日本独特のもので、想像的過去の原型として中断されることなくずっと継続されている歴史的ルーツであり、同じように伝統的日本女性の原型に必然的に繋がれる」という考えである。イノウエの説得力ある研究の中で、「ある一部の者が母語の文法を、忠実にまた成功裡に用いて、自分たちのアイデンティティを定義づけ、あるいは他の人々からも、母語のオリジナルな使い手であると定義されるので、その所有権を主張するまでに至った。その社会的、経済的、歴史的条件を吟味検証している」とある。イノウエ 2-12参照。

（註11）白石はこの男性性を「富岡の語彙とぶっきらぼうな泥臭さの両方から、富岡の大阪らしいナレーションの特徴である」と描写している。参照：白石『女友達の周辺』：82

（註12）ベスターは、次のことに注目して記している。一九五九年春から一九六〇年夏までに、安保条約反対の市民約一六〇〇万人が街頭デモに繰り出した。ベスターの説明によると、それによって、警察は令状なしに公安と防犯を目的とする家宅捜索と逮捕が可能となるはずだった。ベスターのさらなる説明によると、それは、戦前の一九二五年に成立した「治安維持法」の文言そっくりであり、それを使って日本は、戦前の左翼勢力を阻止し、当時増大しつつあった軍事化反対運動と中国への軍事的進出に反対する運動を阻んだのである。安保反対の市民による抗議デモにより、安保条約そのものではなかったが、岸はこの警察隊の力を強化する草案を破棄した。ベスター（Bestor.）参照。

（註13）グレン・フック（Glenn Hook）は「佐藤栄作内閣は米国の同盟国としての義務があると考え、また沖縄返還を望む意図もあって米国と南ベトナムの戦争を支援し続けることにした」ことに注目し記している。フック Hook 219 参照。

（註14）著書『絞首台への道を省みて：戦前日本における反逆の女性たち』において、羽根幹三は次のような事実をわれわれに思い起こさせている。「都市の人口が増え、農村の貧困は引き続き変わらない状態であった時、娼館へ売られていく少女たちの数は、常に上向きに増え続けてとまらなかった。一九〇四年には、公娼館に捕らわれていた少女の数が四万三千百三十四人だったのが、一九二四年には五万三千三百二十五人に増えていったのだ。日本の近代化にも関わらず、公娼制度は第二次世界大戦が終わるまで続けられていた」羽根 9-10 参照。

《参考文献　Refferance》

Amano jaku. A to Z Picture dictionary of Buddhist Statuary. Accessed 12/12/08. < http://www.onmarkproductions.com/html/shitenno.shtml#jyaki >

Araki Nobuyoshi. "Taeko shô" (Taeko excerpts). Tomioka Taeko shû 1, Shi. (Tomioka Taeko collected works, volume 1: poetry). Tokyo: Chikuma Shobô, 1999. 1-3.

Bestor, Victoria. "The Second Phase of Citizen's Movements and Public Protests."US-Japan.org. Accessed 03/17/09. <http://www.willamette.edu/˜rloftus/ampo.html>

Butler, Judith. Gender Trouble: Feminism and the Subversion of Identity. New York: Routledge, 1990.

Hane, Mikiso, ed. Reflections on the Way to the Gallows: Rebel Women in Prewar Japan. Berkeley: University of California Press, 1988.

Hook, Glenn. Japan's International Relations: Politics, Economics and Security.New York: Routledge, 2005.

Inoue, Miyako. Vicarious Language: The Political Economy of Gender and Speech in Japan.Berkeley: University of California Press, 2006.

Miller, Jane. Who's Who in Contemporary Women's Writing. New York: Routledge, 2001.

Mizuta Noriko. Monogatari to hanmonogatari no fûkei: bungaku to josei no sôzôryoku(A view of monogatari and anti-monogatari: literature and the power of women's imagination.) Tokyo: Tabata Shoten, 1993（水田宗子『物語と反物語の風景：文学と女性の想像力』田畑書店、一九九三年）

Nijû seiki no josei hyôgen (Twentieth century women's expression). Tokyo: Gakugei Shôrin,2003（『二十世紀の女性表現』学藝書林、二〇〇三年）

Morton, Leith. Modernism in Practice: An Introduction to Postwar Japanese Poetry.Honolulu: Hawaii UP, 2004.

"Mr. H Prize (H-shi shô)." Japanese Literary Awards. The Japanese Literature Home Page. Last updated 3-6-09. Accessed 06-25-09. <http://www.jlit.net/reference/awards/awards_a_to_m.html>.

O'Leary, Joseph Stephen. Representing the Other in Modern Japanese Literature: A Critical Approach (review)

Monumenta Nipponica. Volume 62, Number 1, Spring 2007, 131-134.

Robertson, Jennifer. "The Politics of Androgyny in Japan: Sexuality and Subversion in the Theater and Beyond." American Ethnologist 19, no. 3 (August 1992): 419-442.

Shiraishi Kazuko. "80 nendai to joseishi, feminizumu undô to heikô shite" (The parallels of feminism with the eighties and women's poetry). Gendaishitechô. September, 1991. 64-69.

---."Onna tomodachi no shûhen," (The periphery of women friends.) Gendaishi techô.May, 1976. 81-87.

"Tomioka nenpu," (Tomioka chronology). Gendaishi techô. May, 1976. 251-261.

Tomioka Taeko. Henrei (Return gift). Osaka: Sanga shuppansha, 1957.

---. Tomioka Taeko shû 1, Shi. (Tomioka Taeko collected works, volume 1: poetry).Tokyo: Chikuma Shobô, 1999.

---. "Women's Language and National Language." Trans. Joan Ericson and Yoshiko Nagaoka. Woman Critiqued: Translated Essays on Japanese Women's Writing. Ed. Rebecca Copeland. Honolulu: University of Hawai'i Press, 2006, 135-145.

富岡多恵子の詩の世界

富岡多恵子の文学世界——年譜風に

与那覇 恵子

富岡多恵子の詩の世界

1

富岡多恵子は小野十三郎の「短歌的抒情を否定」した詩論『現代詩手帖』（創元社、一九五三年一月）に触発され、詩を書き始める。同時にC・D・ルイスの『詩を読む若き人々のために』にも感銘を受け、繰り返し読む。「二十歳のころから十数年の間、詩を書くこと、詩とはなにかを考えることに、不思議なほど熱中した。」（「『文学的』おいたち記　その二」『富岡多恵子の発言2』岩波書店、一九九五年二月）という。そして大学三年の時、書き溜めていた詩を持って帝塚山大学で教えていた小野十三郎のもとを訪れる。小野の評価もあり、二十二歳で詩集『返禮』（一九五七年一〇月）を自費出版し、翌年H氏賞を受賞する。

『返禮』に収められている「身上話」には、富岡多恵子の詩の、二つの大きな特徴が認められる。「身上話」は行数の異なる七連から成っているが、最初の三連をみてみよう。

身上話

おやじもおふくろも
とりあげばあさんも
予想屋という予想屋は
みんな男の子だと賭けたので

どうしても女の子として胞衣《えな》をやぶった

すると
みんなが残念がったので
男の子になってやった
すると
みんながほめてくれたので
女の子になってやった
すると
みんながいじめるので
男の子になってやった

年頃になって

恋人が男の子なので
仕方なく女の子になった
すると
恋人の他のみんなが
女の子になったというので
恋人の他のものには
男の子になってやった
恋人にも残念なので
男の子になったら
一緒に寝ないというので
女の子になってやった

「インテリのコトバ」ではない日常語で書かれた、難しい言葉が使われていないこの詩の語り口の面白さは、多くの識者が指摘するものである。「～ので」と一呼吸おいた後のすんなりと続く「～た」、その後の「た」「た」「た」と続くリズミカルな文体は声に出して「読む詩」の楽しさも味わわせてくれる。

最初の三連は、一人の「女の子」の出生にまつわる事柄が語られるが、どうやらこの子は親や世間の期待に背くへそ曲がりの女の子として生まれたらしい。そのへそ曲がり感を肯定的に導き出しているのが「ので」という言葉である。「ので」は原因・理由を示し、自然の成り行きで次のような結果が生まれるということを示す助詞だが、同じような意味で使われる「から」に比べて客観的に事態を説明するとされる。因果関係の根拠は弱いにもかかわらず「ので」が使用されることによって、「男の子」になったり「女の子」になったりする「性」の可能性を、読者は自然に受け取ることになる。

しかし、語り口の面白さに比して詩の内容については「語りにくい」とする指摘が多い。富士正晴は「富岡多恵子の詩については中々語りにくいところがある。それが、純潔や、華やかさや、心の高みとかを志向しているものなら語りようがある。もしくは、語りやすい。／しかし、彼女の詩は大へん早口で饒舌であるのに、鈍く淋しい倦怠がそれを蔽っており、澱みというものを感じさせる。ずばずばものをいうが、そのくせ一々が単色ではなく、従ってカラフルなどという言葉は適当でなく、いわば透明色でなくて、濁り色、混合色、不透明色がよどんでいるといった方がまだしも似つかわしいという気がする。だから、実に語りにくい」（「富岡多恵子の詩」『現代詩手帖』一九七六年五月臨増）と、述べている。

この詩では「性」でさえも「単色」ではない。生まれても一つの性別に分類されるのを嫌がり片一方を否定しているように見えるけれど、両方に変容するという観点に立てば男の子にも女の子にも成れる「身体」ということができる。男女二つを併せ持つ「アンドロギュヌス的身体」ではなく、状況に応じて変化する「性」といえようか。一方、文体に関して外山滋比古は「富岡多恵子氏の文体の特色は、多元の統一であり、対立の調和である。対立の調和においてもっとも劇的な形をとるのは男女両性であろう」と述べている。その上で、ヴァージニア・ウルフがシェイクスピアなどの男性作家を男女両性兼備（アンドロジナス）の作家とした例に倣い「話し言葉と書き言葉、共通語と方言、感性と論理、詩と散文、男と女とが豊かに共存する」富岡の文体に「アンドロジナス」（「アンドロジナスな文体」『現代詩手帖』七六年、前同）を感受している。

さて、第四連から話題は突然、変化する。

そのうちに幾世紀かが済んでしまった
今度は
貧乏人が血の革命を起して
一片のパンだけで支配されていた
そこで中世の教会になった
愛だ愛だと
古着とおにぎりを横丁にくばって歩いた

そのうちに幾世紀かが済んでしまった
今度は
神の国が来たと
金持と貧乏人が大の仲良しになっていた

そこで
自家用のヘリコプターでアジビラをまいた
（六連省略）

「血の革命」「中世」「教会」という言葉の後に「おにぎり」と「横丁」が置かれ、時代も場所も「多元」的となる。さらに省略した六連では「バイロンやミュッセやヴィヨンやボードレールやヘミングウェイ」が「東洋の日本と言う国の」「リベルタン」（自由主義思想家）について「議論」し、「専ら愛の同時性とかについて／茶化し合った」のである。この部分について黒川創はヴァージニア・ウルフの『オーランドー』を連想する人々がいるかもしれないと指摘している（「解説　富岡多恵子の土地」『富岡多恵子の発言2』）。エリザベス朝から二十世紀に至る三百数十年間を、男から女へ、女から男へと転生を続けていったオーランドー。彼女（彼？）は「過去の経験のいっさいを、敢然と、悔いることがないのだ」という。まさに語り手でもある「女の子」と重なるだろう。最後の七連は、次のようになっている。

おやじもおふくろも／とりあげばあさんも／みんな神童だというので／低能児であった／馬鹿者だというので／インテリとなり後の方に住家をつくった／体力をもてあましていた／後の方のインテリという／評判が高くなると／前に出て歩き出した／その歩道は／おやじとおふくろの歩道だった／あまのじゃくは当惑した／あまのじゃくの名誉にかけて煩悶した／そ

こで／立派な女の子になってやった／恋人には男の子になり／文句をいわせなかった

この詩で書かれている言葉は、従来の詩の言葉のイメージからはずれている。室井光広は、富岡の小説が「『男ことば』を揶揄し、日常言語から遊離した『むずかしい言葉』の解体をもくろみ、（略）男によって書かれてきた『女』像、ステロタイプとしての『女』像を異化させる」（「コトダマキーパー調書―富岡多恵子の場合」『群像』一九九〇年十月号）と指摘している。室井は、富岡の小説の女性について述べているが、この詩の「女の子」にもあてはまるだろう。しかもこの「あまのじゃく」は単純に人の言に逆らって片意地を通しているだけではない。風俗的な性の役割に挑戦しつつ〈マットウな道〉にはきちんと対応する毅然とした態度を持っている。「立派な女の子」とはそういう意味であろう。

「身上話」では両性の可能性を毅然と語る人物が表現されているが、「Between―」には、

誇ってよい哀しみがふたつある／／部屋のドアをバタンと後に押して／家の戸口のドアを／バタンと後に押して／梅雨の雨で視界のきかない表通りで／一日の始まる時／これからどうしよう／これから何をしよう／どちらにも／味方でも敵でもないわたくし／この具象的疑問を／誰に相談しよう／戦争ぎらいで／平和主義者ではないわたくし／ただ目を見開いてゆくための努力／その努力しか出来ない哀しみ（後略）

と、どちらかに属せない「哀しみ」もうたわれている。黒川創は富岡のエッセイや小説の表現に対して「時事に触れる問題をも時流の〝合言葉〟によらず、自身の生理につらなる言葉でたぐりよせて語ろうとした」「けっして白黒の分明なものではなく、イエスとノーとの思考が絡みあう糸のように折り重なりながら、あれこれと際限なく続いていく」(「解説　スタインの顔」『富岡多恵子の発言5』一九九五年五月)方法と指摘しているが、それは「庶民」と「インテリ」、「日常のコトバ」と「文学のコトバ」に引き裂かれつつ詩を書き続けた詩の方法ともつながっているだろう。

2

〈あまのじゃく〉な詩人富岡多恵子の逆説的表現なのか。『返禮』の最後に置かれている詩は全七十五行の「はじまり・はじまり」である。最初の十二行は、次のようになっている。

はじまり・はじまり

なんでもええから反対せなあかん
この旗もって

もう出掛けな遅過ぎる
あんたには
えらい待たされた
あんたの雄弁はようわかった
ゆうべの雷で決心はついたやろ
あんたいうたら
あれもわかれへん
これもわかれへん
なにもわかれへん
なにもあれへん

「はじまり・はじまり」が詩集の最後に置かれるというのも、最初の一行「なんでもええから反対せなあかん」という表現にも語り手の現行の制度に対する否定的な立場を表明する毅然とした態度が感じられる。

富岡は「詩をかいてしまえば他に云うことはもうない。かいた詩がわからないと云われてもわかると云われても、そうですか、と気のない返事をするだけである」と語っているが、その示唆するところを、詩はどのように読まれても構わない、という意味でとらえてもよいだろう。例えばこの詩を「反対」や「旗」というコトバに着目し、なおかつ書かれた当時の世相の文脈に即し

て読むなら安保闘争などのイメージが浮かんでくるかもしれない。詩の最後は、

あれもわかれへん
これもわかれへん
なんにもわかれへん
なんにもあれへん
そやから私は出掛けてる

はじまり　はじまり

と、終わる。

「わかれへん」ところから物事は始まる。何もわからないけれど、とにかく「私」は反対するために出掛ける。「わかれへん」こと、すなわち納得できないからこそ「反対」するのだ。そこからしか物事は始まらない、というメッセージが伝わってくる。

三連目は「もう私は出掛けてる／おかあちゃんに／我等の貧乏の結婚のために説得し／兄弟には無智を演説し／友達には気狂の定評を徹底し／恋人には負けんようにし／お前さんには／このように出掛けてることという必要もある」となっている。ここには置かれている状況に「無智」な周りの人々を啓蒙する「私」の姿も読み取れる。

しかし、また別な読みも可能であろう。たとえば「あんた」は、「私」を啓蒙する政治的人物かもしれないが、「コトバ」のシンボル化と見做すこともできるのではないだろうか。富岡は「現代という時代にあっては、おおむね、コトバは日常生活に伝達の道具としての必需品か、或は意味が限定された、あらゆるなにかを名づけた形骸である」（『歌・言葉・日本人』草思社、一九七二年三月）と見做している。「あんたには／えらい待たされた／あんたの雄弁はようわかった」には、すべてを名づけ形骸化したコトバへの弾劾が感じられる。形骸化したコトバには「なにもあれへん」のだ。「そやから＝だから」、「私」は「コトバ」を見つけるために「出掛けてる」ということになる。

ところで、小野十三郎は『返禮』の「序文」で「彼女の詩には、どの詩にも明確な主題が欠けている。むしろ主題喪失の状態で、八方に拡散するイメージに身を任せ、何か決定的な観念のようなものが、前方か後方にあらわれて、詩が一つの方向を持とうとすると、自らその方向を拒否し、善意がきざすとできるだけ意地悪くなろうとし、また自己形成が行なわれようとすると、それを本能的に解体させてしまうような操作を無意識的にやってのける」と指摘している。

小野の指摘を敷衍して考えてみると「あんた」は「私」を形成してきたコトバ（「私」のなかにも存在する常識や既成の観念）の比喩ともいえそうである。富岡は、言語、コトバの表現としての詩とはどのようなものなのか、行分けをすると詩になるのかといった形式へのこだわりなど、詩のイメージに対する強い抵抗感を持ちつづけていた。富岡の詩はその根本を問い続けながら書かれてきた。それはもちろんコトバそのものを思考することであった。富岡は次のように述べる。

「伝えるコトバに詩があり、表現したつもりのコトバに詩のない場合もあった。人間の発するいかなるコトバも詩である神話の時代はすぎていた。その神話の時代にコトバをかえすことはできないけれども、詩を書くためにだけあるかのごとくに使われているコトバを、人間のコトバに奪いかえすことはできる。コトバの意味による意味の限定をくりかえし、概念規定をくりかえし、そのコトバで想像力の世界になにかを見るか、或いはつくり得ると信じてきたその思い上がりを考えることはできる。」（「詩と散文の距離」『回転木馬はとまらない』読売新聞社、一九七二年九月）。詩の道具と化したコトバを人間のコトバに奪いかえす詩の「はじまり・はじまり」なのである。

一方、この詩の面白さの一つは大阪弁の語りにもある。コトバには文字の形、意味、音（響き）の要素がある。文字を眼で読むというより文字を聞く、浄瑠璃を聞いてきた体験が詩のコトバ、音に生かされているともいえよう。大阪語のイントネイションを知らないものにも、ある一定のリズムを感受させる。

3

富岡は、様々な詩表現に挑戦しているが、全一五一〇行からなる長編詩「物語の明くる日」は「半分オートマティスムを意識」（「月報7」『富岡多恵子集1』筑摩書房、一九九九年四月）したと語っている。どのようなことなのか。まず、最初の十九行をみていく。

物語の明くる日

きみの問はなにか

きみはいまお気に召すまま
きみはいま好みのまま
きみの記憶もお気に入り
きみはつねに鼻をならし
きみはつねに声色をつかい
きみはたいてい
となりのにんげんの肩に顎をひっかけ
きみはつねに
こころゆたかにはいせつする
きみはたしかに塔の上から放尿する
きみにもさいわいの時がきた
かなたの塔で女がしゃがむ

きみはそれを見ていない
きみは女を見ていない
きみは下から見ていない
そう
きみはいまお気に召すまま

ここで「きみ」を〈ことば〉の、あるいは〈詩〉の比喩として読むことは可能である。もちろん語っている（書いている）〈私〉を批評するもう一人の私、〈私〉の中の他者と見做すこともできる。一行目の「きみの問はなにか」は、読者の、コトバの、書き手の、まさに〈問題点〉は何か、それを明らかにせよと迫る。そのコトバの根源を問うような恐ろしい問いを置いて、次に「きみは」「きみは」と畳み掛けるようにコトバとコトバを使うものたちが「好みのまま」に「ゆたかにはいせつ」してきた、つまり「語り・表現」してきた状況が展開されていく。さらに二五〇行辺りには、

それで／きみは無関係であろう／なにから無関係であろうと／長い手紙のように重なり／きみはますます雄弁になるのだった／羞恥の物語をかたるごとくに――／女の脚のあいだで／表情は変化してゆくので／きみに疑問は残されない／だからきみは／ただ／ことばを聴くよりほか／なにもすることがない

と、今は語る（書く）段階ではなく〈ことばの声〉を聴く段階なのだという断定がなされる。それはまさに何ものによっても限定されない「ことば」の原初的な声を聴く、ということであろう。しかもそこには潜在的に〈聴き手（相手・他者）〉の存在が強く意識されている。「なにもすることがない」から二行空いて、聴き手を意識した「あたし」の物語が次のように始まる。

なんてざまだろ／生まれたてのあたしが大笑いする顔／あたし／このあたしひとをだまして／いちばんおいしいもの／いちばんたくさんたべる／あたし／あたしおとうさんの秘蔵っ児／それであたしの果実はくらい／あたしのおかあさん／びんぼうばかりして／お豆腐ばかりたべてきて／それであたしに変化した／それでおかあさん／ヘビのぬけがら／それであたしは／ひとりぼっちのおばあさん

語る（書く）主体である「あたし」は、「あたし」を聴き手に理解させようとさまざまにカタっていく。その次の連では「手持無沙汰なのよ／でも／あんたのウィークエンドを／せんさくするには／もう明日はゆううつな月曜日／いまさら／土地のはずれのお話でもないでしょ」と、聴く主体の「あんた」が登場する。だが、どうやら「あたし」と「あんた」はすれ違っており、続いて「オマエ」と「オレ」、「おまえとおれ」という語る主体と聴く主体が登場するが、これら二人称と一人称も交錯することがない。さらに次の連には、わたしはてんさいであったので／あなたにはかなわないと／おもっていました／あなたもそうおもっていました／あなたはおもっていない／あなたはにくんでにくんで／にくんでそのあとどうなりました／わたしはいつでもいます／からいつでもいらっしゃい／あなたはまんぞくしてから／ゆっくりしになさい

と語られる「わたし」と「あなた」もすれ違い、出会うことがない。

富岡多恵子は、コトバと出会い、〈詩〉を紡いでいくことの困難さを、意味的には同一でありながら表記と音はまったく異なる日本語の人称代名詞を繰り出して展開する。「ことばなしには生きていけないし、ことばは生命のリズム」（『西鶴のかたり』岩波書店、一九八七年七月）と考える富岡は、「ことばが本来もっている力（コトダマとか霊力）」を、多種多様なニホンゴたちに語らせることによって取り戻そうとする。この時期盛んに詩を書いていた富岡は、いま書いている場所から抜け出よう、違った場所にいこう、と考えていたという。一五一〇行とは、「トコトンやってみればわかるのじゃないか、どこかへ抜け出して行けるのではないかという気持」から生まれたのである。

前述したように富岡はこの詩について「半分オートマティスムを意識」したと語っている。オートマティスムは自動書記あるいは自動記述と訳されているが、半ば眠っているような朦朧とした意識状態、あるいは常軌を逸した高速の状態で絵や文章をかいたりする芸術活動の一つの方法である。第一次大戦後にフランスの詩人アンドレ・ブルトンは、シュルレアリスム（超現実主義）に則った新しい芸術活動「シュルレアリスム宣言」を行なう。オートマティスムは、そのブルトンの詩の実験の一つであった。そこには日常生活では意識化されにくい無意識の世界、意識下の世界が出現されると考えられている。つまり超現実とは現実の真実を映し出す「過剰な現実」ということになる。一〇〇〇行目あたりの「きみの顔は／恥毛のない少女の陰部」という表現は、まさに顔の猥雑さを表現したシュルレアリストの絵画を髣髴させる。

イメージの喚起と切断を繰り返しつつ洪水の流れのように繰り出されるコトバの群れ。過剰に散乱するコトバの群れのなかで「話すよりしかたありません」、「あなたとのこと／あなたとの対話」を。そしてどこかで（「物語の明くる日」では最後の部分だが）「おお／なんたる優雅。／なんたる幽玄。／今夜おいでなさいまし。／たかまる胸。／ふるえるおもい。／恋のうたかた。／きぬぎぬなるぞかなしき。」とつぶやく「人間のコトバ」に出会うのかもしれない。

われわれは、すくなくともわたしは、詩というパターンに或るあきらめをもっていた。詩という形式に、詩はないかも知れぬといういぶかりはもっていた。詩をかくことは恥をかくようにかんたんにいかなくて、コトバを使えないことであった。詩はコトバを使ってつくられるものでありながら、詩をかいていくことはコトバをかんたんに使えないオキテを学ぶことであった。人間の叫びは無効にされることを知っていたから、コトバを識るものは叫ばない。いいかえれば、詩は、コトバを求めるものにコトバへの絶望を知らせていった。

（「芸術というイレモノ」『ニホン・ニホン人』思潮社、一九六八年六月）

ここには詩という場に〈詩〉が存在しないことの絶望を知った者が、その絶望を自覚的に見据える地点から詩のコトバに出会おうとする意志がみえる。『物語の明くる日』は、そのような地点から紡ぎだされたコトバたちである。それはまた『近松浄瑠璃私考』（筑摩書房、一九七九年一一月）で、近松の登場人物の喋りについて語った「喋り言葉によってくり返される無駄、辻褄の合わぬ理屈、あちこちへ飛ぶハナシの脱線、ひとりよがりの詠嘆等は、その喋る内容という事実の拡散そのものが、真実への収斂を目ざし、喋る人間の真実を造形する場合がある」という思いと重なる。庶民の「闇からもれる言葉」も「過剰な現実」を映す。

4

コトバに徹底的に向き合った富岡多恵子は、ある意味で詩のイメージに則った端正な第四詩集『女友達』（思潮社、一九六四年十一月）を刊行する。そのなかの「静物」全文は、次のようになっている。

静物

きみの物語はおわった
ところできみはきょう
おやつになにを食べましたか
きみの母親はきのう云った
あたしゃもう死にたいよ
きみはきみの母親の手をとり
おもてへ出てどこともなく歩き
砂の色をした河を眺めたのである
河のある景色を眺めたのである
柳の木を泪の木と仏蘭西では云うのよ
といつかボナールの女は云った
きみはきのう云ったのだ
おっかさんはいつわたしを生んだのだ
きみの母親は云ったのだ
あたしゃ生きものは生まなかったよ

永坂田津子は「ここには知覚の額縁によって切りとられた（抽象された）日常の風景がある」と指摘した上で、しかし「『コトバ以上の世界』を〈内風景〉として出現させている」（『隠喩の消滅』審美社、一九九四年十二月）と驚きを述べる。詩の到達点の達成ともいえようが、「あたしゃ生きものは生まなかったよ」というコトバと「静物」というコトバのアイロニカルな響きが示すように、しかし富岡はこの地点で止まらなかった。日々再生を繰り返すコトバという「生物」とさらに向き合うのである。それが最後の詩集となる『厭芸術反古草紙』（思潮社、一九七〇年七月）である。そのなかの「はじめてのうた」は次のように語られていく。

土地は西の方にあった／わたしのふたりの血族／わたしはかれらのうしろから／西の方をのぞいた／大きな川があり／その堤防のしたに／ひくい軒の家が／たてつづけにあり／背のひくい男と女が／たてつづけに／背のひくいコドモを／うみつづけた／（略）

一人称の語る「わたし」は、主体としての「わたし」を確認するかのように出自をまず語っていく。しかし「わたし」は、「わたし」の出自を断ち切ろうともする。

わたしは／コトバをほしいと思わない／わたしは／きみを殺したいだけである／わたしのコトバで／そして／この希望のみえすいたウソ／／堤防のしたの／ひくい土地の／土のくぼみに／繁殖した／梨色の世界／そこの辻で／わたしはねむり／そこの便所で／たべすぎたもの

を吐いた／そしてときには／布をつくる工場のわきで／ヒトとヒトが交接するのを／見物した／海からのひびき／瓦のように割れる土地で／おびただしい／コドモがうまれ／おびただしい洪水があり／そこは／いつも暑かった／流されたひとびとは／またすぐにもどってきて／コドモはひしめいていた／終らない土地／発生の部屋で／わたしのチチオヤという／ひとりのオトコは／やっとこさ／死んでくれた

ここでは出来事が淡々と語られていくだけである。コトバは直示として機能しており比喩的なイメージは剥ぎ取られているかのようである。この詩集に収められた詩は、読むための息づかいに留意した「朗読用」（「月報7」前同）の詩だという。聴き手を強く意識したコトバの世界である。詩という形式を抜け出した、語りものとしての詩。だからそれはある意味で「モノ・カタリ」にならざるを得ない。永坂田津子は「生きている人間の呼吸がもつフシやユリで語りを試みようとした」「敢えて名づけるとすれば〈呼吸語り〉ともいうべきコトバ」（「〈呼吸語り〉から〈生き語り〉へ」『隠喩の消滅』）によって創作が始められていると指摘する。しかしそのコトバは日常語のリズムをどこかで拒んでいるところもあるという。そこは富岡のいうところの素人が語るコトバと玄人の語るコトバの相違を見せつける「芸」の差ということになろうか。

一方、藤井貞和は、言葉のイメージを拒否した詩に「ひしめきあっている」「ハナシ・モノガタリ」には「文楽」の地「大阪」と、しかしそれだけでなくそこに内在している「言語の異郷」（「話題から主題へ」『現代詩手帖』一九七六年前同）を読み取る。この「異郷性」に引きつけていえば土地のなかに潜在する言語の異郷と詩に内在する言語の異郷は、語りに身をゆだねることのなかでしかその異形の相貌をかいまみることが許されないのだ。連続性はふいに断ち切られ、とらえられることを拒みつつも陸続として繰り出されてくるコトバの重なり、うねり、躍動、そこに力みなぎるコトバの異郷にして故郷があるのだろう。詩に触れた時の異郷性こそが詩の姿であり、コトバの源であり、カタリを駆動させるモノなのであろう。異郷性に触れた富岡のコトバは、しかし「詩にアイソ」をつかし、「〈呼吸語り〉」から「にんげんの〈生き語り〉」を綴る散文小説で展開されていく。『丘に向ってひとは並ぶ』（中央公論社、一九七一年十一月）が、富岡と小説の最初の出会いとなる。

※詩の引用は『富岡多恵子詩集』（思潮社、一九七三年十月）による。

《初出》
「富岡多恵子」『展望　現代の詩歌　第3巻　詩Ⅲ』明治書院、二〇〇七年五月

《参考文献》
『富岡多恵子の発言　全5巻』（岩波書店、一九九五年一月〜五月）
『富岡多恵子集　全10巻』（筑摩書房、一九九八年十月〜一九九九年七月）
『富岡多恵子詩集』（現代詩文庫、思潮社、一九六八年十一月）
『新選・富岡多恵子詩集』（現代詩文庫、思潮社、一九七七年十一月）

『富岡多恵子』（『現代詩手帖』臨時増刊　思潮社、一九七六年五月）
清岡卓行「富岡多恵子の詩」（『文学』一九六七年七月）
永坂田津子『隠喩の消滅』（審美社、一九九四年十二月）
八木忠栄「富岡多恵子」（『現代詩の鑑賞１０１』新書館、一九九六年九月）

富岡多恵子の文学世界——年譜風に

*富岡多恵子の足跡を『現代詩文庫15・富岡多恵子詩集』（思潮社、一九六八年十一月）の「略歴」や、エッセイ集『青春絶望音頭』（文化出版局、一九七〇年九月）、『富岡多恵子の発言　全5巻』（岩波書店、一九九五年一月～五月）の「「文学的」おいたち記」、『富岡多恵子集　全10巻』（筑摩書房、一九九八年十月～一九九九年七月）の「月報」などを引用・参照しつつ追っていきたい。

1　生まれた土地と環境——一九三〇年代～

富岡多恵子は一九三五（昭和10）年七月二十八日に大阪市西淀川区（現・此花区）伝法町で、父富岡寅男と、母小うたの長女として生まれた。二人の弟、勝嗣（一九三八年生）と昌弘（一九四六年生）がいる。一九四一年に、伝法幼稚園に入園。しかし一月程でやめる。十二月八日に太平洋戦争が始まる。四二年に伝法小学校に入学する。

富岡は自身の生まれた頃のことに関して「父親のそのときの商売は古物商、即ち鉄のブローカーであり、商いの才能は、あった。家のなかには、女中さん、ボンさん（小僧）、朝鮮人の番頭、それに、わたし専属の子守りのおばはんがいた。近所はだいたい製麻会社の職工、馬力ひき、小商売人、アンコ（日傭いの肉体労働者）であったから、小銭の融通がきく、成金的商人というのがわたしの最初の環境である」と語っている。さらに「母親のコウタは尋常小学校を二年か三年までしかいっていない。このひとは変体仮名のいろは四十八文字を書き、多少の漢字を読むことができる。父親トラヲは、高等小学校を出ていて、大きな力いっぱいの文字を書き」と述べ、知的階級ではない〝庶民〟の環境で育ったことを強調する。「わたしが生れて金儲けの運が」つき、「わたしはチヤホヤの蝶よ花よで」育てられた。

「略歴」は三十三歳の時に発表されたものであるが、富岡がよく語る大阪人の「恥じらい」の感覚が諧謔的に表現されている。富岡の最初の小説「丘に向ってひとは並ぶ」（一九七一年『中央公論』六月号）を収めた中公文庫の「解説」で、多田道太郎は「愛想のない」「親切でない文体」「センサク好きの読者をつきはなす文章」だと語っているが、「略歴」では読者を楽しませようとするサービス精神が感じられる。

一九四四（昭和19）年、九歳の時、学童集団疎開で、大阪府北端の能勢山中の寺に送られる。八月、兵庫県明石に弟とともに縁故疎開。伝法町の実家は、軍需工場に近いという理由で取り壊された。十月、家族全員で「箕面の桜井という高級サラリーマン部落」へ移る。箕面小学校に転校。伝法町から桜井への転居で、住む土地によっての生活環境や文化環境の相違に気づかされていく。

学校の宿題で日記を書くように言われたが、日記をどう書くのか知らず「奇妙な恥かしさを覚え」たこと。「同年輩の女の子たちはたいていオルガンやピアノ」を弾き、トランプやカルタ、ジェスチュアで遊び、小公子やハイジ、ダルタニアンなどの本の内容も知っていたが、多恵子は知らず「コドモの遊びにさえ無智だった」という。家には本というものがなく子供の時に童話も読んだことがなかった。「小説の話なんてするひとはいないばかりか、そんなふざけたものをよんでいるヒマがあったらヒルネでもしていた方がいいとするひとたちばかり」で、小学五年生頃に最初に読んだ小説は、戦災にあった親戚が持っていた小島政二郎の『人妻椿』であった。中学生になり本を読んで感動しても、それを家族や周りの親類に隠さなければならない感じがしたと語っている。それは「かれらの『生活のことば』にわたしが太刀打ちできなかった」からだというが、つまり当時すでに小説の観念的な世界と、現実の具体的な世界との相違に思い至っていたけれど、その相違を語る「ことば」を持っていなかったということだろう。

一九四五（昭和20）年八月十五日、敗戦。父親は伝法町の隣の高見町の「元のドブ川部落に鉛の鋳物工場をつくって、その親分になって」いた。四八年に箕面中学校（現・箕面市立第一中学校）に入学。一九五一（昭和26）年、大阪府立桜塚高等学校に入学。多恵子が中学から高校の頃、父親は家を出て「大阪のヤミ市近辺に恋人と住」むようになり商売も不安定になった。家にはほとんど帰らなかったというが、競馬に娘を誘いにくることがあり、時には父親と一緒に競馬場に通うこともあった。そのため多恵子は残された家族の生活費を父親から得るため「母親と父親の文使いではなくコトバの使いとなり、コトバをおぼえる必要があった。コトバのないヒトからコトバのないヒトへコトバを伝えねばならない。学校で習ったコトバや本でおぼえたコトバは、このひとたちには役に立たぬ」現実を思い知らされていく。

中学生の頃から親に隠れて小説を読む。高校に入学して『チボー家の人々』『風と共に去りぬ』『嵐が丘』などのベストセラー小説を濫読するようになる。当時、「文学少女」という言葉が生きていたが、高校生の多恵子は「ブンガクが少女のものであるとは思えなかった」という。その頃の読書は「常に、ココロに謀叛を秘めているのを、だれにも気づかれない」読み方であった。五九歳の多恵子は「『読書』がチチハハの言葉世界と対立し、かれらがそれに敵意をもっているのを」「察知」し、「『学校』や『読書』によってわたしの得つつある、或いは得たばかりの『知的』な言葉や知識は、ハハの生活者としての体験の言葉」によって、「あっけなくねじ伏せられる。それはほとんど、十代のわたしには凌辱のような感覚として受けとめられていた」と記している。十代の頃から現実生活のコトバと観念世界のコトバの乖離を何とか埋めたいと考えていたのであろう。

2　詩の世界へ――一九五〇年代〜

一九五四（昭和29）年、三月に桜塚高等学校を卒業し、大阪府立大阪女子大学英文科に入学。小野十三郎の詩論『現代詩手帖』とイギリスの詩人C・D・ルイスの『詩を読む若き人々のために』に触発されて詩を書き始める。大学三年の時、書き溜めた詩を持って帝塚山女子短大に出講中の小野十三郎を訪れ、交流が生まれる。小野は当時の富岡は、詩の入門書の本を読む段階を卒業して「興味はもっと隠密な次元で私に詩を書かせるものはなにかというところに来ていたのではないか」（「富岡多恵子の「歌の訣れ」」『現代詩手帖』一九七六年五月臨時増刊号）と語っている。

また、国立大学で西洋の宗教哲学を学んでいたかつての知り合いと偶然出会い、彼の影響で西洋の哲学にふれ聖書も読むようになる。その男友だちとの会話を通して「観念の世界から現実の世界を見おろすのではなくて、わたしにはどうしても具体的な現実を自分を通して抽象したところでしか観念の世界へいけなかった」自分に気づく。この頃は、現実と観念とが両立した世界を、どのように表現するのか。一つの方向性が見えてきた時期といえよう。

一九五七（昭和32）年十月、小野の紹介により最初の詩集『返禮』（山河出版社）を五百部自費出版する。翌年、大学を卒業。卒業論文は「D・H・ロレンスの詩」であった。『返禮』でH氏賞を受賞する。初めての女性の受賞ということで話題になる。この年の六月から私立清風高校の英語教師として就職するが、体調を崩して一年半で辞める。『砂に風』（文芸春秋、一九八一年十月）には、この教師の体験とこの頃知り合った池田満寿夫との関係が、江見子とタケゾーという登場人物に託されてユーモアと皮肉を交えた筆致で描かれている。小野の勧めで牧洋子や長谷川龍生などがいた詩誌『山河』に参加。

ところで、詩集を出すにあたり多恵子は、その費用十万円を別居中の父親に要求した。詩集について何も知らない商売人の父親は「なんの商売でもモトデがいる、十万円ぐらいのモトではんまにいけるのか」といい金を出してくれた。『返禮』はH氏賞を受賞して三万円の賞金を得るが、父親は「もう三万円のモトがとれたか、とよろこんだ」という。一九五九（昭和34）年九月、詩集『カリスマのカシの木』（飯塚書店）を刊行。

一九六〇（昭和35）年、池田満寿夫と駆け落ち同然に上京、八年間生活を共にする。生活のために池田は版画の豆本（春画）を刊行。富岡も作業を手伝う。その過程で、豆本作りに生死をかけるほどの情熱を示す版元の男性に刺激され、後にその男性をモデルに人間の〝表現欲〟〝表現本能〟の在り処を追究した『壷中庵異聞』（文芸春秋、一九七四年十二月）を執筆。何かに取り憑かれたように行動し表現する者に対する興味と好奇心は、自身の創作の〝位置〟への探究と相俟って近松門左衛門、室生犀星、中勘助、井原西鶴などの創作の原動力に迫った評論集で展開されていく。

一九六一（昭和36）年十月、長編詩『物語の明くる日』を自家出版し、室生犀星詩人賞を受賞する。この頃、言葉を意味の拘束から解き放つこと、詩がいかに意味から独立して自立できるかを思考する過程で、「遠いものの連結」あるいは「相反するものの結合」を提唱していた西脇順三郎の詩論に刺激され頻繁に交流し、詩を書き続ける。『女友達』（思潮社、六四年十一月）、『富岡多恵子詩集』（思潮社、六七年九月）、『厭芸術反古草紙』（思潮社、七〇年七月）の詩集を刊行し女性詩人の中心的存在となる。七三年十月、全詩集『富岡多恵子詩集』（思潮社）を刊行。七四年四月には評論集『さまざまなうた　詩人と詩』（文芸春秋）を刊行。室生犀星、宮沢賢治、中勘助、山之口貘など、十二人の詩について詩人の具体的な生活の場を掬い取りながら、それぞれの詩の方法と言葉が論じられている。

一九六五（昭和40）年七月、リュブリアナ国際版画ビエンナーレ展に入賞した池田満寿夫と共に渡米。マンハッタンに十ヵ月間滞在する。水田宗子の企画によりエール大学で、翌年はケイト・ミレットの企画によりコロンビア大学でポエトリー・リーディングを行う。ガートルード・スタインの詩に惹きつけられていた富岡は、既に「ガアトルゥド・スタイン詩抄」（『現代詩手帖』六四年四月号）を訳出していたが、水田宗子の計らいによりエール大学に保存されていたスタインの原稿などを見ることができ、小説『三人の女』（筑摩書房、一九六九年十二月）を翻訳した。富岡は「スタインは言葉と文学に対してたえず挑戦的に新しい方法を実験したひと」で、「すでに限定されている言葉の意味を信じないで文章を書きつづけていく」ので、「意味が言葉によって限定されるまでコンマをつけられない」それゆえ登場人物たちの会話は「人間の認識が文法通りでなく、人間の知覚と感情の流れで言葉が使われて」おり、「その呼吸は、人間の呼吸であり、そこに息苦しいかなしみのリズムが感じとれる」（「解説」『三人の女』中公文庫、七八年十月）と語っている。まさに富岡自身の小説の方法にも通底するものである。

六六年、ニューヨークからイギリス、フランス、西ドイツ、ユーゴスラビア、イタリアなどを回り、七月に単身帰国。六八年に池田満寿夫と別れる。

3　多様な表現とコトバの世界――一九六〇年代～

一九六〇年代から七〇年代の富岡多恵子は詩を書くだけでなく、「ゲイジュツ」の意味を知りたいという欲求もあり、様々な表現媒体と関わっていく。一九六八年、篠田正浩監督の映画『心中天網島』のシナリオを共同執筆。その後も篠田監督映画『札幌オリンピック公式記録映画』『卑弥呼』『練習帆船日本丸』『鑓の権三』などのシナリオにも関わる。七四年一月、「〈シナリオ〉卑弥呼」とシナリオを書く過程で派生した「〈小説〉ヒミコと呼ばれる女」、さらに映像と言語に関する私見を展開した「〈エッセイ〉映像のための言語―体験的に―」を収録した『ヒミコと呼ばれる女』（新潮社）を刊行する。

さらに表現者への関心は深く、横尾忠則、磯崎新、唐十郎、一柳慧など、美術・建築・演劇・音楽・造形・舞踏・映像に携わる十三人の作家とのインタビューを雑誌に連載。七〇年十一月に『行為と芸術』（美術出版社）として刊行。『虚構への道行き』（思潮社、七六年五月）は清岡卓行、田村隆一、小島信夫、福田善之、実相寺昭雄など十二人との対談集である。多田道太郎との『ひとが生きている間』（草思社、七四年七月）、西部邁との『大衆論』（草思社、八四年七月）、武智鉄二との『伝統芸術とは何なのか』（学芸書林、八八年十一月）、佐々木幹郎との『「かたり」の地形』（作品社、九〇年十月）などの対談集も刊行。対談集は、表現者の「思考の方法」を知りたいという欲求から生まれている。多くの表現者との対談で時代を見る眼を培った富岡は『写真の時代』（毎日新聞社、七九年一月）では、絵画表現とは異なるアートとして登場した「写真が、時代のコミュニケイション、および表現のメディアになる」可能性を論じている。

また『ひとは魔術師』（毎日新聞社、八六年六月）では、演歌・歌舞伎・落語・マジック・相撲・映画・サーカスなどに見られる芸能の持つ「霊力」に焦点をあて「霊力を生きるのに必要としてきた人間の闇」を浮き彫りにした。そしていまだ形をなさずに人間の内部に渦巻いている一種の〝表現の闇〟ともいうべき表現欲にも注目した。小説でその闇は、「坂の上の闇」(『芻狗』講談社、八十年九月所収)では大量殺戮として、「芻狗」(前同)では儀式のあとに遺棄される性として捉えられている。

七三年三月には戯曲『結婚記念日』が俳優座により公演される。全戯曲集『間の山殺し』(作品社)を八一年二月に刊行。また七三年には、自作の詩の朗読会を開催し、七七年には自作詩十二編を歌ったLPレコード『物語のようにふるさとは遠い』(作曲坂本龍一、ビクター)を発売し、コンサートも開いた。富岡は詩を書くだけでなく、それをよみ、うたい、一方では自分の書いたコトバが舞台や映像で話される過程に立ち合って、さらなる人間の言葉による表現形態を追究していった。その言葉追究の軌跡は『ニホン・ニホン人』(思潮社、六八年六月)、『厭芸術浮世草紙』(中央公論社、七〇年五月)、『歌・言葉・日本人』(草思社、七二年三月)、『回転木馬はとまらない』(読売新聞社、同年九月)、『言葉の不幸』(毎日新聞社、七六年三月)、『詩よ歌よ、さようなら』(冬樹社、七八年十一月)、『近松浄瑠璃私考』(筑摩書房、七九年一月)などで辿ることができる。

『歌・言葉・日本人』では、歌謡曲の歌詞から日本人の意識を論じて、人間の内部にぬきがたくある「コトバの階級意識」が問題にされている。一般に歌謡曲と詩では詩を上にみる傾向がある。つまり「書かれないコトバ、書くことができないコトバよりも、書かれたコトバの方が階級は上に扱われ」「日常のコトバよりも概念語の方が身分は高い」と思われている。しかし「書くという行為を通しての詩を考えてきた人間として、わたしの内にあったかもしれぬコトバの階級意識は、書くことでそれをつきくずす契機を与えられ、コトバの詩を考える必要が、どうしても、書かれないコトバ、書くことができないコトバへ興味を向けてきた。わたしはどんなコトバもこの世に何かの縁であらわれたのであるから、えらいコトバもあかんたれのコトバもあるように思われず、話されるコトバ、歌われるコトバが、いつも自分の書くコトバへ反省をせまった」のだという。

一方で富岡は、母を中心とした言葉環境にも向き合ってきた。多恵子は幼い頃から、母親の兄が働いていた京都の南座で、母親と一緒に歌舞伎・文楽・新派・新国劇などに親しんでいた。『仕かけのある静物』（中央公論社、一九七三年四月）、『冥途の家族』（講談社、七四年六月・女流文学賞受賞）、『動物の葬禮』（文藝春秋、七六年二月）、『当世凡人伝』（講談社、七七年四月、「立切れ」で川端康成文学賞受賞）などの短編集に描かれていく庶民の生活感覚や愛憎関係には、これらの舞台劇の影響も見逃せない。

母親は、芸に対する一定の見識をもっており、その批評は辛辣だった。「わたしが詩を書きはじめて、ゲイジュツなんてコトバをうっかりこのヒトにもらすと、なにをチョコザイな、親のスネかじっていてゲイジュツもへちまもないやないかと笑われ、芸もないくせに芸術なんてちゃんちゃらおかしいと鼻であしらわれる始末だった」（「父親と母親―タテの関係、ヨコの関係」『青春絶望音頭』）。「無学」ではあったかもしれないが、生活に根ざした場所から「ゲイジュツ」に関して一家言をもつ人々の存在を富岡は母親を通して知っていった。「書かれるコトバ、つくられるコトバのいちばんこわい相手は人間の現実である。いや、コトバでつくられるものだけでなく、今までひとが芸術と呼んできたものは、人間の現実と太刀打ちしなければならなかった」（「詩と散文の距離」『回転木馬はとまらない』）といった認識は、母との日々の生活から生まれたものであろう。

六九年六月に画家菅木志雄と結婚。

4　散文・小説の世界へ——一九七〇年代〜

富岡は詩から散文に向かう道筋を、「人間のやさしいコトバや無知なコトバ」を蹴落とし「人間やモノの声に耳をふさいで」いる詩のコトバに疑問を持ち、「詩を書くためにだけあるかのごとくに使われているコトバを人間に奪いかえすこと」、「散文小説への興味と必要は、わたしの場合詩の行と行の間に落とされたコトバをひろうことではじまった」（「詩と散文の距離」）と語っている。詩から小説への移行は、作家自身の内部の「コトバの階級意識」を解放することであり、「コトバがなまはんかに意味の健康にみちみちて、伝達の意味の世界を再現する」（「詩の言語と詩の空間」『ニホン・ニホン人』）ことを許さず、意味の鎧を剥ぎとったプリミティブな意味での言語を人間のコトバに奪いかえすことであった。

そして「散文で、評論とか論文とかではなく、ナニカを書いていこうと思ったのは、ウラミを少しでも晴らしたいと思ったからで」、そのウラミの対象とは「わたしのまわり、わたしが生れる前にもわたしのまわりにいたヒトたちの、わけのわからなさ」「そして、わけをわからなくしてきている、なにかもっとわけのわからぬもの」（「ウラミ・ノヴェル」『言葉の不幸』）という。多恵子のまわりにいた「コトバとか知識とか、連帯によって、自分のいいたいことのかけらもいえないひとたち」の「わけのわからぬ」「ウラミ」を表現する手段として小説が選ばれたといえようか。

　初めての小説「丘に向ってひとは並ぶ」（『中央公論』一九七一年六月号）には、この世に生を受けた原初的な人間がわけが分からないまま生まれ、生活を営み、子孫を残していく姿を人々の日常を通して描くことで、まさにヒトが存在していることの「わからなさ」が表現されていた。ウラミの対象は明確には「地唄の三味線が響いている世界、浄瑠璃が聞えてくる世界、それから義理人情の世界、親子が深くかかわり合っている家族制度のなかの陰湿な世界」（『西鶴のかたり』岩波書店、一九八七年七月）という前近代である。

　富岡は自分自身の「わからなさ」を明らかにすべく、自分と両親との関係を軸にした〝私小説〟的な小説「子供芝居」「窓の向うに動物が走る」（『仕かけのある静物』所収）、「冥途の家族」「餓鬼の晩餐」「極楽通り極楽番地」（『冥途の家族』所収）、「斑猫」「女の骨」（『斑猫』河出書房新社、七九年十月所収）などで、感情を抑制したシニカルな筆致で表現している。両親との世界を描くことについては、「わたしが父親を書くのも、たんにエレクトラ・コンプレックスっていうんじゃなくて、彼らの生きてた無知蒙昧な庶民のもってる前近代性のばかばかしいいやらしさとすばらしさを、自分の中で克服しないと、とうていハイカラな詩のところまでいけないという気がしてきたわけね」（「事実から虚構へ」『虚構への道行き』）と語っており、富岡は自身の内部にもぬきがたくある前近代性への憎悪と親愛感を強く把握しようとする。対象を冷静に見つめる眼の確かさが全編にあふれている。

さらに『動物の葬禮』、『当世凡人伝』、『斑猫』など短編集には、「日本語という言語そのものの持つ、伝統的で因襲的な〝語り〟の節やリズム」（川村湊「解説」『冥途の家族』文芸文庫）が生かされている。とくに「斑猫」には庶民のタテマエ的発想とホンネの世界が、富岡多恵子独特の大阪弁を基調とした話し言葉の文体で見事に表現されている。また、富岡作品に頻出する「コトバ」「ゲイジュツ」「ヒト」「オンナ」などのカタカナ表記は、既成の意味に覆われた言葉から解放されたコトバを指し示す方法の一つである。カタカナ表記も無意味な意味に覆われた言語からコトバを解放する試みである。

コトバの考察は、人間の「表現欲」「表現本能」の考察に繋がる。そこに焦点を当てたのが『壷中庵異聞』である。豆本作りに生死をかけて情熱を燃やした男を描いたこの作品には、「現実と、物を創る仕事のどちらを特に重いとも思わない」と考える作者らしき語り手が登場して、表現する者と表現された物の関係性を追究していく。富岡多恵子の表現者としての姿勢を明確にした作品でもあった。『三千世界に梅の花』（新潮社、八〇年九月）は、大本教の教祖出口なおをモデルにして、人間の原初的な表現本能の萌芽を鋭く抉った小説である。ここには五十七歳まで自己表現の言葉をもたなかった女性が神の言葉を聴き、人間のコトバを獲得していく経過をヒトの歓喜と共に描きつつ、書かれた小説においても人間の発声や、歌う、語られるコトバのリズムや響きが表現されている。
『三千世界に梅の花』で富岡多恵子は、極貧の中で学ぶ機会もないまま、ただひたすら飢えないための生活を維持するためにだけ生きてきた奈於という女性を通して、〝自分の言葉〟を生み出した女を描いた。奈於は文字も知らぬ無知な女として、五七年間を送ってきたが、二人の娘の発狂をきっかけに、神がかりとなって、世の中を告発する言葉を発するようになる。しかし周囲の者は、奈於を気違い扱いして誰もその話を理解しようとしない。語っても理解されることのない言葉は、奈於の内部で新しい表現を求め、誰も読めない文字となって噴出する。

奈於のもつ筆の先からほとばしり出てくる文字、その文字にこもる言葉は、神さんの声にひきずられるようにして自分の中に閉じこめられていた声が出てきたものだった。夜毎にあげていた大声は、虚空に消え去ったのに、文字は奈於の目の前に残っていた。ところで、奈於は自分の耐え忍んできた生活の中の具体的な景色をすてていた。貧困によって背負った、さまざまの屈辱は、砂の粒のように何事もかたちづくらなかった。奈於の絶望と直感は、砂の粒には目もくれず一気に三千世界という抽象世界を見ることができた。文字を書くというはじめての体験は、直感で見た抽象世界から、もう一度、自分のいる屈辱の世界を眺める驚きであった。

ここには具体的な世界から、抽象的な観念世界を獲得したヒトがいる。具体的な日常生活だけしか知らなかった奈於（ヒト）は、想像と創造の世界を感知して〝外部〟を発見し、さらに自らが創造的存在であることも認識するのである。奈於の言葉は最初の表現者の常として誰にも読めないものであったけれど、その言葉こそが世界を変えていく力であり、奈於が生きていることの証であった。奈於は出口なおをモデルとしているが、「前近代性」を持ちつつ「前近代性」を超えようとする表現者（作家）のメタファといえるだろう。

5　批評と小説世――一九七〇・八〇年代～

一九七〇年代の富岡多恵子は、ユニークな文明論・女性論を展開していた。エッセイ集『わたしのオンナ革命』（大和書房、一九七二年二月）や『ボーイフレンド物語』（講談社、七五年二月）、『女子供の反乱』（中央公論社、七六年一月）では、制度の変革によって変化した女性の位置と状況に鋭い考察の眼を向け、男女関係、夫婦・親子・家族関係の問題が、軽妙な語り口でありつつ辛辣に問われていく。批評と小説は表裏一体をなし、『わたしのオンナ革命』で問われた「女がコドモを生む理由を失った」現在も「人間がつづいていく」「なにかわけのわからぬ、おおきな空間と時間へのコワサ」は、血の繋がりのない家族を成立させる制度の在りようとして『イバラの燃える音』（吾八ぷれす、七四年一月）で小説化された。

産む性としてのオンナ性を強調する女性の意識に対しては、『植物祭』（中央公論社、七三年十一月、田村俊子賞受賞）で、子を産んだ親であるという事実をたてに、母親の存在を強制する女の論理、母親の「愛」の恐ろしさを、「魔女」と表現して嫌忌した。ここでは子にとって親とは何か、さらに親の愛の呪縛から逃走しきれない子の意識も問われている。

「冥途の家族」のショーちゃんや「環の世界」（『芻狗』所収）の新太は、何か揉め事が起きると「『まあいいよ、そのうちになんとかなるよ』」の精神で責任を逃れ（最も責任があるなどということを考えてみたこともないのだけれども）、どうしようもなくなると母親に頼るのである。夫や父親という役割は当然のこと、恋人としての男の自覚もない。水田宗子氏が指摘するように「不毛な日常に自滅を覚悟して果敢にいどむのでもなく、女の許に意味を持ち帰るのでもない精神のない男たち、知性の欠如を純粋と錯覚しては母親の乳房にいつまでもしがみついている男たち」（『ヒロインからヒーローへ』田畑書店、八二年十二月）である。

富岡多恵子は八〇年代以降も社会的な一般通念からの発想の転換を読者に強要するかたちで、作品を発表していく。特に過激に表現されるのは男性像で、従来の「男らしい」というイメージを徹底的に破壊していく。富岡は、先述した母の胎内で閉塞し続けようとする幼児的なショーちゃんや新太を通して、「ヒト」と「ヒト」との対等な関係をなしくずしにし、役割を持つオトナになれない男の「不気味さ」を描いた。一方、『芻狗』では、男と女の性関係が従来の男上位の発想を逆転させて、男は女の性処理のために祭りの後で燃やされてしまう「わらの犬（芻狗）」となる。

『芻狗』の語り手「わたし」は四十代の女性で、若い男の子と「性行為」をするのが好きである。「わたし」が男の子たちと「関係」をもつのは「よく知りもしないかなり年のいった女が誘ってきて、金も出さず、恋愛でもないのに性行為をした、ということで、若い男性の中に得体の知れぬ小さな暗い空間が生じて残るのを」「ひそかに期待」しているからである。「わたし」の企みは、彼らの日常にひびを入れることなのだ。そこにはまた、読者の関係意識さえも変換してしまおうとする作家の〝悪意〟も隠されている。

作家の〝悪意〟は、世間に流通している安全な言葉や慣用語が支配している世界に安住する男の登場する『波うつ土地』（講談社、八三年六月）でも発揮される。作家の分身ともいえる「わたし（共子）」の醒めた観察者の視線が、その男の棲む世界を抉りだす。

共子は偶然知り合った男に「『私的』な日常や考えがコトバによって出現し、そのことで感覚や感情をコトバが表現し」「コトバ自体が楽しみ」「ひかる」「一瞬」の言葉の交流を期待したのであったが、ことごとく裏切られる。男は「うちの大蔵大臣」とか「ご主人の理解」とか「石けんで洗ったばかりみたいな清潔なにおいのする女のひと」とか、「カラッポの慣用語」、紋切り型の言葉でしか反応しない。共子は、男の俗見に風穴をあけようと皮肉や攻撃的な言葉を仕掛けるが、男は自分の属する「規準」の世界以外の言葉には黙して語らず、「規準」から決してはみださない。ついに「コトバのない砂漠」である男とはコトバで会話が交わせないと認識した共子は「性交」という会話を求める。

わたしはほとんど、男に人格的興味はもっていない。わたしがその時必要としているのは、性的会話に必要な、ひと握りの男の身体の一部分である。陰茎と呼ばれるモノは、わたしのなかでふくらんで広がる。そのモノによってなだめられている気はしても、モノの向うの男の存在になだめられているわけではない。

精神性を有した「ヒト」として男と関わることを断念した共子は、「ヒト」である動物となって男（陰茎）に向き合うしかない。具体的なモノに満足する動物に「コトバ」が不要なのは当然だからだ。『水獣』（新潮社、八五年十一月）では〝オトナの男〟という枠、夫・父親という役割にのっかった男の「不気味さ」が「水の中に棲むケモノ」のような「ヌルヌル」の存在として嫌悪感と拒絶感とともに表現されている。「遠い空」（『遠い空』中央公論社、八二年七月所収）では、「コトバ」のない「性交」だけを求める「男」も描いていた。もちろん「母親」とか、何かの「役割」にこだわり依存する女も、富岡多恵子の小説では忌むべきものとして扱われている。

作家の〝悪意〟は、登場人物たちの生と生の意識の間に深い裂け目をつくる。裂け目そのものを体現しているのが男に「人格」を期待できなくなった「わたし」であり、共子である。彼女たちは富岡多恵子の小説の中で、観察者の視点を与えられ「いちばんいいのは、生まれていなかったことじゃないか」（『波うつ土地』）と、〝生のニヒリズム〟を主張する立場を担わされている。彼女たちの語りは、この現実の在りようを様々な角度から展開して見せ、無意識に生きている読者の日常に懐疑を起こさせる働きをしているのだ。

富岡多恵子の作品において、最初に生のニヒリズムを直観していたのは「イバラの燃える音」のタカシであった。タカシは孤児という「普通の世界」からは疎外された存在であった。だが、世の中のシステムに居心地の悪さや違和を感じ取るのは、女性のほうがより強いと考える作家の認識の変化だろうか。その後、この認識を有する者は女性になった。しかし、現代社会のシステムが女だけでなく、多くの疎外者を生み出していることの指摘は、エッセイ集『藤の衣に麻の衾』（中央公論社、八四年五月）や『表現の風景』（講談社、八五年九月）で展開されている。

一九八八年一月から十二月まで、月に二度『朝日新聞』に「文芸時評」（『こういう時代の小説』筑摩書房、八九年四月所収）を掲載した。「時評」では、活字として読まれるものとして創られてきた小説の「言葉」が、音声として読まれ始めることになったカセット・ブックをとりあげ、書かれる言葉の表現の行方が問われたり（「『小説』のカタチはどうなるか」）、商品化されていく言葉に無頓着なままに作品を発表している書き手が問題とされたり（「詩歌——呪術的な『実用』の喪失」）、「今のふだん着の言葉感覚」が「適度に流れていく」小説が読者に受け、作者もそれに同調している状況が問われたり（「真面目の旗色が悪い」）されている。作家として容認できない小説の方法が、逆説的に述べられていた。

すでに書かれてある小説だけでなく、音楽・映画・マンガ・コピーなど、あらゆるメディアで通用する「言葉」を無意識になぞっていると思われる小説と、その作者に批判の眼を向けていた。つまり社会システムの内部に安住し、その内部で書いていると富岡多恵子が考える、たとえば俵万智、吉本ばなな、小林恭二、山田詠美（一定の留保もつけている）などの作家が批判された。とくに批判の矢面に立たされたのが高橋源一郎である。富岡は「小説言語の『内輪』化」（八八年六月二十七日）で、『優雅で感傷的な日本野球』をとりあげ、「『小僧寿司』荻窪店」「『サーティ・ワン』西荻窪駅前店」など、現在流通している固有名詞の多用を、「この手の、良くいえば『親密な』サークルだけに通じる符号性をアテにした言葉で書かれる文章は、いかに自由な口語体に見えはしても、音声、意味ともに周縁にひろがろうとする言葉の機能を自閉させる。言葉を傷つけるほどに言葉との情交もないまま気軽にどんどん喋っていけるのだ」と攻撃した。

それに対して高橋源一郎は「『内輪』の言葉を喋る者は誰か」（『朝日新聞』八八年七月十四日）で、「『内輪』以外の、どんな世界の『内輪』にも属さない言葉があるだろうか」と述べたうえで、自分は現代詩が行ってきた、「『内輪』の言葉によって『内輪』の言葉を超えていこう」とする試みを、小説で試みようとしているのであり、「自分が帰属している世界（あるいは言葉）への無関心が人を『内輪』へ閉じ込めてしまうなら、思いきって『内輪』に徹してみる」ことで、「『内輪』を破る瞬間を招きよせられはしないだろうか」との発想から小説を書いているのだとして反論した。

ここには富岡多恵子と高橋源一郎の差異というよりも、言葉の使い手である者の「言葉」に対する態度の共通性のほうが強い。にもかかわらず高橋源一郎の方法が、「『内輪』の言葉」によって「内輪」を超えていこうという発想、つまり言葉（小説）をシステム（制度）内部に還元してしまうという方法を取る限りにおいて、おそらく富岡多恵子とは大きくずれる。富岡多恵子の批判は、高橋源一郎に代表される若手の作家が、「引用」というポスト・モダンの発想から生まれた方法を、ある意味無自覚に使用して作品を生み出していることへの苛立ちであろうか。富岡多恵子の小説には、「関係」「性交」「人妻」「情事」などの記号となってしまった言葉にカギカッコがついていることが多い。そしてその使い方が庶民の生活感覚を表すときに〝ピッタリ嵌まっている〟と感受できる個所に置かれていることに、「内輪の言葉を使って内輪を超えよう」とする作家の意思が感じられる。どれも「コトバ」にこだわる富岡多恵子の、習慣的思考への鋭い批評方法の一つなのである。小説が「芸」になってしまうことを拒否する姿勢（『こういう時代の小説』）も、その一環である。感傷性を排除した乾いた文章は、文体を彫琢すまいという意思から生み出された文章の方法であろう。

一九九二年一月に刊行され、大きな話題になった上野千鶴子・小倉千加子との鼎談『男流文学論』（筑摩書房）も、無自覚に信じられてきた男性作家の文学評価軸に異議を唱えたものだったのである。

6　新たな文学の地平へ――現在まで

『波うつ土地』や『水獣』には、血の繋がりを求めずにはいられないヒトの不可思議さ、「結婚制度」のなかの人間関係の不可解さが鮮明に描かれていた。この世界への違和感から、この世界のしくみを逆手にとった〝別の世界〟を生み出そうと考える女性が生まれても不思議ではない。『白光』（新潮社、一九八八年一月）のタマキは、そのような志向をもった女性で、「血のつながらない家族」の建設を目指している。

タマキは「世間」の中で結婚していたこともあり、二人の子供もいた。だがいつの頃からか一切の過去を捨てて「川から拾ってきた」山比古（現在二十二歳）とヒロシ（十七、八歳）の三人で、「性的な要求だけを特別扱いするのもいやだから、フツーにやりたい」「なにもかも好きなように」するという共同生活を送ってきた。彼らの住んでいる場所は町から離れた山の中で、「上の村」からは「川」（「世間の中」と「外」を分ける記号。荒井とみよ「母子姦ユートピアの明日――富岡多惠子『白光』をめぐって」『新潮』八九年五月号参照）の「こちら」側である。タマキは「ここは世の中じゃあないんだ」と考えている。タマキらの場所に、二十年前タマキと「恋人」だった「わたし（島子）」と、赤ん坊と赤ん坊の父親を置いてきた美容師のルイ子が参加する。

「血のつながらない家族」の発想は、「あたしは、やろうと思ったことはやっていくんだから。せっかく生きているのに、一回しか生きられないのに、いやだよ、つまんない世間の約束のためにつぶされてしまうのは」と考えるタマキの「世間の常識は不要だ」との思いから生まれた。

そこでまず試みられたのが「男が女のためにのみ性的に行為する」ことである。男に尽くす女という、長く続いてきた性役割の逆転を求め、次いで性役割の流動化を求めていく。タマキは山比古を息子とも恋人としても扱い、「死ぬまでには赤ん坊を生むつもりだ」とも考えている。生殖行為の相手が山比古で子供が生まれたら、山比古は「父親」にもなるのだ。そしてそのタマキの遣り方は山比古にもヒロシにも受容されている。だがタマキのユートピアは、経済的な問題と外部との接触によって破綻してしまう。しかし、この〝家族実験〟の成り行きを見守っていた作者の分身ともいえる語り手「わたし」には、タマキが「全宇宙を味方にし」て、新しい世界が展けてゆくようにも見えたのである。

「わたし」は、「たとえ『血がつながらない』としても『家族』には疑いをもっている」『芻狗』の「わたし」や、『波うつ土地』の共子に連なる視点人物である。「わたし」は「どこにいてもいい。いつもぼんやりと、暖かい土地に住みたいと思ってきたが、なにがなんでもそうしたいというわけでもない」と常に考えている。だがタマキたちの共同生活が破綻するまで逃げ出しもせず、一年間も居続けた。それは、「わたし」にとってそこが「暖かい土地」、つまり〝生まれてきてもいい場所〟だったからではないだろうか。タマキは短い期間だったにせよ、「わたし」に「外の世界」を感じさせたのである。

『白光』は最終的に破綻したとはいえ、既成のルールを一切排除した共同体の可能性、新たな家族の形を一瞬垣間見せたのである。

富岡多恵子は「人間のもつ暗闇」を注視してきた作家である。人間の抱える性の闇は家族の関係と切り離すことはできず、表現者の表現への欲求も心の闇と切り離すことはできない。一九八〇年代以降は、『室生犀星』（筑摩書房、一九八二年十二月）、『漫才作者 秋田實』（筑摩書房、八六年七月）、『中勘助の恋』（創元社、九三年十一月、読売文学賞）、『釋迢空ノート』（岩波書店、二〇〇〇年十月、紫式部文学賞、毎日出版文化賞）、『西鶴の感情』（講談社、二〇〇四年十月、伊藤整文学賞、大佛次郎賞）、契沖や橘曙覧らを描いた『隠者はめぐる』（岩波書店、二〇〇九年七月）、安藤礼二との対談集『折口信夫の青春』（ぷねうま舎、二〇一三年六月）などを刊行。表現された作品や伝記的事項を詳細に分析することで表現者の「闇」を浮き彫りにした。

大阪の話し言葉の掛け合いで展開される漫才の魅力を『漫才作者　秋田實』で確認した富岡は、『逆髪』（講談社、一九九〇年三月）では演者を登場人物にしてその世界に魅了される者たちを描く。自らの実生活を題材にしながら漫才を見せる姉妹のカタル芸を通して一人称的世界と三人称的世界の混沌を浮かび上がらせつつ、血縁を超えた関係性の可能性にも言及しており、富岡の追究してきた言葉とテーマが合致した作品である。

紀行文、評伝、小説といったジャンル分けされる〝文学の言葉〟にこだわってきた富岡は、それらを混在させた『ひべるにあ島紀行』（講談社、一九九七年九月、野間文芸賞）を刊行。『ひべるにあ島紀行』は言語の表現ジャンルをさまざまに編み込んだ、富岡の最高傑作といえる〝小説〟である。

語り手の「わたし」が愛読書であるスイフトの『ガリヴァー旅行記』やシングの『アラン島』に導かれつつアイルランドの島々を訪れていく「旅行記」の側面。『ガリヴァー旅行記』の作者スイフトの生涯を、出生の謎、ダブリンのセント・パトリック大聖堂の首席司祭という地位、アイルランドに対するイングランドの圧政を諧謔的に風刺した匿名のアジ文章家、女友達ステラとの奇妙な友情関係をもつ男、という多面性を文献を紹介しながら追った「伝記」の側面。そしてこの小説の眼目である「伝記」や「物語」が創出される背景をめぐる「書くことの批評理論」の側面。さらに「わたし」がアイルランドに触発されて生み出した「ナパアイ国」物語も挿入されている。「わたし」の分身らしき少年ケイが訪問するナパアイ国は、歪んだ鏡に写った日本や沖縄をイメージさせる。

ナパアイ国の日常語はナパアイ語で、公用語は英語、そして「書き言葉」は歴史や伝統と断絶した中立言語エスペラント語という。富岡は書く行為における「国のことば」(母国語)と「女のことば」(母語)に意識的で、明治以降に体系化され書かれてきた日本語に居心地の悪さも感じ続けてきた。ナパアイ国の言語環境は、「女のことば」(母語)をないがしろにしてきた日本近代の貧しい文学状況への辛辣な批評となっており、「コトバ」に関する富岡の集大成ともいえる。「大津事件異聞」という副題のついた『湖の南』(新潮社、二〇〇七年三月)は、『ひべるにあ島紀行』に連なる日本を舞台にした明治と現代をつなぐ歴史〝小説〟といえる。

なお、ヨーロッパを巡る旅のエッセイに河野多恵子との共著『嵐ヶ丘ふたり旅』(文藝春秋、八六年六月)がある。アイルランドは鶴岡真弓の案内も含めて一九九一年以降、三度訪れている。小説『水上庭園』(岩波書店、一九九一年十月)では、フィクションの中に一九六〇年代から一九八〇年代にかけての作家富岡多恵子らしき人物の〝外国〟との接触の足跡を読むこともできる。エッセイ集『大阪センチメンタルジャーニー』(集英社、一九九七年八月)と『難波ともあれ ことのよし葦』(筑摩書房、二〇〇五年二月)では、距離を置いた大阪と作家の関係性に触れることができる。

富岡多恵子・著作目録

【単行本】

ニホン・ニホン人　１９６８（昭43）・6　思潮社
三人の女＊　１９６９（昭44）・12　筑摩書房
厭芸術浮世草紙　１９７０（昭45）・5　中央公論社
青春絶望音頭　１９７０（昭45）・9　文化出版局
行為と芸術　１９７０（昭45）・11　美術出版社
丘に向ってひとは並ぶ　１９７１（昭46）・11　中央公論社
わたしのオンナ革命　１９７２（昭47）・2　大和書房
歌・言葉・日本人　１９７２（昭47）・3　草思社
キューバ・ポスター集＊　１９７２（昭47）・6　平凡社
回転木馬はとまらない　１９７２（昭47）・9　読売新聞社
結婚記念日　１９７３（昭48）・2　新潮社
仕かけのある静物　１９７３（昭48）・4　中央公論社
植物祭　１９７３（昭48）・11　中央公論社
ヒミコと呼ばれる女　１９７４（昭49）・1　新潮社
イバラの燃える音　１９７４（昭49）・1　吾八ぷれす
冥途の家族　１９７４（昭49）・6　講談社
ひとが生きている間＊　１９７４（昭49）・7　草思社
壷中庵異聞　１９７４（昭49）・12　文芸春秋

ボーイフレンド物語　1975（昭50）・2　講談社
九つの小さな物語　1975（昭50）・12　大和書房
女子供の反乱　1976（昭51）・1　中央公論社
動物の葬禮　1976（昭51）・2　文芸春秋
言葉の不幸　1976（昭51）・3　毎日新聞社
虚構への道行き＊　1976（昭51）・5　思潮社
当世凡人伝　1977（昭52）・4　講談社
どこ吹く風　1978（昭53）・5　思潮社
詩よ歌よ、さようなら　1978（昭53）・11　冬樹社
写真の時代　1979（昭54）・1　毎日新聞社
近松浄瑠璃私考　1979（昭54）・1　筑摩書房
さまざまなうた―詩人と詩　1979（昭54）・4　文芸春秋
兎のさかだち　1979（昭54）・6　中央公論社
斑猫　1979（昭54）・10　河出書房新社
芻狗　1980（昭55）・9　講談社
三千世界に梅の花　1980（昭55）・9　新潮社
少女たちの桜通り　1980（昭55）・11　読売新聞社
間の山殺し（戯曲）　1981（昭56）・2　作品社
「英会話」私情　1981（昭56）・9　日本ブリタニカ
砂に風　1981（昭56）・10　文芸春秋
砂時計のように　1981（昭56）・10　中央公論社

遠い空　1982（昭57）・7　中央公論社
近代日本詩人選11「室生犀星」　1982（昭57）・12　筑摩書房
波うつ土地　1983（昭58）・6　講談社
はすかいの空　1983（昭58）・9　中央公論社
藤の衣に麻の衾　1984（昭59）・5　中央公論社
大衆論＊　1984（昭59）・7　草思社
うき世かるた　1984（昭59）・12　毎日新聞社
表現の風景　1985（昭60）・9　講談社
水獣　1985（昭60）・11　新潮社
ひとは魔術師　1986（昭61）・6　毎日新聞社
嵐ヶ丘ふたり旅＊　1986（昭61）・6　文芸春秋
漫才作者　秋田實　1986（昭61）・7　筑摩書房
富岡多恵子の好色五人女　1986（昭61）・10　集英社
西鶴のかたり　1987（昭62）・7　岩波書店
白光　1988（昭63）・1　新潮社
伝統芸術とは何なのか＊　1988（昭63）・11　学芸書林
こういう時代の小説　1989（平元）・4　筑摩書房
とりかこむ液体　1989（平元）・11　筑摩書房
古典の旅9「とはずがたり」　1990（平2）・1　講談社
新家族　1990（平2）・2　学芸書林
逆髪　1990（平2）・3　講談社

「かたり」の地形　1990（平2）・10　作品社
水上庭園　1991（平3）・10　岩波書店
男流文学論＊　1992（平4）・1　筑摩書房
雪の仏の物語　1992（平4）・6　中央公論社
少年少女古典文学館18「近松名作集」　1992（平4）・9　講談社
中勘助の恋　1993（平5）・11　創元社
矩形感覚　1993（平5）・12　朝日新聞社
大阪センチメンタルジャーニー　1997（平9）・8　集英社
ひべるにあ島紀行　1997（平9）・9　講談社
釋迢空ノート　2000（平12）・10　岩波書店
白光　2001（平13）・5　新潮オンデマンドブックス
西鶴の感情　2004（平16）・10　講談社
難波ともあれことのよし葦　2005（平17）・2　筑摩書房
湖の南　2007（平19）・3　新潮社
隠者はめぐる　2009（平21）・7　岩波書店
ト書集　2012（平24）・8　ぷねうま舎
折口信夫の青春＊　2013（平25）・6　ぷねうま舎
私が書いてきたこと　2014（平26）・10　編集グループSURE

【詩集】

返禮　1957（昭32）・10　山河出版社
カリスマのカシの木　1959（昭34）・9　飯塚書店
物語の明くる日　1961（昭36）・10　自家出版
女友達　1964（昭39）・11　思潮社
富岡多恵子詩集　1967（昭42）・9　思潮社
厭芸術反古草紙　1970（昭45）・7　思潮社
富岡多恵子詩集（全詩集版）　1973（昭48）・10　思潮社

【全集】

富岡多恵子集（全10巻）　1998（平10）・10〜11・7　筑摩書房
富岡多恵子の発言（全5巻）
①性という情緒　1995（平7）・1　岩波書店
②詩よ歌よ　1995（平7）・2　岩波書店
③女の表現　1995（平7）・3　岩波書店
④闇をやぶる声　1995（平7）・4　岩波書店
⑤物語からどこへ　1995（平7）・5　岩波書店
現代詩大系6　1967（昭42）　思潮社
現代の女流文学7　1975（昭50）　毎日新聞社
筑摩現代文学大系97　1978（昭53）　筑摩書房
日本の詩27現代詩集㊂　1979（昭54）　集英社

昭和文学全集29　1988（昭63）　小学館
女性作家シリーズ15　1999（平11）　角川書店
川端康成文学賞全作品1　1999（平11）　新潮社
日本文学全集28　2017（平29）　河出書房新社
〈新編〉日本女性文学全集　10　2019（平31）　六花出版

【文庫】

富岡多惠子詩集　1968（昭43）　現代詩文庫
植物祭（解＝佐伯彰一）　1975（昭50）　中公文庫
青春絶望音頭（解＝三木卓）　1975（昭50）　角川文庫
丘に向ってひとは並ぶ（解＝多田道太郎）　1976（昭51）　中公文庫
冥途の家族（解＝松原新一）　1976（昭51）　講談社文庫
新選富岡多惠子詩集　1977（昭52）　新選現代詩文庫
壺中庵異聞（解＝田中美代子）　1977（昭52）　集英社文庫
ニホン・ニホン人（解＝谷川俊太郎）　1978（昭53）　集英社文庫
回転木馬はとまらない（解＝外山滋比古）　1978（昭53）　中公文庫
三人の女＊　1978（昭53）　中公文庫
厭芸術浮世草紙（解＝山本明）　1979（昭54）　中公文庫
仕かけのある静物（解＝飯島耕一）　1980（昭55）　中公文庫
当世凡人伝（解＝川村二郎）　1980（昭55）　講談社文庫
女子供の反乱（解＝糸井重里）　1981（昭56）　中公文庫

詩よ歌よ、さようなら（解＝八木忠栄）　1982（昭57）　集英社文庫
兎のさかだち（解＝鴨居羊子）　1982（昭57）　中公文庫
斑猫　1982（昭57）　河出文庫
わたしのオンナ革命　1983（昭58）　女性論文庫
ボーイフレンド物語（解＝横尾忠則）　1983（昭58）　講談社文庫
「英会話」私情（解＝多田道太郎）　1983（昭58）　集英社文庫
さまざまなうた—詩人と詩（解＝稲垣達郎）　1984（昭59）　文春文庫
砂に風（解＝磯田光一）　1984（昭59）　文春文庫
砂時計のように（解＝上野千鶴子）　1985（昭60）　中公文庫
遠い空（解＝津島佑子）　1985（昭60）　中公文庫
うき世かるた（解＝ねじめ正一）　1987（昭62）　集英社文庫
波うつ土地・芻狗（解＝加藤典洋　案＝与那覇恵子　著）　1988（昭63）　講談社文芸文庫
近松浄瑠璃私考（解＝松井今朝子）　1988（昭63）　ちくま文庫
表現の風景（解＝秋山駿　案＝木谷喜美枝　著）　1989（平元）　講談社文芸文庫
当世凡人伝（解＝佐々木幹郎　案＝水田宗子　著）　1993（平5）　講談社文芸文庫
室生犀星　1994（平6）　ちくま文芸文庫
冥途の家族（解＝川村湊　年＝八木忠栄　著）　1995（平7）　講談社文芸文庫
富岡多恵子の好色五人女（解＝安田富貴子　鑑＝荒川洋治）　1996（平8）　集英社文庫
男流文学論（解＝斎藤美奈子）＊　1997（平9）　ちくま文庫
「とはずがたり」を旅しよう——古典を歩く9　1998（平10）　講談社文庫
中勘肋の恋　2000（平12）　平凡社ライブラリー

漫才作者秋田實（解＝朝倉喬司）　２００１（平13）　平凡社ライブラリー
ひべるにあ島紀行（解＝川村二郎　年＝著者　著）　２００４（平16）　講談社文芸文庫
動物の葬禮・はつむかし――富岡多恵子自選短篇集（解＝菅野昭正　年＝著者　著）　２００６（平18）　講談社文芸文庫
釋迢空ノート（解＝藤井貞和）　２００６（平18）　岩波現代文庫
逆髪（解＝町田康　年＝著者　著）　２００８（平20）　講談社文芸文庫
湖の南―大津事件異聞（解＝成田龍一）　２０１１（平23）　岩波現代文庫
室生犀星（解＝蜂飼耳　年譜＝著者　著）　２０１５（平27）　講談社文芸文庫

【海外での翻訳】　＊（　）内は訳者

〈詩〉

Post-war Japanese poetry, Penguin Books, 1972.（Harry Guest, Lynn Guest, Shōzō Kajima）
Ten Japanese poets, Granite Publications, 1973.（Hiroaki Sato）
The Poetry of postwar Japan, University of Iowa Press, 1975.（Hajime Kijima）
SEE YOU SOON Poems of Taeko Tomioka, Chicago Review Press,1979.（Hiroaki Sato）
From the country of eight islands : an anthology of Japanese poetry, Anchor Press, 1981.（Hiroaki Sato, Burton Watson）
Women poets of the world, Collier Macmillan, 1983. (Joanna Bankier, Deirdre Lashgari, Doris Earnshaw)
日本当代诗选　湖南人民出版社、一九八七（孙钿）
Other side river : free verse, Stone Bridge Press, 1995.（Leza Lowitz, Miyuki Aoyama）
Like underground water : poetry of mid-twentieth century Japan, Copper Canyon Press, 1995.（Naoshi Kōriyama,

Edward Lueders)
101 modern Japanese poems, Thames River Press, 2012. (Makoto Ōoka, Janine Beichman, Paul McCarthy)

〈小説〉

НАЧАЛО ПУТИ （「富士山の見える家」「娘」）(И. Львовой)
This kind of woman : ten stories by Japanese women writers, 1960-1976, Center for Japanese Studies, University of Michigan, 1982. ※『冥途の家族』所収
Fleischknochen, Familie im Jenseits : zwei Erzählungen aus Japan, Galrev Verlag, 1985. (Ida Herzberg ,Taeko Matsushita) ※『冥途の家族』所収
파도치는 땅（「波うつ土地」全編）삼신각（임선희）
Das elfte Haus : Erzählungen japanischer Gegenwarts-Autorinnen, Iudicium, 1987. ※「結婚」所収
The MAGAZINE, (Geraldine Harcourt) ※「なにも話すことはない」所収
Frauen in Japan : Erzählungen, Deutscher Taschenbuch Verlag, 1989. (Wolfgang E.Schlecht) ※「結婚」所収
Japanese women writers : twentieth century short fiction, M.E. Sharpe, 1991. (Noriko Mizuta,Kyoko Iriye Selden) ※『丘に向ってひとは並ぶ』所収
Unmapped territories : new women's fiction from Japan, Women in Translation, 1991. (Yukiko Tanaka) ※『芻狗』所収
The funeral of a giraffe : seven stories, M.E. Sharpe, 2000. (Kyoko Selden, Mizuta Noriko) ※「動物の祭礼、はつむかし、ハッピィ・バースデイ、犬が見る景色、なつかしの日々、昨日の少女、時間割」所収
Annotated Japanese literary gems, East Asia Program, Cornell University, 2006. ※「坂の上の闇」所収
Building Waves Dalkey Archive Press, 2012. (Louise Heal Kawai) ※『波うつ土地』

Wogen, Angkor, 2012. ※『波うつ土地』

〈電子書籍〉

The funeral of a giraffe : seven stories, Routledge, 2015. ※「動物の祭礼、はつむかし、ハッピィ・バースデイ、犬が見る景色、なつかしの日々、昨日の少女、時間割」所収

Revival: Stories by Contemporary Japanese Women Writers, 1983, Taylor and Francis, 2017. (Noriko Mizuta Lippit, Kyoko Iriye Selden) ※『丘に向ってひとは並ぶ』所収

Stories by contemporary Japanese women writers, Routledge, 2018 (Noriko Mizuta, Kyoko Iriye Selden) ※『丘に向ってひとは並ぶ』所収

Nobuyoshi Araki : Akt-Tokyo, 1971-1991, Camera Austria [distributor],1992. (Nobuyoshi Araki, Hiromi Ito, Toshiharu Ito, Taeko Tomioka, Forum Stadtpark.) ※エッセイ Photographs to be read 所収、独訳あり

※原則として編著・再刊本等は入れなかった。／＊は対談・共著等を示す。／【文庫】の（　）内の略号は、解＝解説　案＝作家案内　年＝年譜　著＝著書目録　鑑＝鑑賞を示す。

（作成・与那覇恵子、山田昭子）

執筆者略歴

水田　宗子　みずた・のりこ
比較文学者（アメリカ文学、比較女性文学、ジェンダー文化論、現代詩批評）、詩人。主な著書に『エドガー・アラン・ポオの世界』（南雲堂）、『ヒロインからヒーローへ：女性の自我と表現』『物語と反物語の風景 文学と女性の想像力』（以上、田畑書店）『フェミニズムの彼方 女性表現の深層』（講談社）、『20世紀の女性表現　ジェンダーの外部へ』（學藝書林）など多数。詩集『音波』『うさぎのいる庭』（以上、思潮社）他。

北田　幸恵　きただ・さちえ
北海道大学大学院博士課程単位取得退学。城西国際大学元教授。著書に『書く女たち　江戸から明治のメディア・文学・ジェンダーを読む』（學藝書林）、共編著に『母と娘のフェミニズム』（田畑書店）、『山姥たちの物語』（學藝書林）、『宮本百合子の時空』（翰林書房）、『はじめて学ぶ日本女性文学史〔近現代編〕』（ミネルヴァ書房）、『韓流サブカルチュアと女性』（至文堂）、『現代女性文学を読む』（アーツアンドクラフツ）他。

長谷川　啓　はせがわ・けい
法政大学大学院修士課程修了。女性文学研究者。著書に『佐多稲子論』（オリジン出版センター）、『家父長制と近代女性文学―闇を裂く不穏な闘い』（彩流社）、共監修に『〔新編〕日本女性文学全集　全12巻』（六花出版）、『田村俊子全集　全10巻』（ゆまに書房）、共編著に『買売春と日本文学』『女たちの戦争責任』『老いの愉楽』（以上、東京堂出版）、『高橋たか子の風景』（彩流社）、『戦争の記憶と女たちの反戦表現』（ゆまに書房）他。

デイヴィッド・ホロウェイ
ワシントン大学セントルイス校博士課程修了。ロチェスター大学准教授。研究テーマは日本現代文学において描かれる「身体」。主な論文に「No Future in Sakurai Ami's Tomorrow's Song.」（Japanese Language and Literature

54)、「The Monster Next Door: Monstrosity, Matricide, and Masquerade in Kirino Natsuo's Real World.」(Japanese Studies 39)、「The Unmaking of a Diva: Kanehara Hitomi's Comfortable Anonymity.」(Berkeley: University of California Press) 他。

リー・エヴァンス・フリードリック
比較文学者、詩人。ワシントン大学セントルイス校博士課程修了。自身の詩集に『The Fisherman's Widow』(Merriam-Frontier Award at the University of Montana)、主な論文に「Inhabiting Survival : Reading Asian American Women Writers」(国際教養大学グローバルレビュー、第XI巻)、「On the Enunciative Boundary of Decolonizing Language: The Imagined Camaraderie of Itô Hiromi and Theresa Hak Kyung Cha.」(日米女性ジャーナル第46号)他。

与那覇 恵子 よなは・けいこ
専修大学大学院日本文学専攻博士課程満期退学。東洋英和女学院大学国際社会学部教授。女性文学会、大庭みな子研究会代表。著書・共著・編著に『現代女流作家論』(審美社)、『干刈あがたの文学世界』(鼎書房)、『テーマで読み解く日本の文学　上・下』(小学館)、『戦後・小説・沖縄』(鼎書房)、『後期20世紀　女性文学論』(晶文社)、『津島佑子の世界』(水声社)、『文芸的書評集』『大庭みな子　響き合う言葉』(以上、めるくまーる)他。

〔訳者〕和智 綏子　わち・やすこ
翻訳家、文化人類学・女性学研究者。東京大学修士、カリフォルニア大学博士課程修了。訳書にM・ミード『女として人類学者として：ミード自伝』(平凡社)、E.アン・カプラン「二つの嘘」『アメリカ研究とジェンダー』(世界思想社)など。共著に『法と政治の人類学』(朝倉書店)、『世界の先住民族：ファースト・ピープルズの現在：南アジア』(明石書店)、『先住民と都市：人類学の新しい地平』(青木書店)他。

［凡例］

＊原則として用語や表記の統一、引用しているテキストの出典記載の有無は各論文内で行い最小限とした。
＊富岡多恵子の作品については、単行本の表題作になっているものは『　』、短篇や詩のタイトルについては「　」とした。
＊現代の観点から見ると差別的と思われる表現が含まれているが、富岡多恵子作品の文学的価値を鑑み、あえて残している。

富岡多恵子論集「はぐれもの」の思想と語り
二〇二一年一月二一日　初版発行
編著者　水田宗子
発行所　株式会社めるくまーる
東京都千代田区神田神保町一-一一
電話（〇三）三五一八-二〇〇三
URL https://www.merkmal.biz/
編集協力　風日舎
印刷・製本　モリモト印刷株式会社

ISBN978-4-8397-0179-6 Printed in Japan